KB017437

예술이란
무엇인가

예술이란
무엇인가

이강은 옮김 바다출판사

톨스토이

일러두기

- 이 책은 러시아 국립문학출판사(모스크바, 1928~1958)가 출간한《톨스토이 전집》 중 제30권(1951)의《예술이란 무엇인가Что такое искусство?》를 번역하였습니다.
- 이 책에 나오는 성경구절은 개역개정판《성경전서》를 기본으로 하되 옮긴이가 원문 내용을 반영하여 번역하였습니다.
- 각주 중 앞에 '(원주)'라고 표기한 것을 제외한 모든 주는 옮긴이의 것입니다.
- 각 장의 제목은 독자의 이해를 돕기 위해 옮긴이가 붙인 것입니다.
- 인명, 지명을 비롯한 외래어는 국립국어원의 외래어표기법을 따랐으나 몇몇 경우 일상적으로 널리 쓰이는 용례가 있으면 이를 참고하였습니다.
- 단행본과 정기간행물 등은 겹화살괄호(《 》)로 표기하였으며, 단편·시·논문·기사·장절 등의 제목은 홑화살괄호(〈 〉)로 표기하였습니다.

목차

1.   현대 예술의 어리석은 짓거리

아무 신문이라도 좋다. 어느 것이든 펼쳐보라. 어디에서든 여러분은 연극이나 음악을 다루는 고정란을 발견할 것이다. 그리고 이런저런 전시회 소식이나 그림 해설, 예술 관련 신간 서적이나 시, 소설에 관한 소개 글을 접할 수 있을 것이다.

무슨 공연이라도 하나 있으면, 이 드라마나 코미디, 저 오페라에서 어떤 남녀 배우가 어떤 배역을 맡아 얼마나 멋들어지게 연기했는지, 새로운 점이 무엇이고 결점과 장점은 무엇인지 상세하게 묘사해댄다. 역시 마찬가지로 어떤 가수가 어떤 소곡을 부르고 피아노와 바이올린은 어떻게 연주했는지, 그 소곡과 연주의 장단점은 무엇이었는지 아주 상세하고 속속들이 보도된다. 대도시에서라면 언제나, 여럿은 아닐지라도 최소한 하나쯤의 신작 그림 전시회가 열리기 마련이며,

비평가와 전문가라는 사람들은 대단히 심오하게 그 장단점을 풀어내느라 바쁘다. 새로운 소설과 시가 단행본으로 혹은 잡지에 거의 날마다 발표되고, 신문들은 독자들에게 이들에 대해 가능한 한 세세히 전하는 것을 의무처럼 여기고 있다.

전 민중을 위한 교육에는 필요 재원의 1퍼센트도 제대로 쓰지 않는 러시아에서 미술아카데미, 음악학교, 연극학교에는 예술을 지원한다는 명목으로 수백만 루블의 정부지원금이 지급되고 있다. 프랑스에서는 예술 지원을 위해 800만 루블 정도에 달하는 지원금이 책정되고, 독일과 영국의 사정도 그와 비슷하다. 거의 모든 대도시마다 전시관이나 공연장, 음악학교와 미술학교, 연극학교를 위한 거대한 건물들이 속속 들어서고 있다. 수십만 명의 노동자들이, 목수, 석공, 페인트공, 가구공, 도배공, 재봉사, 미용사, 보석세공사, 주물공, 식자공이 예술에 필요한 것을 충족하기 위해 평생을 중노동에 바치고 있으니, 아마도 전쟁을 제외하고 이만큼 인간의 노동을 집어삼키는 인간 활동은 달리 어디에도 없을 것이다.

이러한 활동에 그토록 엄청난 노동만이 낭비되는 것이 아니라, 전쟁에서처럼 인간의 생명까지도 희생되고 있다. 수십만 명의 사람들이 어려서부터 재빠르게 발을 놀리고(무용수), 건반이나 현을 능란하게 다루고(음악가), 물감을 활용하여 자신이 본 것을 모두 그려내고(화가), 운율과 각운에 맞춰 표현하는(시인) 기법을 배우기 위해 평생을 바치고 있다. 사람들은 대개 근본이 매우 선량하고 영리하여 무엇이든 유익한 노동을 할 수 있음에도 불구하고, 사람을 바보로 만드는 이런 예외적인 일에 매달려 야만인처럼 되어버린다. 그리하여 이들은 삶의 진지한 문제에는 둔감하고 편협한 사람이 되어 오로지 발이나 혓바닥이나 손가락을 놀리는 것밖에 할 줄 모르는 소위 전문가가 되어 그에 만족할 뿐이다.

문제는 이뿐이 아니다. 나는 유럽과 미국에서 극장마다 공연해대는 평범하기 짝이 없는 신작 오페라의 어떤 리허설을 구경한 적이 있었다.

내가 도착했을 때는 이미 제1막이 시작된 상태였다. 객석으로 들어가기 위해서는 무대 뒤를 통과해 가야만 했다. 나는 무대장치와 조명을 바꾸는 거대한 기계장치 옆을 지나 커다란 건물의 어두컴컴한 지하 통로를 따라 안내되었는데, 그곳에서 특히 내 눈에 띈 것은 어두한 먼지 속에서 무슨 일인가 하고 있는 사람들이었다. 그들 중 툭 불거진 팔과 손가락을 가진, 창백하고 수척한 얼굴에 때 묻은 작업복을 걸친 한 노동자가 몹시 지치고 불만스러운 표정으로 역시 지저분한 동료들과 함께 내 곁을 지나가며, 다른 사람에게 화를 내며 무언가 질책해댔다. 어두한 계단을 따라 나는 무대 뒤 마루 위로 올라섰다. 마구 어질러진 소품과 커튼, 장대들 사이에 100명은 아니더라도 족히 수십 명은 되는, 허벅지와 장딴지까지 잔뜩 졸라맨 의상을 입은 분장한 남자들 그리고 언제나 그렇듯이 할 수 있는 만큼 온몸을 드러낸 여자들이 웅성대며 돌아다니고 있었다. 이들은 모두 가수나 합창대원, 발레 무용수들로 자기 차례를 기다리고 있는 것이었다. 안내자는 무대를 가로질러 나를 인도했다. 나는 온갖 종류의 악기를 앞에 둔 100여 명의 연주자들이 앉아 있는 오케스트라 박스 위 널빤지 다리를 건너 어둑한 일층 객석으로 가야 했다. 반사경이 달린 두 개의 램프 사이, 높은 단 위에 놓인 팔걸이의자 위에는 지휘봉을 든 지휘자가 악보대를 앞에 두고 앉아 있었다. 그는 오케스트라와 가수들을 지휘하며 전체 오페라를 연출하는 인물이었다.

내가 도착했을 때 공연은 이미 시작되어 무대에는 신부를 데리고 가는 인도인들의 행렬이 묘사되고 있었다. 분장한 남녀 외에도 양복을 걸친 두 사람이 이리저리 무대 위를 뛰어다니며 부산을 떨고 있었다. 한 사람은 무대감독이고, 부드러운 단화를 신고 경쾌하게 이리저리 내달리는 다른 한 사람은 무용감독이었다. 그의 월급은 10명의 노동자가 1년 동안 받는 연봉보다 많다고 했다.

세 감독이 노래와 오케스트라, 행렬을 각각 조율해가고 있었다. 은박을 입힌 창을 어깨에 걸친 사람들이 둘씩 짝을 지어 행렬을(이건 늘 그런 식이다) 이루고 있었다. 모두 한 입구에서 걸어 나와 둥글게 대형을 지어 행진했고, 다시 또 원을 그리며 걷다가 멈춰 서곤 했다. 행렬은 한동안 제대로 보조를 맞추지 못했다. 창을 든 인도인들이 너무 늦게 나오거나 너무 빠르게 나왔고, 또 어쩌다 적당하다 싶으면 퇴장할 때 너무 밀집대형이 되었고, 밀집대형이 아니다 싶으면 무대 한편으로 너무 몰려버리거나 했다. 그럴 때마다 모든 것이 중단되고 처음부터 다시 시작되었다. 행진은 투르크인으로 분장한 사람의 서창敍唱과 함께 시작되었다. 그는 이상하게 입을 벌리고 "나는 신부를 데-리고……"라며 서창을 뽑았는데, 그가 그렇게 노래를 부르며 망토 아래에서 맨손을 꺼내 흔들면 행진이 시작되는 것이었다. 그러나 이때 호른이 서창과 화음이 맞지 않았다. 지휘자는 무슨 재앙이라도 만난 듯 몸을 부르르 떨고 지휘봉으로 악보대를 두들겨댔다. 모든 것이 다시 멈추고 지휘자는 오케스트라 쪽으로 몸을 돌려 호른 연주자를 향해, 마치 마차꾼들 같은 아주 상스러운 말을 퍼부으며, 왜 악보대로 연주하지 못하느냐고 꾸짖었다. 그리고 다시 처음부터 시작되었다. 창을 든 인도인들이 이상한 가죽신을 부드럽게 딛으며 걸어 나오고 가수의 노래가 시작된다. "나는 신부를 데-리고……." 그런데 여기서 행렬의 간격이 너무 밀착되었다. 다시 지휘봉 두드리는 소리, 욕설 그리고 처음부터 다시. 다시 "나는 신부를 데-리고……." 다시 망토 아래 솟아 나와 흔들리는 맨손, 어깨에 창을 메고 다시 가볍게 걸음을 내딛는 대열. 몇몇은 심각하고 우울한 표정이고, 몇몇은 미소를 지으며 이야기를 주고받는다. 모두 둥글게 원을 형성하여 노래하기 시작한다. 모든 것이 잘된 듯 보였다. 그러나 다시 지휘봉 두드리는 소리가 울리고, 지휘자는 악에 받친 괴로운 목소리로 합창대에게 호통쳤다. 노래를 부르는 도중에 고조된 기분을 표하기 위해 간간이 팔을 들어올려야 하는데 그러지 않았다는 것이다. "뭐야, 다들 죽어 자빠졌어, 뭐야? 멍청한 암소야? 뒈진 거야, 왜들 꼼짝도 안 해?" 다시 처음부터, 다시 "나는 신부를 데-리고……" 그리고 다시 우울한 얼굴로 노래하며 이쪽저쪽 팔을 들어올리며 노래하는 합창대원들. 그런데 여기서 두 합창대원이 서로 말을 주고받았다. 다시 더 세게 두드리는 지휘봉 소리. "뭐야, 당신들 여기 잡담하러 왔어? 수다는 집에나 가서 하라고. 거기, 빨간 바지, 이리 가까이 와. 날 똑바로 보라고. 처음부터 다시." 그리고 다시 "나는 신부를 데-리고……." 그렇게 시간은 한 시간, 두 시간, 세 시간이 흘렀다. 리허설은 꼬박 여섯 시간 동안 계속되었다. 지휘봉 두드리는 소리, 거듭된 반복, 가수와 오케스트라 교정, 대열과 무용수들 자리 바로잡기, 그에 뒤따르는 독살스러운 욕설. 음악가와 가수들에게 쏟아지는 '멍청한 놈, 바보, 백치, 돼지새끼' 같은 단어들을 나는 한 시간 동안 마흔 번은 더 들었다. 정신적으로나 육체적으로 불구가 된 불행한 사람들, 플루트 주자, 호른 주자, 가수들은 이렇게 욕설을 들어가면서도 묵묵히 명령에 따르고 있었다. '나는 신부를 데-리고……'는 스무 번 반복되었고, 어깨에 창을 메고 노란 단화를 신은 행렬은 반복해서 걸어 나오며 똑같은 구절을 스무 번 합창했다. 지휘자는 이 사람들이 호른을 불거나 노란 구두에 창을 걸쳐 메고 행진하는 것 외에는 어느 짝에도 쓸모가 없는 기형적인 사람들이라고 생각하는 것 같았다. 그리고 이들이 달콤하고 호사스러운 생활에 젖어 그 달콤한 생활만 빼앗지 않는다면 다들 참고 견뎌낸다는 것을 잘 알고 있었다. 그래서 그는 거리낌 없이 횡포를 부린다. 더구나 그는 파리나 빈에서 지휘자들의 그런 행태를 보고 와서, 훌륭한 지휘자라면 으레 그러는 것이라고 여긴다. 그것이 위대한 예술가들의 음악적 전통이다, 예술이라는 위대한 일에 빠진 예술가는 다른 예술가들의 기분 따위는 결코 헤아릴 여지가 없는 법이라는 식이다.

이보다 더 혐오스러운 장면은 보기 어렵다. 나는 어떤 노동자가 짐을 내리면서 무거운 짐을 받쳐주지 않는다고 다른 노동자를 비난하는 것을 본 적이 있고, 건초를 쌓는 자리에서 촌장이 건초더미를 쌓는 방법이 틀렸다고 소작인을 비난하는데도 말없이 순종하는 소작인의 모습도 본 적이 있다. 그런 장면을 보는 것도 역시 불쾌한 일이긴 하지만, 그런 지적이 필요하고도 중요하다는 사실, 그런 잘못된 실수가 필요한 일을 망쳐버릴 수 있다는 사실을 생각하면 그 불쾌함은 다소 누그러진다.

그런데 이곳에서는 무슨 일이 벌어지고 있는 것인가? 대체 무엇 때문에, 누구를 위해 저런 일이 벌어지고 있는 것인가? 아마 지휘자 자신도 노동자와 마찬가지로 몹시 지쳐 있는 것 같았다. 아니 명백히 몹시 지친 모습이다. 그러나 누가 지휘자에게 그렇게 고생하라고 시키기라도 했단 말인가? 아니, 대제 무슨 이유로 그는 그런 고역을 감당하고 있는 것일까? 그들이 연습하고 있는 것은 익숙한 사람들에겐 아주 평범하기 짝이 없는 오페라 중 하나였지만, 그 줄거리를 생각해보면 너무나 어리석고 터무니없는 오페라에 불과하다. 즉 한 인도의 왕이 결혼하고 싶어 신부를 데리고 온다. 왕은 가수로 분장을 하는데 신부는 위장한 가수에게 사랑을 느끼고 절망에 빠진다. 하지만 나중에 그 가수가 왕이라는 것을 알고 모두가 즐거워한다. 이런 정도의 이야기다.

그런 인도인들은 결코 존재한 바 없고 앞으로도 있을 리가 없다. 그들이 묘사하고 있는 것은 실제 인도인과 닮지도 않았을 뿐만 아니라 유사한 오페라 외에는 세상 어디에도 존재하지 않는 것이다. 그 점은 의심할 여지가 없는 사실이다. 누가 그렇게 서창으로 노래하고 말하며, 누가 그렇게 일정한 거리를 두고 서서 팔을 흔들어가며 4중창을 부르는가? 극장 외에 어디에서 누가 그렇게 은박지 창을 메고 단화를 신고 걸어 다니며 감정을 표현하는가? 세상 어디에서도 그렇게 화를 내고 감격하고 웃고 우는 사람들은 없다. 사람들이 그런 공연을 보며 감동을 받지도 않는다는 것은 전혀 의심할 나위가 없다.

여기서 어쩔 수 없이 이런 의문이 떠오른다. 이 공연은 누구를 위한 것인가? 누가 그것을 좋아할 것인가? 만일 이 오페라에서 듣기 좋은 아름다운 주제라도 혹시 있다면, 저런 멍청한 의상과 행렬, 서창, 팔 흔들기 따위는 빼고 그 노래만 부를 수는 없는 것일까? 반라의 여성들이 온갖 관능적인 장식을 걸치고 육감적인 동작을 선보이는 발레 역시 타락한 구경거리에 지나지 않는다. 대체 누구를 위해 그런 공연을 하는 것인지 도무지 이해되지 않는다. 교양 있는 사람에게 그것은 참을 수 없이 식상할 따름이고, 진정으로 노동하는 자에겐 전혀 이해가 되지 않는 것이다. 거의 없겠지만, 그래도 혹시 이런 공연을 좋아하는 사람이 있다면, 상류사회의 물이 들기는 했지만 아직 그 쾌락에 푹 빠져보지는 못한 자들, 자기의 문명적 교양을 과시하고 싶은 타락한 직공들이나 어린 시종들뿐이리라.

구역질 나는 이런 어리석은 짓거리는 어떤 선한 즐거움이나 담백함이 아니라 악의적이고 야만적인 잔혹함에서 나오는 것이다.

그런데도 이를 가리켜 예술을 위한 것이며 예술이란 매우 중요한 것이라고 말한다. 그러나 이것이 예술이고, 예술은 그런 희생을 치를 만큼 그렇게도 중요한 것이라는 말은 과연 사실일까? 이런 질문이 특히 중요한 이유는, 수백만 명의 노동과 인간의 생명까지 그리고 더욱 중요하게는, 사람들 사이의 사랑을 희생시키면서 행해지는 예술, 바로 그 예술이란 것이 사람들 의식 속에 갈수록 점점 더 모호하고 애매한 것이 되어가고 있기 때문이다.

예술 애호가들이 예술에 대한 판단의 근거로 삼곤 하는 비평이라는 것도 최근 들어 몹시 모순적이다. 만일 온갖 유파의 비평가들이 예술이 아니라고 서로 부정하는 것들을 예술의 영역에서 하나하나 배제해본다면, 예술의 영역에 남아 있는 것은 거의 아무것도 없을 것이다.

서로 다른 종파의 신학자들처럼 다양한 유파의 예술가들은 서로 배척하고 서로 부정한다. 오늘날 여러 유파의 예술가들이 하는 말을 들어보라. 어느 영역에서나 일군의 예술가들이 다른 예술가들의 존재를 부정하고 있음을 볼 수 있을 것이다. 시에서 구舊낭만주의자가[1] 고답파[2]와 데카[3]을 부정하고, 고답파는 낭만주의와 데카당을 부정하고, 데카당은 선행하는 모든 예술과 상징주의자[4]를 부정한다. 그리고 상징주의자는 모든 선배 신비주의자를 부정하였고, 신비주의자들 역시 이전의 모든 예술 경향을 부정하고 있다. 소설계에서는 자연주의자와 심리주의자, 자연숭배파가 서로를 부정하고 있다. 연극이나 회화, 음악계에서도 사정은 마찬가지다. 민중

---

[1] 낭만주의는 18세기에서 19세기 초 유럽과 러시아에서 개화한 예술 경향으로 균형과 조화를 중시하는 고전주의에 반발하여 인간의 개성과 자유를 존중하였다. 19세기 말 러시아에서 새로운 낭만적 경향이 부활하였는데, 구낭만주의는 이러한 신낭만주의를 지칭하는 말이다.

[2] 고답파는 19세기 중엽 낭만주의의 모호하고 지나친 분방함과 감상주의에 반대하여 객관성과 균형, 정밀한 묘사를 중시하는 예술 경향으로 태어났다. 그리스 신화의 아폴론과 뮤즈가 살았다는 파르나스산의 이름을 딴 《현대의 파르나스》(1866~1876)라는 시모음집이 출간되면서 '고답파Parnassiens'라는 명성을 얻었다. 처음에는 현실 사회의 주제를 다루었으나 점차 예술지상주의적 경향으로 기울어갔다.

[3] 데카당Decadent은 19세기 말 유럽에서 유행한 퇴폐적 경향의 예술 경향을 일컫는다. 러시아에서도 커다란 반향을 불러일으켰다.

[4] 상징주의는 19세기 말 유럽에서 발흥한 예술 경향이다. 상징주의 역시 데카당으로 비난을 받기도 하였지만, 러시아 예술의 현대적 발전의 길을 열어간 매우 중요한 역할을 수행하였다.

의 거대한 노동과 인간 생명을 집어삼키고, 또 사람들 사이의 사랑을 파괴하면서도 도대체 이 예술이라는 것이 무엇인지 분명하고 확고하게 정의되지 못하고 있을 뿐만 아니라 그 애호가들 사이에서도 서로 다르게 모순적으로 이해되고 있어, 도대체 예술이, 특히 그렇게 많은 희생을 바칠 만한 가치가 있는 훌륭하고 유익한 예술이 무엇인지 쉽게 말하기 어려운 것이다.

2.   예술이 어찌 미의 표현일 수 있는가

발레나 서커스, 오페라, 오페레타, 전시회, 회화, 연주회, 서적 출판은 수천수만에 이르는 사람들의 긴장된 노동을 요구한다. 그 노동자들은 때로 목숨을 바쳐가며 저급한 노동에 강제로 동원되고 있다.

만일 예술가가 제 손으로 그런 일을 모두 해낸다면 누가 뭐라 하겠는가. 하지만 그 모든 일에는 노동자의 조력이 필수적이다. 게다가 그것은 예술 창작뿐만 아니라 상당수 예술가의 호사스러운 생활을 유지하기 위해서도 그러하다. 그리고 예술가들은 이런저런 형태로 부유한 자로부터 후원금을 받거나 정부로부터 지원금을 받기도 한다. 이를테면 연극이나 음악회, 미술 아카데미에 대한 정부의 지원금은 수백만 루블에 달한다. 이런 돈은 민중으로부터 거두어들이는 것이고, 민중은 그 돈을 내기 위해 암소라도 내다 팔아야 할 지경이지만 정작 그들은 예술이 제공한다는 그 미학적 쾌감이라는 것은 결코 맛보지 못한다.

그리스나 로마의 예술가, 심지어 19세기 전반기 우리 예술가들까지, 아직 노예가 있어 아무렇지도 않게 자기만족을 위해 타인을 마음껏 부려 먹어도 당연하던 시절이었으니 그래도 괜찮았을 것이다. 그러나 오늘날, 아직 미미하긴 하지만, 만인의 만인에 대한 평등이라는 의식이 일반화된 상황에서 다른 사람을 예술을 위해 강제로 노동을 시키는 것은 있을 수 없는 일이다. 게다가 그런 강압적 노동을 시킬 만큼 예술이 그렇게 훌륭하고 중요한 것인가 하는 문제는 여전히 의문에 처해 있다.

끔찍할 정도의 노동과 생명과 도덕성의 희생을 바탕으로 예술이 존재한다는 사실, 그럼에도 불구하고 그 예술은 유익한 것이 되지 못할 뿐만 아니라 해로운 것일 수도 있다는 사실은 생각하기조차 두려운 일이다.

그러니 예술작품이 태어나고 유지되는 사회를 위해, 예술이라고 불리는 것이 정말로 예술인지, 우리 사회에서 그렇게 여겨지듯 예술이라는 것이 정말로 그렇게 훌륭한 것인지, 만일 훌륭하다면 그를 위해 요구되는 그런 희생들이 가치가 있을 만큼 그렇게 중요한 것인지 우리는 알아야만 한다. 특히 선량한 양심을 가진 예술가라면, 자신이 하는 일이 자기 주변의 소수의 취향에만 부합하는 것이 아니라 어떤 중요한 의

미를 지닌 것임을 확신하기 위해, 그리고 자신이 훌륭한 일을 하고 있다는 거짓된 확신에 빠지지 않고 자기 작품에 대한 보상이나 남들의 힘으로 매우 호사스러운 생활을 유지해도 괜찮다는 망상에 빠지지 않기 위해 그것을 더욱 분명하게 알아야 한다. 오늘날 이런 문제가 특히 중요한 것은 바로 이런 이유 때문이다.

인류에게 그토록 중요하고 없어서는 안 될 예술이란 무엇인가? 사람들의 노동과 생명을 희생할 뿐만 아니라 선과 도덕마저도 가져다 바치는 그 예술이란 것은 도대체 무엇인가?

예술이란 무엇인가? 예술이 무엇이냐고? 예술이란 온갖 형태의 건축이고 조각이고 회화이고 음악이며 시 아닌가. 평범한 사람이나 예술 애호가, 심지어 예술가 자신까지 이렇게 대답하며 자신의 대답이 명확하고 누구나 그렇게 이해하고 있다고 생각한다. 그러나 건축을 예로 들어보자. 예술품이 되지 못하는 단순한 구조물이 있고, 게다가 예술품이라고 주장되는 구조물도 있고, 성공적이지 못하고 추하여 예술품으로 인정받지 못하는 것도 있지 않은가. 그렇다면 거기서 예술품이 되기 위한 특징은 무엇인가?

조각이나 음악, 시에서도 마찬가지다. 모든 형태의 예술은 한편으로 실용성과, 다른 한편으로 실패한 예술적 시도와 경계를 맞대고 있다. 이것들과 예술을 어떻게 구분지을 수 있을 것인가? 우리 같은 평범한 교양인들도 그렇지만 특별히 미학을 공부하지 않은 예술가들은 이런 문제에 난감해하지 않는다. 이런 문제는 이미 오래전에 해결되었고 모두가 아는 자명한 사실처럼 보이는 것이다.

"예술은 미美를 드러내는 활동이다"라고 보통 사람은 대답할 것이다.

"그러나 만일 예술이 그러하다면, 발레나 오페레타 역시 예술인가?"라고 물을 수 있다.

"그렇다." 보통의 사람은 약간 미심쩍어하면서도 이렇게 대답할 것이다.

"훌륭한 발레와 우아한 오페레타도 미를 드러내는 정도에 따라 예술이 될 수 있다."

보통의 사람에게 훌륭한 발레나 우아한 오페레타가 우아하지 못한 것과 무엇이 다른지, 대답하기 몹시 곤란한 그런 질문은 더 이상 던지지 말기로 하자. 그러나 만일 발레나 오페레타에서 여자들의 외모와 얼굴을 단장하는 의상제작자나 미용사, 재단사 찰스 워스[5] 같은 자나 요리사의 활동도 예술 활동이라고 할 수 있는지 묻는다면, 보통의 사람은 대부분 그런 사람들의 활동은 예술의 범주에 넣을 수 없다고 대답할 것이다. 그러나 보통 사람이 이런 실수를 저지르는 것은 그가 전문가도 아니고 미학을 공부한 것도 아니기 때문이

---

5 워스Charles Frederick Worth(1825~1895). 영국 태생으로 프랑스 파리에서 성공한 패션 디자이너로, 파리 오트쿠튀르의 아버지로 불린다.

다. 만일 그가 공부를 더 했더라면, 그 유명한 르낭[6]이 《마르쿠스 아우렐리우스》라는 저서에서 말한 바느질도 예술이며 여성복에서 최고의 예술성을 보지 못하는 사람은 매우 편협하고 둔감한 자라는 주장을 접할 수 있었을 것이다. 그는 "바느질은 위대한 예술이다"라고 말했다. 또한 그는 많은 미학자들에게서, 이를테면 크랄리크[7] 교수의 《세계미, 일반미학 시론Weltschönheit, Versuch einer allgemeinen Aesthetik》, 귀요[8]의 《현대 미학의 문제Les problèmes de l'esthétique》 등과 같은 저서에서 의상예술과 미각예술, 촉각예술도 예술로 인정되고 있다는 점을 배우게 될 것이다.

크랄리크는 이렇게 말한다.

"주관적 감각으로부터 자라나는 다섯 가지 예술이 있다."

"예술은 다섯 가지 감각에 의해 수용된 것을 미적으로 완성하는 것이다."

크랄리크가 말하는 다섯 가지 예술은 미각예술, 후각예술, 촉각예술, 청각예술, 시각예술을 말한다.

---

6 르낭Joseph Ernest Renan(1823~1892). 프랑스 언어학자이자 철학자, 종교사가, 비평가. 초자연적 종교를 배척하고 자연 자체를 신적인 것이라고 주장하고 인간 본성을 자연적이고 도덕적인 것으로 고찰하였다.

7 크랄리크Richard Kralik(1895~1934). 오스트리아 출신 역사가이자 시인, 극작가. 바그너와 사회주의적 지향을 독창적으로 연관시켰다. 미래의 종교로서 채식주의와 강신론을 실험적으로 제시하기도 하였다.

8 귀요Jean Marie Guyau(1854~1888). 프랑스 철학자로 진화론의 영향을 받아 윤리와 예술의 발전을 인류의 생의 발전의 원리로 고찰하였다.

우선 미각예술에 대해 그는 다음과 같이 말한다.

　예술적 완성을 할 만한 가치가 있는 감각은 보통 두 가지, 많아야 세 가지라고 한다. 그러나 나는 그것이 과연 그런 것인지 어느 정도 조건을 달아 이해할 필요가 있다고 생각한다. 나는 일반적인 의미에서 요리예술과 같은 그런 예술 개념들이 사용되고 있다는 점에 대해 지나친 관심을 두고 싶지 않다.

그리고 나아가 이렇게 말한다.

　그러나 요리예술이 동물의 시체로 완벽하게 미각적 대상을 만들어낸다면, 그로써 어떤 미적 성취를 이루어낸 것임을 의심할 수 없다. 즉 미각예술(그것은 소위 요리예술보다 범위가 넓다)의 기본 원리는 다음과 같다. 즉 음식물은 어떤 일정한 관념의 구현으로 만들어져야 하며, 또 어떤 경우에도 표현하고자 하는 관념에 부합해야 한다.

크랄리크는 르낭과 같이 의상예술 같은 것도 인정한다.
요즘 일부 작가들이 아주 높이 평가하는 프랑스 작가 귀요의 견해 역시 그러하다. 그는 《현대 미학의 문제》라는 저서에서 촉각, 비각, 후각이 미적 인상을 줄 수 있다고 진지하게 이야기한다.

촉각은 사물의 색깔을 구별하지 못하지만, 눈만으로는 전달할 수 없는 상당한 미적 의미가 있는 것에 대한 개념을 우리에게 제공해준다. 즉 사물의 부드러움, 매끄러움, 보들보들함 따위가 그것이다. 벨벳의 미는 그 광택이라기보다 그것을 만졌을 때 느껴지는 부드러움이다. 여성의 미에 대한 우리의 관념에는 매끄럽고 부드러운 피부의 속성이 본질적인 요소로 들어간다.

누구나 곰곰이 돌이켜보면, 우리들 모두는 미각을 진정한 미적 쾌로 체감했었다는 것을 상기할 수 있다.

그리고 그는 산속에서 마셨던 우유 한 잔이 얼마나 미적 쾌감을 주었던가를 이야기한다.

이처럼 예술이 미의 표현이라고 해도, 특히 최근 미학자들처럼, 촉각과 미각, 후각까지 미의 개념에 포함시키는 상황에서 그것은 그리 간단한 문제가 아니다.

그러나 보통 사람은 이런 사실을 알지 못하거나 알고 싶어 하지도 않고, 예술의 내용이란 미라고 인정하는 것으로 예술에 대한 모든 문제가 아주 간단명료하게 해결된다고 확신해 마지않는다. 보통 사람에게 예술이 미의 표현이라는 것은 너무나 명약관화한 사실로 보인다. 그리하여 그에게 모든 예술의 문제는 미로 설명되는 것이다.

그러나 그의 생각처럼 예술의 내용인 미, 아름다움이란 대체 무엇인가? 그 정의는 무엇이며 또 그 실체는 무엇이란 말인가.

　모든 일에서 그렇듯, 말로 전달되는 개념이 모호하고 혼란
스러운 것일수록 사람들은 그 말이 의미하는 바가 너무나 간
단명료하여 그 본래의 의미를 두고 더 이상 논할 필요가 없
다는 듯 더욱 자신 있고 과시적으로 그 말을 사용하는 법이
다. 종교적 미신 같은 문제에 대해 이러한 태도가 흔히 나타
나는바, 오늘날 사람들이 미의 개념에 대해서 취하는 태도
역시 그와 마찬가지다. 미라는 말이 무엇을 의미하는지 모두
가 알고 있고 모두가 이해하고 있다고 전제되는 것이다. 하
지만 그것은 그렇게 기지旣知의 사실이 아니다. 바움가르텐[9]
이 미학의 기초를 확립한 1750년 이래 지금까지 150여 년 동
안, 심오한 학자들과 사상가들이 산더미 같은 저서를 남겼지
만, 미란 무엇인가라는 문제는 여전히 미해결인 채, 새로운
미학 저서가 나올 때마다 새로운 방법이 시도되고 있을 뿐
이다. 이런 와중에 최근 미학 관련 저서 중 나는 율리우스 밀
탈러Julius Milthaler라는 독일 미학자의 《미의 수수께끼Rätsel des
Schönen》라는 괜찮은 소책자를 하나 읽게 되었다. 이 책의 제
목은 미란 무엇인가라는 문제의 실상을 아주 정확하게 담아
내고 있다. 150년 동안 수많은 학자들이 미라는 단어의 의미
를 두고 온갖 논란을 벌였지만, 이 말의 의미는 여전히 수수

9　바움가르텐Alexander Gottlieb Baumgarten(1714~1762). 미학Aesthetics을 독립적 학
문으로 확립한 독일 철학자. 미학은 미(아름다움)를 포함하여 인간 감정의 여러
범주를 다루고, 그에 기초한 예술과 예술창조를 다루는 독립적인 철학분과다.

께끼인 것이다. 독일 사람들은 수백 가지 저마다 다른 식으로 이 수수께끼를 풀어내고, 스펜서-앨런 학파[10]와 같은 주로 영국의 생리학적 미학자들은 또 다른 방식으로, 그리고 프랑스의 절충주의자들과 귀요와 텐[11]의 후계자들 역시 제 나름대로 독자적인 해결을 꾀한다. 이들 모두 바움가르텐과 칸트, 셸링, 실러, 피히테, 빙켈만, 레싱, 헤겔, 쇼펜하우어, 하르트만, 샤슬러, 쿠쟁, 레베크 등등 앞선 모든 학자의 해결법을 알고 있음은 물론이다.

대체 미라는 이 이상한 개념이 도대체 무엇이길래, 말은 하지만 생각은 하지 않는 사람들에게는 명료해 보이면서도, 한 세기 반 동안 수많은 나라의 수많은 철학자가 온갖 다양한 해결을 꾀하면서도 아무런 합의점을 찾을 수 없었단 말인가. 예술에 대한 가장 지배적인 기초인 이 미라는 개념은 대체 무엇인가?

러시아어로 '미, 아름다움'을 뜻하는 '크라소타красота'는 우리 눈을 즐겁게 하는 것만을 의미한다. 최근 들어 '아름답지 않은 행동'이라든가 '아름다운 음악'이라는 말이 자주 사용되고 있지만 사실 이것은 러시아적인 말이 아니다.

---

10 스펜서Herbert Spencer(1820~1903)는 영국 사회학의 창시자로 알려진 사회학자이자 철학자. 앨런Grant Allen(1848~1899)은 캐나다 출신으로 영국에서 공부하고 19세기 후반 진화론을 널리 전파한 작가.

11 텐Hippolyte Taine(1828~1893). 프랑스 비평가이자 문학사가. 프랑스 자연주의에 깊은 영향을 주었고, 사회학적 실증주의에 기초하여 문학의 과학적 연구방법을 주창하였다.

외국어를 알지 못하는 평범한 러시아인은 최신 유행하는 옷이나 그 비슷한 걸 선사하는 사람을 가리켜 '아름답게' 행동했다거나, 남을 속임으로써 '아름답지 못하게' 행동했다거나, 어떤 노래가 '아름답다'라고 하는 말들을 제대로 이해하지 못할 것이다. 러시아어로 행동이란 선하거나 훌륭하거나, 선하지 않거나 훌륭하지 못하고, 음악은 듣기 유쾌하고 훌륭하거나 듣기 불쾌하고 조잡한 것일 뿐, 아름답다거나 아름답지 않다고 말할 수는 없는 것이다.

사람이나 말, 집, 풍경, 동작 등에 대해서는 아름답다는 말을 할 수 있지만, 행동과 생각, 성격, 음악 등에 대해서는 그것이 마음에 들면 좋다고 말하고, 마음에 들지 않으면 좋지 않다고 말할 뿐이다. 즉 러시아어로 '아름답다'라는 말은 오직 시각적인 의미를 지니고 있다. '좋다'라는 말이나 개념은 그 속에 '아름답다'라는 개념을 포함하고 있지만, 그 역은 성립하지 않는다. '아름답다'라는 개념은 '좋다'의 개념을 포함하지 않는다. 우리가 어떤 사물에 대해 그 외적 양태를 평가하여 '좋다'라고 말한다면 그 사물이 아름답다는 것도 포함하여 말한 것이 되지만, '아름답다'라고 말하는 경우 그 대상이 좋다는 뜻까지 포함하는 것은 전혀 아니다.

러시아어에서, 러시아의 보통 사람들이 사용하는 의미에서, '좋다'와 '아름답다'의 의미는 바로 그러하다

미가 예술의 본질이라는 학설이 널리 유포되어 있는 유럽의 모든 언어에서, 즉 프랑스어의 'beau', 독일어의 'schön',

영어의 'beautiful', 이탈리아어의 'bello' 등은 형태의 아름다움을 가리키면서 좋음 즉 선의 의미도 지니고 있어, '좋다'라는 단어를 대체할 수 있다.

따라서 이들 언어에서는 'belle âme(아름다운 마음)' 'schöne Gedanken(아름다운 사상)' 'beautiful deed(아름다운 행위)' 등과 같은 말이 이제 아주 자연스럽게 사용되고 있다. 반면 이들 언어에는 형태나 형식의 아름다움을 정의하기 위한 적절한 단어가 존재하지 않는다. 그래서 그것을 표현하기 위해서 그들은 'beau par la forme(형태에 있어 아름답다)'와 같은 합성어를 사용해야만 한다.

미학 이론이 좀 더 발전한 나라들의 언어와 러시아어에서 '미'와 '아름답다'라는 단어의 의미를 관찰해보면 '미'라는 말에 어떤 특수한 의미 즉 '좋은 것'이라는 의미가 부여되어 있음을 알 수 있다.

주목할 만한 것은, 우리 러시아인이 예술에 대한 유럽의 시각을 점점 가까이 접하고 수용하면서부터, 러시아어에서도 진화가 이루어져 이제 '아름다운 음악'이니 '아름답지 못한 행동'이라는 표현이 아무렇지 않게 사용되고 아무도 그에 놀라지 않게 되었다는 점이다. 하지만 40여 년 전, 내가 젊었을 때 '아름다운 음악'이나 '아름답지 못한 행동'과 같은 표현은 전혀 사용하지 않았고 이해하지도 못했다. 유럽으로부터 전해진 미에 대한 새로운 의미가 이제 러시아 사회에도 완전하게 수용되었음이 분명하다.

그렇다면 그 의미는 무엇인가? 유럽 사람들이 이해하고 있는 미란 대체 어떤 것인가?

이 문제에 답하기 위해 나는 현대 미학에서 가장 널리 알려진 미의 정의를 아주 약간만이지만 발췌해보겠다. 독자들에게 당부하건대, 부디 지루해하지 마시고 읽어주길 바란다. 그리고 뭐든 미학 관련 서적을 더 읽어준다면 더욱 좋겠다. 그런 목적을 위해서라면 널리 알려진 독일의 미학 서적들은 그만두고라도, 독일의 크랄리크 교수의 저서와 영국의 나이트, 프랑스의 레베크의 저서가 매우 적당할 것이다. 어떤 것이라도 좋으니 미학 책을 한 권 통독해보기를 권한다. 미학이라는 영역에 얼마나 다양한 판단들이 존재하는지, 또 그 판단들이 얼마나 끔찍할 정도로 모호한 것인지 깨닫고, 이 중요한 문제에 관해 남의 말을 곧이곧대로 믿지 않기 위해서라도 그것은 꼭 필요한 일이다.

이를테면, 독일 미학자 샤슬러[12]는 방대하고 상세한 자신의 명저 서문에서 모든 미학 연구의 특성에 대해 다음과 같이 기술하고 있다.

미학에서처럼 연구와 설명 방법이 모순적일 정도로 그렇게 거칠고 초보적인 영역은 철학에서 다시 보기 힘들다. 한편으론 아무런 내용도 없이 극히 피상적으로 미사여구만 늘

---

12 샤슬러Max Schasler(1819~1903). 헤겔주의를 계승한 독일 미학자.

어놓고, 다른 한편으론 이론의 여지가 없이 깊은 연구와 풍부한 내용에도 불구하고 반감을 불러일으키는 졸렬한 철학 용어들을 남발하여, 체계라는 광명한 궁전에 입장하기 위해서는 어쩔 수 없다는 듯 아무것도 아닌 평범한 것들에 추상적인 학문의 옷을 잔뜩 치장한다. 그리고 연구와 설명의 그 양 기법 사이에 양쪽을 오가는 절충주의적인 제3의 방법이 우아한 미사여구와 현학적인 학술어를 뽐낸다. 이런 세 가지 결점 중 어느 하나도 지니지 않는 참으로 구체적인 설명 방법, 명료하고도 쉬운 철학적 용어로 그 본질적 내용을 설명해주는 그런 방법은 미학의 영역에서 거의 찾아볼 수 없다.(샤슬러, 《미학의 비판적 역사*Kritische Geschichte der Aesthetik*》, 1872, I, p. XIII.)

그의 말이 옳은지에 대해 확신하기 위해서라도 샤슬러의 책 자체를 한번 통독해볼 필요가 있을 것이다.

프랑스 작가 베롱[13]도 훌륭한 미학 책 서문에서 이 점에 대해 이렇게 말한다.

미학만큼 형이상학자의 망상에 맡겨진 학문도 없을 것이다. 멀리 플라톤으로부터 오늘날 우리 시대에 공인되어 있는 학설에 이르기까지 모든 미학 학설들은 예술을 사물의 본질

---

13 베롱Eugene Veron(1825~1889). 프랑스 미학자이자 작가, 예술평론가.

30

에 대한 공상과 초월적인 신비의 혼합물로 만들어버리고 있다. 그리하여 현실에 대한 불변하는 신성한 전형적 이상으로서 미의 절대적 개념에서 예술의 최고의 표현을 찾으려 한다.(베롱, 《미학L'esthétique》, 1878, p. V.)

이러한 판단은 무엇보다 정당한 것이다. 만일 미를 정의하려는 미학자들에 대해 아래 열거하는 사람들의 책을 읽어보는 수고를 감수한다면 독자들도 이 점을 분명하게 납득하게 될 것이다.

나는 소크라테스라든가 플라톤, 아리스토텔레스나 플로티노스 등 고대인들의 미에 대한 정의까지 인용하지는 않겠다. 고대인들에게는 우리 시대 미학의 근본이자 목적인 미의 개념, 즉 선과 분리된 미의 개념 같은 것은 존재하지 않기 때문이다. 따라서 미에 대한 고대의 판단들을, 미학에서 흔히 그러듯이, 오늘날의 개념에 적용한다면, 우리는 고대의 용어들에 그들이 지니고 있지 않은 의미를 부여하는 결과가 될 것이다. (이에 대해서는 베나르[14]의 《아리스토텔레스 미학L'esthétique d'Aristote》과 발터[15]의 《고대미학사Geschichte der Aesthetik im Altertum》를 참고하라.)

---

14 베나르Charles Magloire Bénard(1807~1898). 프랑스 철학자.
15 발터Julius Walter(1841~1922). 독일 철학자.

3. 미를 정의하려는 미학의 온갖 몸부림

우선 미학의 창시자 바움가르텐부터 살펴보자.

바움가르텐에 따르면, 논리적 인식의 대상은 진眞이고, 미학적(감각적) 인식의 대상은 미美이다. 미는 감성에 의해 인식되고, 진은 이성에 의해 인식되며, 선善은 도덕적 의지에 의해 성취되는 것으로 제각각 완전한 것(절대적인 것)이다.(샤슬러, 361)

바움가르텐에 따르면 미는 일종의 조응照應 상태 즉 부분들이 서로 상호관계를 맺으며 전체와의 관계를 형성하는 가운데 형성된 하나의 질서이다. 미 자체의 목적은 욕망을 충족하고 유발하는 것에 있다(이것은 미의 중요 속성과 특징에 관한 칸트의 견해와 정면으로 배치되는 주장이다).

미의 발현에 대해 논하면서 바움가르텐은, 우리는 오직 자연 속에서 미의 최고의 실현을 볼 수 있으므로 자연의 모방이 예술의 최고의 과제라고 주장한다(이 또한 최근 미학자들의 판단에 정면으로 배치된다).

바움가르텐의 계승자들로, 미와 쾌를 구별하면서 스승의 견해를 약간 수정할 뿐인 마이어나 에센부르크, 에버하르트 같은 그다지 중요치 않은 학자들은 접어두고, 바움가르텐 직후에 등장하여 전혀 다른 방법으로 미를 정의한 학자들을 살펴보자. 슐처와 멘델스존, 모리츠가 그들이다. 이들은 바움가르텐의 기본 명제에 대립하여, 예술의 목적은 미가 아니라 선이라고 주장한다. 즉 슐처[16]는 선을 포함하고 있는 것만이 미적인 것으로 인정될 수 있다고 말한다. 그에 따르면, 인류의 모든 삶의 목적은 사회적 삶의 행복이다. 그것은 도덕 감정의 육성에 의해 획득되는 것이며, 예술은 바로 그런 목적에 부합되어야 한다. 미는 이런 감정을 불러일으키고 육성하는 것이다.

멘델스존[17]이 이해하는 미도 이와 거의 같다. 멘델스존에 따르면 예술은 모호한 감정에 의해 인식된 미적인 것을 진과 선의 경지로까지 끌어올리는 것이다.(샤슬러, 369)

---

16 슐처Johann Georg Sulzer(1720~1779). 스위스의 수학자이며 공학자. 《예술 일반론》을 통해 미에 대해 주체의 인식 조건에 따른 심리학적 접근을 시도하였다. 칸트는 그의 견해를 존중하면서 반박하였다.

17 멘델스존Moses Mendelssohn(1729~1786). 독일의 유대 철학자이자 성서 연구자로 유대인이 유럽사회에 동화되기를 지향하였고 '독일의 소크라테스'라는 별명을 얻었다.

이러한 경향의 미학자들에게 미의 이상은 아름다운 육체 속에 깃든 아름다운 정신이다. 이 미학자들은 완전한 것(절대적인 것)의 세 형식으로의 분할 즉 진, 선, 미로의 분할이라는 바움가르텐의 분류법을 완전히 지워버린다. 그리하여 미는 다시 선과 진과 결합되고 있다.

그러나 미에 대한 이러한 이해법은 이후의 미학자들에게 계승되지 못한다. 오히려 빙켈만[18] 같은 미학자가 나타나 이들의 시각을 완전히 부정하며, 예술을 선이라는 목적으로부터 단호하게 분리하고, 예술의 목적은 외적인 미, 심지어 오로지 조형미造形美라고 주장하였다.

빙켈만의 저명한 저작에 따르면, 모든 예술의 목적과 법칙은 선과 완전히 구별되는 독립적인 미일 뿐이다. 그리고 그 미는 세 종류로 나타난다. 즉 형식미, 형상(조형예술에서와 같은)의 상태로 표현되는 관념미, 그리고 앞의 두 가지 조건이 동시에 존재할 때에만 가능한 표현미이다. 이 표현미는 예술의 최고 목적으로 고대 예술에서 실현된 바 있다. 따라서 오늘날의 예술은 고대를 모방하기 위해 노력해야 한다.(샤슬러, 388~390)

---

[18] 빙켈만Johann Joachim Winckelmann(1717~1767). 독일의 미술사가로 특히 고대 그리스 예술 연구에 커다란 업적을 남겨, 신고전주의 운동의 발흥에 중요한 역할을 하였다. 《그리스의 회화와 조각에 대한 의견》과 《고대 예술사》라는 주요 저작을 남겼다. 폼페이와 헤르쿨라네움 발굴 현장을 참관한 후 고고학적 오류를 지적하며 새로운 방법을 제시하여 근대 고고학의 창시자로 불리기도 하였다.

이후 레싱과 헤르더, 괴테 등 칸트 이전의 모든 뛰어난 독일 미학자들은 미를 이렇게 이해한다. 하지만 칸트 이후 예술은 다시 전혀 다른 방법으로 이해되기 시작한다.

동일한 시대에 영국과 프랑스, 이탈리아, 네덜란드에서도 독일 학자들과 관계없이 나름대로의 미학 이론이 태어나긴 하지만, 모호하고 모순적이기는 여전히 마찬가지였다. 그러나 독일 미학자들과 똑같이 이들 미학자들 역시 미의 개념을 자기들 추론의 중요한 토대로 생각하고, 미를 어떤 절대적인 것으로 그리고 어느 정도 선과 결합되어 있거나 선과 같은 뿌리를 가진 것으로 사고한다. 바움가르텐과 거의 동시대에 혹은 심지어 다소 앞선 시기에 영국에서는 섀프츠베리, 허치슨, 홈, 버크, 호가스 등이 예술에 관한 저술을 남기고 있다.

섀프츠베리[19]에 따르면 아름답다는 것은 조화롭고 균형적인 것이며, 아름답고 균형적이라는 것은 옳다(진)는 것이다. 즉 아름다우면서 동시에 옳은 것은 유쾌하고 좋다(선하다). 그리하여 미는 오로지 정신에 의해 인식된다. 신은 가장 중요한 미이며, 미와 선은 하나의 원천에서 나온다.[나이트Richard Payne Knight(1751~1824), 《미의 철학*The Philosophy of the*

---

19 섀프츠베리A. A. Cooper Shaftesbury(1671~1713). 영국 정치가이자 철학가, 작가로 인간을 이기적이면서도 이타적인 존재로 사회적으로 통합적으로 파악해야 함을 주장하였다. 삼부작의 저서 《인간, 태도, 의견, 시대의 특성*Characteristics of Men, Manners, Opinions, Times*》(1711)은 윤리학과 종교 그리고 특히 미학을 다루고 있고, 숭고를 최고의 미적 자질로 파악한다. 초기 계몽주의와 19세기 유럽 사상의 발전에 커다란 영향을 미쳤다.

Beautiful》, Ⅰ, 165~166〕 따라서 섀프츠베리에게, 미와 선은 별개의 것으로 고찰된다 하더라도, 미는 다시 선과 분리 불가한 것으로 결합된다.

허치슨[20]은《미와 덕의 기원에 대한 연구*Inquiry into the Origin of Our Ideas of Beauty and Virtue*》(1725)에서 예술의 목적은 미이고, 미의 본질은 다양성 속에서의 통일성이라고 말한다. 미의 인식에서 우리를 이끄는 것은 윤리적 본능(내적 감각으로서)이다. 그런데 이 본능이라는 것은 미학적인 것에 대립할 수도 있다. 그리하여 허치슨에게 미는 이제 선과 항상 일치하는 것이 아니며, 선과 구별되고 그에 대립하는 것이다.(샤슬러, 289; 나이트, 168~169)

홈[21]에게 미란 쾌이다. 따라서 미는 오직 취향에 의해 정의된다. 진정한 취향은 우리가 받은 인상들의 풍부함, 완전함, 힘, 다양함이 가장 제한된 범주 안에 얼마나 함축되느냐에 달려 있다. 예술작품의 완전함의 이상은 바로 여기에 있다.

버크[22]는《숭고와 미에 관한 우리들의 관념의 기원에 대한

---

20 허치슨Francis Hutcheson(1694~1744). 아일랜드의 종교가이자 미학자. 인간의 오감 외에 미감, 도덕감, 자부심, 수치심을 강조했고, 특히 도덕감을 중요한 것으로 고찰했다. 공리주의의 탄생에 기여하였다.

21 홈Henry Home, Lord Kames(1696~1782). 스코틀랜드 법관이자 미학자. 보통 '케임스 경'이라 불린다.《비평의 원리*Elements of Criticism*》(1762)에서 인간의 타고난 감각기관의 즐거움을 아름다움과 동일시하였다.

22 버크Edmund Burke(1760~1797). 자코뱅주의에 반대한《프랑스 혁명론》으로 보수주의를 옹호했던 영국 정치가이자 미학자.

철학적 탐구*Philisophical Enquiry into the origin of our ideas of the sublime and the beautiful*》(1757)에서 숭고와 미는 예술의 목적이고, 자기보존의 감각과 사회적 공존의 감각에 기초한다고 주장한다. 이러한 감각은, 그 기원을 살펴보면, 개체를 통해 종족을 보존하기 위한 수단이다. 자기보존은 영양·보호·전쟁에 의해, 사회적 공존은 소통과 번식에 의해 달성된다. 따라서 자기보존과 그와 연관된 전쟁은 숭고함의 원천이고, 사회성과 그와 연관된 성적 욕구는 미의 원천이다.(크랄리크, 124)

이상이 예술과 미에 대한 18세기 영국의 주요 정의들이다.

같은 시대 프랑스에서는 앙드레 신부와 바퇴 그리고 좀 이후에는 디드로와 달랑베르가 예술에 관한 저작을 남겼고, 볼테르도 일정 부분 예술에 대한 저작을 남긴다.

앙드레 신부[23]는 《미론*Essai sur le Beau*》(1741)에서 미에는 세 종류 즉 신적인 미, 자연미, 예술미가 있다고 본다.(나이트, 101)

바퇴[24]에 따르면, 예술은 자연미를 모방하는 것이고 그 목적은 쾌이다.(샤슬러, 316) 디드로[25]의 예술 정의도 그와 같다. 영국인들과 마찬가지로 미의 결정 요인은 취향이라는 것이다. 하지만 취향의 법칙은 확립된 것이 아니며, 그 확립 자체

---

23 앙드레 신부Père André(1675~1764). 프랑스 예수회 소속 수학자이자 철학자. 본명은 마리 앙드레.
24 바퇴Charles Batteux(1713~1780). 프랑스 철학자이자 미학자.
25 디드로Denis Diderot(1713~1784). 프랑스 계몽주의 철학자.

가 불가능하다는 것을 인정한다. 달랑베르와 볼테르 역시 이런 견해를 지지한다.(나이트, 102~104)

같은 시대의 이탈리아 미학자 파가노[26]는, 예술이란 자연에 산재한 미를 하나로 결합하는 것이라고 본다. 이런 미를 볼 수 있는 능력은 취향이며 그런 미를 하나의 전체로 결합해내는 능력이 천재적 예술 재능이다. 파가노에 따르면 미는 선과 융합되어 있고, 따라서 미는 발현된 선이고, 선은 내적인 미이다.

다른 이탈리아 학자들, 무라토리[27]의《과학과 예술에 나타난 취향에 관한 고찰Riflessioni sopro il buon gusto intorno le scienze e le arti》그리고 특히 스팔레티[28]의《미에 관한 연구Saggio sopra la bellezza》에 따르면, 예술은, 버크가 말한 바와 같이, 자기보존 및 사회성의 지향에 근거하는 이기적 감각으로 귀결된다.

네덜란드인 중에는 독일 미학자들과 괴테에게 영향을 미친 헴스터하위스[29]를 주목할 만하다. 그의 주장에 따르면, 미란 최상의 쾌를 주는 것이며, 그 최상의 쾌는 우리에게 가장

---

26 파가노François Mario Pagano(1748~1799). 이탈리아 법률가이자 영향력 높은 계몽주의 사상가로 온건 개혁주의 노선을 지지하였고 이탈리아 통합의 선두주자였다.

27 무라토리Lodovico Antonio Muratori(1672~1750). 이탈리아 신학자이자 종교사가.

28 스팔레티Giuseppe Spalletti(?~1793). 이탈리아의 저술가이자 고고학자. 1765년에 쓴《미에 관한 연구》는 신고전주의 미학의 가장 중요한 텍스트 중 하나로 꼽힌다.

29 헴스터하위스François Hemsterhuis(1720~1790). 네덜란드의 미학과 도덕철학에 관한 저술가.

짧은 시간에 최대의 관념을 제공하는 것이다. 따라서 미적인 것의 쾌는 가장 짧은 시간에 최대의 지각을 제공하기 때문에 인간이 성취할 수 있는 최고의 인식이 된다.(샤슬러, 328)

이상이 지난 100년 동안 독일 이외의 나라에서 이루어진 미학론이다. 하지만 독일에서는, 빙켈만 이후 다시 전혀 새로운 관점을 지닌 칸트가 등장하여, 미의 개념의 본질을, 그리하여 예술의 본질을 그 어떤 이론보다 명확하게 해명해내고 있다.

칸트 미학의 핵심은 다음과 같다. 인간은 자신 속에서 자연을 인식하고 자연 속에서 자신을 인식한다. 인간은 자신 외부의 자연에서는 진리를 찾고, 자신 속에서는 선을 찾는다. 진리는 순수 이성의 작업이고, 선은 실천 이성(자유)의 작업이다. 칸트에 따르면, 이 두 인식 수단 외에도 인간은 판단력Urtheilskraft을 지니고 있는데, 그것은 개념이 없는 판단을 형성하며 욕구가 없는 만족을 낳는다Urtheil ohne Begriff und Vergnügen ohne Begehren. 바로 이 판단 능력이 미학적 감각의 기초인 것이다. 칸트에 의하면 미란, 주관적 의미에서는 어떤 개념이나 실용적 이익이 없는 일반적인 쾌이며, 객관적 의미에서는 목적에 대한 어떤 표상이 없이도 수용될 수 있을 정도의 합목적적인 대상이 가진 일정한 형식이다.(샤슬러, 525~528)

칸트의 후계자들도 미를 그렇게 정의한다. 미학에 관한 많은 저술을 남긴 실러[30]도 칸트처럼 예술의 목적은 미이며, 그 미의 원천은 실용적 목적이 없는 쾌라고 본다. 그렇다면 예술이란 일종의 놀이라고 볼 수 있는데, 그러나 그것은 예술이 무의미한 일이라는 의미가 아니라, 미 외에 다른 목적을 갖지 않는 삶 자체의 미를 발현하는 것이라는 의미이다.(나이트, 61~63)

미학 영역에서 칸트 계승자들 중 실러 외에 가장 주목할 만한 인물은 장 파울Jean Paul(1763~1825)과 빌헬름 홈볼트[31]이다. 비록 이들이 미의 정의에 새롭게 추가한 것은 아무것도 없지만 미의 다양한 양태 즉 드라마, 음악, 희극적인 것 등등을 해명하고자 했다는 점에서 의미가 있다.(샤슬러, 740~743)

칸트 이후 이류급 철학자들을 제외하고라도 피히테와 셸링, 헤겔과 그의 제자들 역시 미학에 관한 많은 저술을 남기고 있다. 피히테[32]는 미의식의 발생을 이렇게 설명한다. 세계 즉 자연은 두 가지 측면을 가진다. 한편으로 세계는 우리의 유한성의 산물이고, 다른 한편으로는 우리의 자유로운 이상적 활동의 산물이다. 전자의 의미에서 세계는 유한하고, 후

---

30   실러Friedrich Schiller(1759~1805). 괴테와 더불어 독일 고전주의의 양대 문호로 일컬어지는 극작가이자 시인, 철학자, 문학이론가.

31   홈볼트Friedrich Wilhelm Christian Carl Ferdinand von Humbolt(1767~1835). 독일 언어학자이자 철학자, 외교관, 교육가. 실러와 괴테와 우정을 나누었고, 베를린 대학교 설립자로 유명하다.

32   피히테Johann Gottlieb Fichte(1762~1814). 헤겔, 셸링과 더불어 독일 관념론을 대표하는 독일 철학자. 《독일 국민에게 고함》이라는 저명한 연설을 통해 독일 국권의 회복과 영광을 위한 실천적 견해를 주장하였다.

자의 의미에서 세계는 자유롭다. 전자의 의미에서 모든 물체는 유한하고, 비틀리고, 짓눌리고, 유폐되어 있어, 우리는 그 기형성을 볼 뿐이다. 후자의 의미에서 우리는 내적 충만함과 생명성, 거듭 되살아남, 즉 미를 볼 수 있다. 피히테에 따르면, 이처럼 대상의 추와 미는 그것을 바라보는 자의 시각에 의존한다. 따라서 미는 세계 속에 있지 않고, 아름다운 정신 schöner Geist 속에 있다. 예술이란 이 아름다운 정신의 발현인 것이며, 그 목적은 이성교육(그것은 학자의 몫이다)이나 감성교육(이것은 도덕적 설교자의 몫이다)뿐만 아니라 전인 교육이기도 하다. 따라서 미의 특징 역시 어디 외적인 것이 아니라, 예술가의 아름다운 정신 속에 깃들어 있다.(샤슬러, 769~771)

프리드리히 슐레겔과 아담 뮐러 역시 피히테와 같은 경향에서 미를 정의한다. 슐레겔[33]은 예술에서 미가 너무 불완전하고 일면적이며 단편적으로 이해되고 있다고 본다. 미는 예술만이 아니라 자연에도 사랑에도 존재하며, 진정으로 미적인 것은 예술과 자연과 사랑의 결합 속에 표현된다. 따라서 슐레겔은 미적 예술에서 도덕적 예술과 철학적 예술을 분리 불가능한 것으로 본다.(샤슬러, 786~787)

아담 뮐러[34]에 따르면 미에는 두 가지가 있다. 하나는 사회

---

[33] 슐레겔Karl Wilhelm Friedrich von Schlegel(1772~1829). 독일 낭만주의 이념을 전파한 시인이자 비평가, 학자.

[34] 뮐러Adam Müller(1779~1829). 독일 문학비평가, 정치경제학자. 국가이론과 경제적 낭만주의의 선구자이다.

적 미로서, 그것은 태양이 행성을 끌어당기듯 사람들을 끌어당긴다. 그것은 고대의 미에 주로 나타난다. 다른 하나는 관조하는 자 자신이 미를 끌어당기는 태양이 되는 바와 같은 개별적 미로서, 그것은 근대 예술의 미이다. 최고의 미는 모든 모순이 일치되는 세계이다. 예술의 모든 산물은 이러한 전 세계적인 조화의 반복인 것이다.(크랄리크, 148) 최고의 예술은 삶의 예술이다.(크랄리크, 820)

피히테와 그 후계자들 이후 우리 시대의 미학론에 커다란 영향을 준 철학자는 피히테와 동시대의 셸링[35]이다. 셸링에 따르면, 예술은 주체가 자신의 대상으로 전화轉化되거나 대상이 스스로 자신의 주체가 되는 그런 세계관의 산물 혹은 결과이다. 미는 유한 속에 깃든 무한의 표상이다. 따라서 예술작품의 중요한 특성은 무의식적 무한성이다. 예술은 주관적인 것과 객관적인 것, 자연과 이성, 무의식적인 것과 의식적인 것의 결합이다. 따라서 예술은 최고의 인식 수단이다. 미는 모든 사물의 근저에 존재하는 것in den Urbildern에 대한 관조, 즉 사물 그 자체에 대한 관조이다. 미적인 것은 예술가가 자신의 지식이나 의지로 만들어내는 것이 아니라, 예

---

35 셸링Friedrich Wilhelm Joseph von Schelling(1775~1854). 독일 관념론의 완성자로 꼽힌다. 피히테와 헤겔의 지지를 받았으나, 예술작품에서 자연적인 것과 정신적인 것의 통일을 주장했다는 점에서 차이와 갈등을 빚었다. 헤겔의 절대이성에 반하여, 인간의 독자성을 강조하여 후에 실존주의 철학, 철학적 인간학의 단초를 형성하였다.

술가 자신 속에 존재하는 미의 관념 자체가 만들어내는 것이다.(샤슬러, 828~829, 834, 841)

셸링의 계승자들 중 가장 주목할 만한 인물은《미학강의 *Vorlesungen über Aesthetik*》를 쓴 졸거Karl Wilhelm Ferdinand Solger (1780~1819)이다. 그에 따르면, 미의 관념이 모든 사물의 근본 관념이다. 우리는 세계에서 이 근본 관념의 왜곡을 볼 뿐이지만, 예술은 환상에 의해 근본 관념의 높이까지 올라갈 수 있다. 따라서 예술은 창조와 비슷한 것이다.(샤슬러, 891)

셸링의 후계자 중 또 한 사람을 꼽는다면 크라우제Friedrich Krause(1781~1832)이다. 그에 따르면, 진정한 실재의 미는 개별적 형식 속에서 관념이 발현되는 것이다. 따라서 예술은 인간의 자유로운 정신의 영역에서 미를 구현하는 것이다. 최고 수준의 예술은 삶의 예술이며, 삶의 예술은 아름다운 인간을 위한 아름다운 거주지를 위하여 삶을 장식하는 활동이다.(샤슬러, 917)

셸링과 그 후계자들 이후 헤겔의 미학론이 등장한다. 헤겔 미학론은 오늘날까지도 많은 경우 의식적으로, 하지만 대부분 무의식적으로 지지를 받고 있다. 하지만 헤겔 미학론은 이전의 미학론보다 더 분명하거나 명확한 것이 아닐 뿐만 아니라, 어떤 면에서는 훨씬 모호하고 신비스럽다.

헤겔[36]에 따르면 신은 미의 형식으로 자연과 예술 속에 나

---

36 헤겔Georg Wilhelm Friedrich Hegel(1770~1831). 정신이 변증법적 과정을 통해 자

타난다. 신은 두 가지로, 즉 객체와 주체 속에, 자연과 정신 속에 표현된다. 미는 관념이 물질을 통해 비쳐나오는 것이다. 오직 정신만이 그리고 정신과 관련된 모든 것만이 진정으로 아름다운 것이며, 따라서 자연의 미는 정신에 고유한 미의 반영일 뿐이다. 미는 오직 정신적인 면만을 지니고 있다. 그러나 정신적인 것은 반드시 감각적 형태로 드러나야 한다. 정신의 감각적 발현은 가상Schein일 뿐이다. 그리고 이 가상이 미적인 것의 유일한 현실이다. 마찬가지로 예술은 관념의 이런 가상으로의 실현이며, 종교와 철학과 함께 우리 인간의 가장 깊은 과제와 정신의 최고 진리를 의식으로 끌어올려 입 밖으로 말하도록 해주는 수단이다.

진과 미는, 헤겔에 따르면 동일한 하나이다. 유일한 차이는, 진은 관념 자체로서 그 자체로 존재하고 사유되는 것이라는 점이다. 그런데 외적으로 발현된 관념은 의식이라는 관점에서 보면 진일 뿐만 아니라 미이기도 하다. 미적인 것은 관념의 발현이다.(샤슬러, 946, 984~985, 990, 1085)

바이세, 아르놀트 루게, 로젠크란츠, 테오도르 피셔 등과 같은 많은 후계자가 헤겔의 뒤를 잇는다.

바이세Joseph Weise(1801~1867)에 따르면, 예술이란 절대적으로 정신적인 미의 본질을 외부의 생명 없는, 무색의 물질

연과 사회, 국가 등의 현실로 전화되어 자기 발전을 이루어간다고 본 독일 관념론 철학자. 이념과 현실의 이원론이라는 칸트의 철학을 극복하고 일원화하였다. 절대정신과 변증법은 이후 매우 커다란 철학적 영향력을 미쳤다.

속에 상상하여 이입하는 것Einbildung이다. 이렇게 이입된 미를 제외한다면, 물질 개념은 자기 자신의 모든 것을 부정하는 것이다Negation alles Fürsichsein's.

바이세는 진리라는 관념 속에는 유일자 '나'가 모든 존재를 인식한다는 점에서, 인식의 주관적 측면과 객관적 측면의 모순이 놓여 있다고 말한다. 이런 모순을 제거하기 위해서는 진이라는 개념 속에 둘로 나뉘어 있는, 보편성과 유일성을 하나의 계기로 결합해주는 개념이 필요하다. 그것은 화합된aufgehoben 진이라고 말할 수 있을 것이고, 그런 화합된 진이 바로 미인 것이다.(샤슬러, 955~956, 966)

엄격한 헤겔주의자인 루게Arnold Ruge(1802~1880)에 따르면, 미는 스스로 자신을 표현하는 관념이다. 정신은 자신이 표현된 바를 스스로 관조하여, 만일 완전하게 표현되어 있다면, 그 완전한 표현을 미라고 본다. 하지만 완전하게 표현되지 않았다면, 정신은 불완전하게 표현된 것을 바꾸고자 하는 욕구를 품게 된다. 그때 정신은 창조적 예술이 되는 것이다.(샤슬러, 1017)

피셔Theodor Vischer(1807~1887)는 미를 유한한 현상의 형식으로 나타난 관념이라고 말한다. 관념 자체는 개별적으로 하나하나 나누어지는 것이 아니라 상승선과 하강선을 지닌 이념들의 체계를 구성한다. 하나의 관념이 상승선에 가까울수록 디욱 아름다운 미를 품고 있지만, 가장 하강선에 가까운 관념도 하나의 체계의 필수불가결한 사슬을 구성하기 때문에 미를 품고 있다. 관념의 가장 고상한 형식은 개인이며, 따라서 최고의 예술은 가장 고귀한 개인을 대상으로 한다.(샤슬러, 1065~1066)

이처럼 독일 미학자들은 헤겔과 동렬에 서 있다. 그러나 미학론은 여기에서 그치지 않는다. 관념의 발현으로서의 미 그리고 이 관념의 표현으로서의 예술 등과 같은 헤겔의 미학론을 인정하지 않을 뿐만 아니라 그를 부정하고 비웃는 정반대의 미학론도 동시대 독일에 등장하고 있다. 헤르바르트와 쇼펜하우어가 바로 그들이다.

헤르바르트Johann Friedrich Herbart(1776~1841)에 의하면, 미는 그 자체로 존재하거나 존재할 수 없고, 존재하는 것은 오로지 우리의 판단뿐이다. 따라서 우리는 그 판단의 근거 aesthetisches Elementarurtheil를 찾아야만 하는데, 그 판단의 근거는 우리가 받는 인상들이 어떻게 관계를 맺고 있는가에 있다. 아름다운 것이라고 부르는 것들은 일종의 이런 관계들이고, 예술은 이런 관계들이 어떻게 존재하느냐로 구성된다. 즉 그 관계들은 회화와 조형예술, 건축 등에서는 동시적인 것으로, 음악에서는 연속적이면서 동시적인 것으로, 시에서는 연속적인 관계들로만 존재하는 것이다. 헤르바르트는, 이전의 미학자들과는 반대로, 아름다운 것이라 해도 전혀 아무것도 표현하지 않는 것이 존재한다고 말한다. 이를테면, 무지개는 오로지 그 선과 색으로서만 아름다운 것이지, 이리스[37]나 노아의 무지개[38]처럼 그 신화적 의미와는 전혀 무관하

다.(샤슬러, 1097~1100)

헤겔의 또 다른 반대자는 쇼펜하우어로, 그는 헤겔의 철학 체계 전체와 미학 체계를 부정하였다. 쇼펜하우어[39]에 따르면, 의지는 현실 세계에서 여러 단계로 객관화되며, 객관화 단계가 높을수록 더욱 아름답지만 모든 단계는 저마다의 미를 가지고 있다. 자기 개별성과 단절하고 의지가 발현되는 단계 중 하나로 자신을 관조하게 되면 우리는 미의식을 가질 수 있게 된다. 모든 사람은 의지가 발현되는 여러 단계에서 이런 인식 능력을 지니고, 자기 개인으로부터 잠시나마 해방될 수 있다. 천재 예술가는 최고 수준의 이런 능력을 지닌 자로서 최고의 미를 표현할 수 있다.(샤슬러, 1107~1124)

독창성과 영향력에서 이들에 미치지 못하는 하르트만이나 키르히만, 슈나제, 헬름홀츠, 베르크만, 융만 등과 같은 독일 학자들이 이들의 뒤를 잇는다.

하르트만Karl Robert Eduard von Hartman(1842~1906)에 따르면, 미란 외부 세계나 사물 그 자체, 인간의 정신이 아니라

---

37 그리스 신화에 나오는 무지개의 화신이자 신들의 사자로서, 신탁을 받아 신들의 거짓을 감별하는 역할을 한다.

38 노아의 홍수 이후에 신은 다시는 인류의 죄 때문에 땅을 저주하지 않겠다고 맹세하고 그 약속의 징표로 하늘에 무지개를 두었다.

39 쇼펜하우어Arthur Schopenhauer(1788~1860). 헤겔의 관념론에 정면으로 반대하여, 의지의 형이상학을 주창하여, 후에 실존철학과 프로이트 심리학에 큰 영향을 미쳤다. 흔히 염세주의 철학자로 불리며, 주저《의지와 표상으로서의 세계》가 유명하다.

예술가에 의해 창조된 가상Schein에 존재한다. 물 자체는 아름다운 것이 아니고, 예술가가 그것을 미로 전화시키는 것이다.(나이트, 81~82)

슈나제Karl Schnaase(1798~1875)는 세계 속에는 미가 없다고 말한다. 자연에는 오직 미의 근사치만 존재한다. 예술은 자연이 줄 수 없는 것을 제공한다. 자연에 존재하지 않는 조화를 인식하는 자유로운 '나'의 활동 속에 미가 발현되는 것이다.(나이트, 83)

키르히만Julius von Kirchmann(1802~1884)은 경험 미학론을 주장한다. 그에 따르면, 역사에는 여섯 가지 영역 즉 지식, 부, 도덕, 신앙, 정치, 미의 영역이 있다. 이 미의 영역에서의 활동이 예술이다.(샤슬러, 1121)

헬름홀츠Hermann Ludwig Ferdinand von Helmholtz(1821~1894)는 음악에 관한 미를 논하였다. 음악작품에서 미는 항상 오로지 법칙의 준수에 의해 달성된다. 그러나 그 법칙들은 예술가에겐 인지되지 못하는 것이다. 따라서 미는 예술가에게 무의식적으로 발현되는 것으로 분석의 대상이 될 수 없다.(나이트, 85~88)

베르크만Julius Bergmann(1840~1904)은 《미론*Über das Schöne*》(1887)에서 미를 객관적으로 정의할 수 없다고 말한다. 미는 주관적인 것으로서 미학의 과제는 누구에게 쾌감을 주는가를 논하는 것뿐이다.(나이트, 88)

융만Joseph Jungmann(1835~1885)에 따르면, 미란 첫째, 초감

각적인 것이고 둘째, 관조를 통해 우리에게 만족을 주는 것이고 셋째, 사랑의 기초가 되는 것이다.(나이트, 88)

근대 프랑스와 영국, 기타 여러 나라의 미학론을 그 주요 대표자들을 통해 살펴보면 다음과 같다.

프랑스에서의 탁월한 미학자로는 쿠쟁, 주프루아, 쁘띠, 라베송, 레베크 등이 있다.

쿠쟁Voctor Cousin(1792~1867)은 절충주의자로 독일 관념론 미학을 계승한다. 쿠쟁의 이론에 의하면, 미는 항상 도덕적 기반을 지닌다. 쿠쟁은 예술이 모방이라는 입장 그리고 미적 쾌감을 주는 것이 아름답다는 입장을 논박한다. 그는 미란 그 자체로 정의될 수 있고, 그 본질은 다양성 속에 그리고 통일성 속에 존재한다고 확신한다.(나이트, 88)

쿠쟁에 이어 미학에 관한 저술을 남긴 학자는 주프루아 Theodore Simon Jouffroy(1796~1842)이다. 주프루아 역시 독일 미학의 계승자이자 쿠쟁의 제자였다. 그의 정의에 따르면, 미는 보이지 않는 것을 그것을 드러나게 해주는 자연의 기호들을 수단으로 하여 표현하는 것이다. 눈에 보이는 가시적 세계는 일종의 옷이며, 우리는 그것을 통해 미를 볼 수 있게 된다.(나이트, 116)

스위스의 픽테Adolphe Pictet(1799~1875)는 예술론을 전개하면서, 감각적 형상으로 자신을 드러내는 신의 이념이 직접적이고 자유롭게 자신을 드러내는 것 속에 미가 존재한다고 상정하여 헤겔과 플라톤 이론을 반복하고 있다.

프랑스의 레베크Charles Lévêque(1818~1900)는 셸링과 헤겔의 후계자다. 그는 미란 자연 속에 숨겨진 보이지 않는 어떤 것이라고 본다. 힘 혹은 정신이라는 것은 질서화된 에너지의 발현이다.(나이트, 123~124) 프랑스 형이상학자 라베송Ravaisson-Mollien(1813~1900)도 미의 본질에 대한 이와 같은 정의 불가론적 판단을 내린다. 그는 미를 세계의 궁극적 목적이라고 본다. 그에 따르면, "La beauté la plus divine et principalement la plus parfaite contient le secret(가장 신성한 미, 특히 가장 완성된 미는 세계의 비밀을 함축하고 있다)." "Le monde entier est l'oeuvre d'une beauté absolue, qui n'est la cause des choses que par l'amour qu'elle met en elles(절대미는 사물들에 사랑을 부여하는데, 그 사랑을 통해서만 절대미는 모든 사물의 원인이 되는바, 세계 전체는 바로 이 절대미의 산물이다)."(《19세기 프랑스 철학*La philosophie en France au 19 S.*》, 232)

나는 이 형이상학적 표현들을 번역하지 않고 불어로 그대로 제시한다. 왜냐하면, 독일인들이 아무리 모호하게 표현해도 프랑스인들은 일단 그걸 읽고 모방하기 시작하면, 서로 다른 개념들을 하나로 묶고 서로 다른 것을 구별하지 않고 덮어씌우곤 하면서 훨씬 탁월하게 만들어내기 때문이다. 이를테면 프랑스 철학자 라슐리에Jules Lachelier(1832~1918)는 미에 관해 이렇게 말한다. "Ne craignons pas de dire, qu'une vérité, qui ne serait pas belle, n'est qu'on jeu logique de notre esprit et que la seule vérité solide et digne de ce nom c'est la beauté(진이 아름답지 않을 수 있다는 것은 우리 이성의 일종의 논리적 유희에 지나지 않는다는 것을, 그리고 그 명칭에 합당한 확고한 근거를 지닌 유일한 진은 미라는 것을 주저 없이 말할 수 있다)."(《귀납법의 기초 *Du fondenment de L'Induction*》)

독일 철학의 영향 아래 있는 이러한 관념론 미학자들 외에도 최근 프랑스에는 텐, 귀요, 셰르빌리에, 코스테르 및 베롱 등과 같은 미학자들이 예술과 미에 관하여 많은 저술을 남기고 있다.

텐에 따르면, 미는 어떤 중요한 관념의 본질적 성격을 드러내는 것으로, 그 관념이 현실에 표현되어 있는 것보다 더 완성된 것으로 드러내는 것이다.(텐, 《예술철학 *Philosophie de l'art*》, 1권, 47)

귀요에 따르면, 미는 대상 자체와 무관한 어떤 것이 아니고, 대상에 기생하여 자라는 식물도 아니며, 미가 발현되는 바로 그 존재 자체의 개화開花이다. 이성적이고 의식적인 삶은 우리에게, 한편으로 가장 심오한 존재감을, 다른 한편으로 가장 고귀한 감정과 가장 고결한 생각을 불러일으켜 주는 것으로, 예술이란 바로 그와 같은 이성적이고 의식적인 삶의 표현이다. 예술은 인간을 동일한 감정과 신앙에 참여하게 함으로써, 그리고 그뿐만 아니라 동일한 감정들을 수단으로 하여 인간을 개인적 삶으로부터 보편적 공동의 삶으로 고양시킬 수 있다.(나이트, 139~141)

셰르빌리에Victor Cherbuliez(1829~1899)에 의하면, 예술은 형

상(외양)에 대한 우리의 타고난 사랑을 만족시켜주는 활동이며, 관념을 이 형상들로 전이하는 활동이고, 우리의 감각과 감성, 이성에 동시적으로 쾌를 제공하는 활동이다. 그는 미란 대상에 고유한 것이 아니라 우리의 정신 작용이라고 말한다. 미는 환상이고, 절대미란 존재하지 않고 우리에게 특징적이고 조화로운 것으로 보이는 것이 아름다워 보일 뿐이라는 것이다.

코스테르Charles Coster(1827~1879)에게 진·선·미의 관념은 선천적이다. 이 관념들은 우리의 이성을 밝혀주고, 진·선·미 자체인 신과 동일한 것이다. 특히 미 관념은 그 자체에 실체의 통일성을, 구성 요소들의 다양성을 그리고 다양한 삶의 현상들에 통일성을 불어넣는 통일성을 함축하고 있다.(나이트, 134)

더욱 완전한 논의를 위해 예술에 관한 몇몇 최근의 저술을 더 인용해보자.

마리오 필로[40]는 《미와 미의 심리*La Psychologie de beau et de l'art*》(1895)에서, 미는 우리의 육체적 감각의 산물이고 예술의 목적은 쾌락이지만, 어쩐 일인지 이 쾌락은 고도의 도덕적인 것으로 간주된다고 말한다.

피렌스 헤바에르트[41]는 《현대 예술론*Essais sur l'art contemporain*》

---

40 필로Mario Pilo(1859~1921). 이탈리아 미술평론가.

41 헤바에르트Fierens Gevaert(1870~1926). 벨기에 미술사학자이자 작가.

(1897)에서 예술은 과거와의 연관성에 의존하며, 현재의 예술가가 제기하는 종교적 이상에(자신의 작품에 자신의 개별성의 형식을 부여하면서) 의존한다고 말한다.

사르 펠라당[42]은 《이상주의와 신비주의 예술 *L'art idealiste et mystique*》(1894)에서, 미는 신을 표현하는 것 중 하나라고 본다. "신 이외의 실재란 없고, 신 이외의 진리란 있을 수 없으며, 신 이외의 미도 있을 수 없다."(《이상주의와 신비주의 예술》, 33) 이 저술은 매우 환상적이며 몽매한 책이지만 프랑스 젊은이들 사이에서 상당한 성공을 거두고 있다는 점에서 특기할 만하다.

최근 프랑스를 지배하는 미학론이 대체로 이런 식이지만, 그중에서 그 명료함과 합리성에서 예외인 것은 베롱의 《미학》(1878)이다. 이 책 역시 예술을 정확하게 정의하지는 못하고 있지만, 그러나 적어도 절대미라는 모호한 미학 개념은 배제하고 있다.

베롱에 따르면, 예술은 그 선과 형식, 색의 배합을 통해, 혹은 몸짓의 연속, 혹은 익숙한 리듬을 따르는 소리나 단어의 연속을 통해 전달되는 감정emotion의 발현이다.(《미학》, 106)

이 시기 영국에서는 미를 미의 고유한 속성이 아니라 취향으로 정의하려는 미학자들이 점점 늘어나고 있었다. 이에 따라 미는 취향의 문제로 대체되어 갔다.

---

42 사르 펠라당Josephin Sâr Péladan(1858~1918). 프랑스 작가.

미를 오로지 관조자에 의존하는 것으로 인식하는 리드 Thomas Reid(1810~1796) 이후, 앨리슨Archibald Alison(1757~1839)은 《취향의 본질과 원리On the Nature and Principles of Taste》(1790)에서 동일한 견해를 주장한다. 저명한 진화론자 찰스 다윈의 조부인 이래즈머스 다윈Erasmus Darwin(1731~1802)은 조금 다른 각도에서 역시 같은 견해를 펼친다. 그는 우리가 좋아하는 것과 연관된 것을 우리는 아름답다고 본다고 말한다. 리처드 나이트의《취향의 원리에 대한 분석적 연구 Analytical Inquiry into the Principles of Taste》(1805) 역시 같은 경향에서 집필된 저서이다.

영국의 대다수 미학론은 대체로 이와 같은 경향을 지닌다. 19세기 초 가장 탁월한 영국 미학자들로는 찰스 다윈, 스펜서, 토드헌터, 모즐리, 앨런, 커, 나이트 등을 꼽을 수 있다.

찰스 다윈Charles Darwin(1809~1882)은《인간의 유래Descent of Man》(1871)에서 미는 인간에게만 고유한 감정이 아니라 인간의 선조인 동물에게도 고유한 것이라고 보았다. 새는 제 둥지를 장식하고 자기 짝의 미를 인지한다. 미는 배우자의 선택에 영향을 미치는 것이다. 미는 그 속에 서로 다른 여러 특징을 품고 있다. 이를테면 음악예술은 수컷이 암컷을 부르는 소리로부터 기원한다.(나이트, 238)

스펜서는 예술의 기원이 놀이라고 말하는데, 이는 실러가 이미 주장한 이론이다. 하등 동물은 모든 생명력을 생명의 보존과 유지를 위해 소모하지만, 인간에겐 이런 욕구를 충족하고도 남는 여분의 생명력이 존재한다. 바로 이 여분의 힘이 놀이에 이용되고, 그것이 예술로 전화된다. 놀이는 실제 행위와 유사한 것이며, 따라서 예술도 마찬가지다.

미적 쾌의 원천은 첫째, 손실을 최소화하는 가운데 가장 완전한 형태로 최대의 노력을 통해 감각(시각이나 기타 감각들)을 훈련하는 것이다. 둘째, 소환된 감각들을 최대한 다양하게 만드는 것이다. 그리고 셋째, 앞의 두 가지와 거기에서 제기되는 개념들을 결합하는 것이다.(나이트, 239~240)

토드헌터John Todhunter(1839~1916)의 《미의 이론The Theory of the Beautiful》(1872)에 따르면, 미는 우리가 이성과 사랑의 정열로 인식할 수 있는 무한한 매력이다. 미를 미로 인식하는 것은 취향에 따르는 것으로 그것을 정의할 다른 표준이란 있을 수 없다. 미의 정의에 다가갈 수 있는 유일한 방법은 사람들의 고도의 문화성뿐이다. 하지만 문화성이란 것도 아직 정의되어 있지 못하다. 선과 색, 소리, 언어로 우리를 감동시키는 예술의 본질은 맹목적 힘의 소산이 아니라, 서로 협력하여 이성적 목적을 향해 나아가는 이성적인 힘이다. 미는 모순의 조화인 것이다.(나이트, 240~243)

모즐리James Bowling Mozley(1813~1878)는 《옥스퍼드 대학교 설교Sermons preached before the University of Oxford》(1876)에서 미가 인간의 정신 속에 있다고 말한다. 자연은 우리에게 신성에 대해 말해주고, 예술은 이 신성의 상형문자와 같은 표현이다.(나이트, 247)

스펜서의 계승자인 앨런은 《생리학적 미학*Physiological Aesthe-tics*》(1877)에서, 미란 생리적 기원을 가지고 있다고 말한다. 그에 따르면, 미적 만족은 미적인 것에 대한 관조에서 나오며, 미적 개념은 생리학적 과정에서 얻어진다. 예술의 기원은 놀이다. 인간은 생리적 힘의 여분을 놀이 활동에 쏟아붓는다. 미적인 것은 힘의 최소 소모로 최대 만족을 준다. 미적인 것에 대한 평가의 다름은 취향에 따라 결정된다. 취향은 교육될 수 있다. '가장 세련되게 교육받은 가장 뛰어난 사람'(가장 잘 평가할 수 있는 사람)의 판단을 신뢰해야 한다. 이런 사람들이 미래 세대의 취향을 형성해간다.(나이트, 250~252)

커William Paton Ker(1855~1923)의 《예술철학론*Essay on Philosophy of Art*》(1883)에 의하면, 과학은 세계의 여러 부분에 대해 불가피하게 고려해야만 하지만, 미는 우리가 여타의 고려 없이 가장 완벽하게 객관 세계를 파악할 수 있게 하는 수단이다. 예술은 단일성과 복수성, 법칙과 현상, 주체와 객체 사이의 모순을 없애버리고 하나로 결합해낸다. 예술은 유한한 사물들의 어둠과 불가해함으로부터 자유롭기 때문에, 자유의 발현이고 자유의 확립이다.(나이트, 258~259)

나이트의 《미의 철학 II》(1893)에 따르면, 셸링이 말했듯이, 미는 주체와 객체의 결합이다. 그것은 자연으로부터 인간적 속성을 끌어내는 것이며, 자연 전체에 보편적인 것을 자신 속에서 의식하는 것이다.

미와 예술에 대해 지금까지 살펴본 견해들이 이 주제에 관한 모든 학설을 대변한다고 말할 수는 없을 것이다. 게다가 미학에 관한 새로운 학자들의 견해가 지금도 계속해서 등장하고 있다. 하지만 새로운 미학론 역시 하나같이 마법에라도 걸린 듯 모호하고 모순적으로 미를 정의하고 있다. 어떤 이들은 바움가르텐과 헤겔의 신비주의적 미학을 형태만 바꾸어 무기력하게 반복하고, 또 어떤 이들은 문제를 주관적인 영역으로 전이시켜 미적인 것의 근본을 취향의 문제로 만들어버린다. 또 가장 최근의 미학자들은 미의 기원을 생리학 법칙에서 찾기도 한다. 그리고 또 어떤 학자들은 미의 개념과 전혀 무관하게 문제를 고찰하려고도 한다. 이를테면, 설리James Sully(1842~1923)와 같은 학자는 《심리학과 미학 연구 *Studies in Psychology and Aesthetics*》(1874)에서 미의 개념을 완전히 기각한다. 설리의 정의에 따르면, 예술은 일정한 수의 관객과 청중에게 활동적 기쁨과 즐거운 인상을 제공할 수 있는(그로부터 얻는 이익과 무관하게) 지속적인 대상 혹은 일시적인 대상을 만들어내는 것이다.(나이트, 243)

4.   형이상학적 예술 정의의 문제

그렇다면 미에 대한 미학의 이런 모든 정의로부터 얻을 수
있는 것은 무엇인가?

미를 효용성이나 합목적성, 균형, 질서, 배열, 세련, 부분의
조화, 다양성 속에서의 통일, 혹은 이 요소들의 서로 다른 결
합이라고 정의하려는, 즉 객관적인 정의를 내리려는 시도들
이 있지만, 그것은 전혀 정확하지 못하고 예술의 함의를 포
괄하지 못하는 불충분한 것이다. 이런 부정확함과 불충분함
을 제외한다면, 이런 미의 정의들은 두 가지 기본적인 견해
로 귀결된다. 하나는, 미는 그 자체로 존재하는 것으로서 절
대적으로 완전한 것, 다시 말해 관념이나 정신, 의지 혹은 신
의 발현이라는 것이다. 다른 하나는, 미란 우리에게 받아들
여지는 일종의 만족으로, 그것은 개인적 이익을 목적으로 하

지 않는다는 것이다.

첫 번째 정의를 수용하는 인물들은 피히테, 셸링, 헤겔, 쇼펜하우어 그리고 프랑스의 쿠쟁, 주프루아, 라베송 등이다. 그와 유사한 기타 이류급 미학자나 철학자들은 열거하지 않겠다. 미에 대해 객관적이며 신비적으로 정의하려는 이 정의는 우리 시대 식자층 대다수의 지지를 받고 있으며, 특히 우리 앞세대 사람들에게 몹시 광범위하게 수용된 바 있었다.

두 번째 정의, 즉 미는 우리가 개인적 이익을 목표로 하지 않고 받아들이는 일종의 만족이라고 보는 정의는 주로 영국 미학자들에게 널리 퍼져 있고, 러시아에서는 주로 젊은 세대의 호응을 받고 있다.

미의 정의는 이와 같은 두 가지로 존재하며, 다른 것은 있을 수 없다. 하나는 미의 개념을 최고의 완전성, 신과 결합시키려는 객관적이고 신비적인 정의로서, 그 근거는 환상적인 것으로 달리 아무런 근거를 지니지 못한다. 다른 하나는, 이와 정반대로, 매우 간명하고 주관적인 것으로 미를 마음에 드는 것으로 간주한다(마음에 든다는 말에 '목적이나 이익 없이'라는 말을 덧붙이지는 않겠다. 마음에 든다는 말 자체가 이익을 염두에 두지 않는다는 의미를 함축하고 있기 때문이다).

한편으로 미는 신비하고 매우 숭고한 어떤 것이지만 유감스럽게도 몹시 정의하기 힘든 것으로 셸링, 헤겔을 비롯하여 독일과 프랑스의 그 계승자들에게처럼 철학, 종교, 삶 자체를 포함하고 있는 것으로 이해된다. 다른 한편으로 칸트와 그 계승자들에 의하면, 미는 우리가 오로지 사심 없이 받아들이는 특수한 종류의 쾌다. 이 경우 미의 개념은 매우 명백한 것으로 보이지만, 유감스럽게도 부정확한 것은 마찬가지다. 왜냐하면 이 경우, 미는 귀요, 크랄리크 등에게서처럼 먹고 마시는 쾌, 부드러운 피부에서 느껴지는 쾌까지를 포함하게 되기 때문이다.

미에 대한 연구를 따라가다 보면, 미학이 학문으로서 토대를 갖추기 시작했을 때에는 미에 대한 형이상학적 정의가 우세했지만, 갈수록 경험적인 정의가 대두되고 있음을 알 수 있다. 그리하여 최근에는 생리학적 정의까지 수용하는 베롱과 설리와 같이 미의 개념을 정의하지 않고 우회하려는 시도까지 나타나고 있다. 그러나 이런 미학자들은 그다지 성공적이지 못하다. 여전히 많은 예술가, 학자, 대중은 많은 미학자들이 정의하는 바와 같은 미의 개념을, 즉 미가 신비적이거나 형이상학적인 어떤 것이라거나, 혹은 특수한 종류의 쾌라는 것을 굳게 믿고 있다.

그렇다면, 우리 시대 사람들이 예술을 정의하기 위해 그렇게 완강하게 매달리고 있는 미의 개념이란 대체 무엇인가?

주관적 의미에서 우리는 우리가 잘 알고 있는 쾌를 미라고 부른다. 그리고 객관적 의미에서 우리는 우리 외부에 존재하는 절대적으로 완전한 그 무엇을 미라고 부른다. 우리가 우리 밖에 존재하는 절대적으로 완전한 것을 인식하고, 이 절대적으로 완전한 것을 발현해냄으로써 일정한 쾌를 얻기 때문에 그렇다는 것이다. 그러나 그렇다면 이 객관적 정의도 다르게 표현된 주관적인 정의에 지나지 않는다. 본질적으로 그 두 가지 정의 모두 미를 특정한 쾌로 귀결시키고 있을 뿐이다. 다시 말해 두 경우 모두 미란, 우리에게 욕망을 불러일으키지 않으면서 쾌를 주는 것으로 귀결될 뿐이다. 사정이 이러하니, 미 즉 쾌에 기초한 예술 정의에 만족하지 못하고 모든 예술작품에 적용될 수 있는 보편적 정의를 찾으려는 것은 어쩌면 당연한 일일 것이다. 그런 보편적 정의에 근거할 때, 우리는 어떤 작품이 예술이냐 아니냐 하는 문제를 해결할 수 있을 것이기 때문이다. 그러나 앞에서 인용한 미학자나 그들 저서에 그런 정의란 존재하지 않는다. 만일 독자가 그런 저서들을 직접 읽어보는 수고를 기울인다면 그 사실을 더욱 분명히 알 수 있을 것이다. 절대미를 그 자체로 정의하거나 자연의 모방, 합목적성, 부분들의 조응, 균형, 조화, 다양성 속의 통일성으로 정의하려는 모든 시도는 정의하는 바가 아무것도 없거나 일부 예술작품의 일부 특징만을 정의하고 있을 뿐, 결코 모든 사람이 항상 예술로 여기고 지금도 그렇게 여기고 있는 그 모든 것을 포괄하지 못한다.

미의 객관적 정의는 없다. 형이상학적인 것이든 경험적인 것이든 모든 정의는 주관적 정의로 귀결된다. 그리고 아무리 이상하게 돌려 말한다 해도, 미를 드러내는 것이 예술로 간주되며, 마음에 드는(욕망을 일깨우지 않으면서) 것, 그것이 미라는 결론으로 나아간다. 그러한 정의들이 근거가 불충분하고 불안정하다고 느끼는 많은 미학자는 그 근거를 확실히 하기 위해 왜 마음에 드는 것이 예술인지 다시 자문한다. 그리하여 미의 문제는, 허치슨, 볼테르, 디드로 등에게서처럼, 취향의 문제로 전이된다. 그러나 취향이란 또 무엇인가를 정의하려는 모든 시도도, 독자들이 미학사와 실제 경험에서 알수 있듯이, 그 어떤 결론에 도달할 수 없었다. 그들은 왜 어떤 것이 누구의 마음에 들고 누구에게는 마음에 들지 못하는지, 그 반대의 경우는 왜 그런지 그 어떤 설명도 하지 못했고할 수도 없었던 것이다. 이처럼 현재 존재하는 미학은 소위과학이라고 부르는 지적 활동에서 기대할 수 있는 바와 같은 그런 것이 되지 못한다. 미학이 과학이라면 예술의 속성과 법칙을 규명해내야 할 것이다. 그리고 만일 미가 예술의내용이라면 그 미의 속성과 법칙을, 혹은 취향이 예술의 문제와 가치를 해결하는 것이라면 그 취향의 속성을 정의하고,그런 다음 그러한 법칙들에 어울리는 작품을 예술로 인정하고 어울리지 않는 작품은 기각해버릴 수 있어야 할 것이다.하지만 현존하는 미학은, 우리 마음에 드는 유명한 작품들을훌륭하다고 인정한 다음, 거기에 맞춰 예술이론을 구성해내고, 특정 범주의 사람들 마음에 드는 작품들이면 죄다 그 이론에 끼워넣어 버리는 것이다. 그러니 우리 사회에서 예술로인정되고 애호되는 작품들(페이디아스, 소포클레스, 호메로스,티치아노, 라파엘로, 바흐, 베토벤, 셰익스피어, 괴테)이 예술의정전canon으로 간주되고, 미학적 판단이란 것은 그저 이런 모든 작품을 포괄하고자 하는 것뿐이다. 예술의 의미와 가치를 논해야 할 미학적 논의에서, 우리가 훌륭하다거나 나쁘다거나 하는 일반 법칙이 아니라, 그저 정전이라고 인정되는 작품에 일치하느냐 일치하지 않느냐만을 논하는 견해들이 활개 치는 현실이다. 며칠 전 나는 폴켈트[43]의 상당히 훌륭한 책을 읽었다. 예술작품에서 도덕성에 대한 요구를 논하면서, 저자는 예술에 대해 도덕성을 제기하는 것은 옳지 않다고 단호하게 말한다. 그 증거로 그는, 만일 그렇게 된다면, 셰익스피어의 《로미오와 줄리엣》, 괴테의 《빌헬름 마이스터》는 좋은 예술의 범주에 들지 못할 것이라고 지적한다. 두 작품 모두 예술작품의 정전에 속하므로 그런 요구는 정당하지 못하다는 것이다. 따라서 폴켈트는 이 작품들을 포괄할 수 있는 그런 예술 정의를 찾아내야 한다고 말하며, 도덕적 요구 대신 유의미성Bedeutungsvolles을 예술의 근본으로 제기한다.

현존하는 모든 미학은 이런 식으로 구성되어 있다. 진정한 예술 정의를 세우고 그에 따라 어떤 작품이 그 정의에 적합한지 적합하지 않은지, 무엇이 예술이고 무엇이 예술이 아닌지를 판단하는 대신, 현존하는 미학들은 특정 계층 사람들에게 어떤 이유에서인지 마음에 드는 일련의 작품들을 예술이라고 인정하고, 그런 모든 작품을 포괄할 법한 것을 예술에

---

43 폴켈트Johannes Volkelt(1848~1930). 독일 라이프치히 학파의 대표적 철학자 중한 사람.

대한 정의라고 꾸며내는 것이다. 나는 바로 얼마 전 무터[44]의 《19세기 미술사》(1893)라는 매우 훌륭한 책에서도 이런 수법을 분명하게 확인한 바 있다. 그는 이미 예술의 정전으로 수용되고 있는 라파엘 전파前派[45]와 데카당파, 상징파에 대해 기술하면서, 이런 경향을 비난하려고 하지 않을 뿐만 아니라, 이들을 포괄하기 위해 애써 자신의 틀을 확장하고 있다. 그에게는 라파엘 전파와 데카당파, 상징파가 자연주의의 극단성에 대한 정당한 반발로 보였던 것이다. 예술에서 이렇게 아무리 광적인 일이 벌어져도, 그것이 일단 우리 사회 상류계급에 수용되기만 하면, 즉각 어떤 이론이 나타나 그런 광기를 설명하고 정당화한다. 마치 어떤 특별한 범주의 사람들은, 후대에 아무런 흔적도 남기지 못하고 완전히 잊히는, 거짓되고 추하고 무의미한 예술 따위는 결코 수용하거나 부추기지 않으며, 그런 일은 역사상 결코 없다는 듯이 말이다. 예술의 무의미함과 추악함이 어디까지 나아갈 것인지, 특히 예술이 무오류라고 여겨지기까지 하는 오늘날 우리는 우리 상류계층의 예술에서 행해지는 실상을 통해 그러한 사실을 너무도 잘 알고 있다.

이처럼 미에 기초한 예술론, 미학자들이 설정한 예술론, 모호한 형태로 대중들이 운위하는 예술론은 우리 즉 특정한

---

44 무터Richard Muther(1860~1909). 독일 예술사가.

45 19세기 중반 아카데미 교육의 전범으로 여겨지던 라파엘로나 미켈란젤로의 그림이 아닌 그 이전 시대 중세 미술로 회귀할 것을 주장한 유파.

사회 계층의 마음에 들었거나 마음에 드는 것을 훌륭한 것으로 인정하는 것과 다를 바 없다.

인간의 어떤 활동을 정의하기 위해서는 그 활동의 의미와 가치를 이해해야 한다. 또한 인간 활동의 의미와 가치를 이해하기 위해서는, 그 활동에서 받을 수 있는 만족에만 연관시키지 않고, 무엇보다 먼저 그 활동의 원인과 결과 속에서 그것을 고찰해야만 한다.

만일 우리가 어떤 활동의 목적이 오로지 쾌일 뿐이고, 그 쾌에 따라 그 활동을 정의한다면, 그런 정의는 명백히 거짓이다. 예술의 정의에서도 그러하다. 음식의 문제에서도 그렇지 아니한가. 그 누구도 음식을 취하면서 음식의 가치가 오로지 쾌에 있다고 생각하진 않는다. 우리 입맛(취향)을 충족하는 것이 음식의 가치를 정의하는 근본이 아니라는 것은 누구나 알고 있으며, 따라서 고춧가루나 림버거 치즈가 든 음식이나 알코올 등등 우리에게 익숙하고 쾌를 느끼는 어떤 음식이 최고의 음식이라고 우리는 결코 말할 수 없는 것이다.

미라는 것도 이와 전혀 다르지 않다. 우리에게 쾌를 주는 것이 예술을 정의하는 근본이 될 수 없으며, 우리에게 만족을 주는 일련의 대상들이 진정한 예술의 전범이 될 수는 없다.

예술의 목적과 사명이 우리가 거기서 받는 쾌에 있다고 보는 것은 음식의 목적과 의미를 음식을 먹으며 받는 쾌에 있다고 보는 것과 다를 바 없다. 그것은 가장 저급한 도덕적 발전 수준에 있는 사람들(이를테면 야만인)이 하는 짓이다.

음식의 목적과 사명이 쾌에 있다고 생각하는 사람들이 음식의 진정한 의미를 알지 못하는 것처럼, 예술의 목적이 쾌라고 여기는 사람들은 예술의 의미와 사명을 인식하지 못한다. 그들은 삶의 다른 현상들과의 연관 속에서 의미를 지니는 인간 활동에 쾌라는 거짓되고 배타적인 목적을 부과하고 있을 뿐이다. 음식을 취하는 목적이 쾌라고 생각하지 않게 될 때 비로소 사람들은 음식의 의미가 신체의 영양에 있다는 것을 깨닫게 될 것이다. 예술에서도 마찬가지다. 예술 활동의 목적이 미 즉 쾌라고 여기지 않게 될 때 사람들이 예술의 의미를 제대로 깨닫게 될 것이다. 예술의 목적을 미나 혹은 거기서 얻는 쾌라고 보는 것은 예술을 정의하는 일에 전혀 도움이 되지 못할 뿐만 아니라, 그 반대로, 예술과는 전혀 무관한 영역으로 문제를 전도시킨다. 즉 왜 어떤 작품은 어떤 사람에게 쾌를 주고, 어떤 사람에게는 쾌를 주지 못하는지에 대한 형이상학적, 심리학적, 생리학적, 심지어 역사적 판단으로 끌려 들어가 예술에 대한 정의 자체를 불가능하게 만드는 것이다. 왜 어떤 사람은 배를 좋아하고, 또 어떤 사람은 고기를 좋아하는지 따지는 것이 음식의 본질이 무엇인지 정의하는 것과 전혀 무관한 것과 마찬가지로, 예술에서 취향의 문제(의도치 않게 예술에 대한 논의들은 여기로 귀결되고 있다)에 매달리는 것은 우리가 예술이라고 부르는 인간의 특수한 활동의 본질을 밝히는 것과 전혀 무관한 일일 뿐만 아니라 그것을 전혀 불가능하게 만들기까지 한다.

예술이란 무엇인가? 수많은 사람의 노동과 생명, 도덕까지도 희생시켜 얻어지는 예술이란 무엇인가? 이 질문에 대해 우리가 현존하는 미학에서 얻을 수 있는 대답들은 모두, 예술은 미이고 미는 거기서 얻는 쾌이며, 예술에 의한 쾌는 매우 중요하고 훌륭한 것이라는 주장으로 귀결된다. 다시 말해, 그것은 쾌는 쾌이기 때문에 좋다는 말과 마찬가지다. 이처럼 예술에 대한 정의로 여겨지는 것은 예술의 정의가 아니라, 예술의 이름으로 자행되는 희생과 현존하는 예술의 에고이즘적인 쾌와 비도덕성을 정당화하기 위한 간계에 불과하다. 그러므로, 이상하게 들릴지 몰라도, 예술에 대한 산더미 같은 책들에도 불구하고 예술에 대한 정확한 정의는 아직까지 이루어지지 않았다. 그 원인은 바로 미의 개념이 예술 개념의 토대에 놓여 있기 때문이다.

5.   형이하학적 예술 정의의 오류

모든 것을 혼란에 빠뜨리는 미의 개념을 포기한다면, 그렇다면 대체 예술이란 무엇인가? 미의 개념에서 벗어나 예술을 정의하려는 최근의 가장 설득력 있는 정의로는 다음과 같은 것들이 있다.

첫째, 예술은 동물계에서도 볼 수 있는 성욕이나 유희 본능에 기인하는 활동이다(실러, 다윈, 스펜서). 이는 신경계의 유쾌한 자극을 수반한다(그랜트 앨런). 이는 생리학적 진화론의 정의가 될 것이다.

둘째, 예술은 선, 색, 동작, 소리, 말 등을 수단으로 사람이 경험하는 정서를 외적으로 발현하는 것이다(베롱). 이는 경험적 정의일 것이다.

셋째, 예술은 "영속적 대상이나 과정적 행동의 산물로서,

그 생산자에게 적극적인 즐거움을 제공할 뿐만 아니라 그것을 보고 듣는 사람들에게, 거기서 얻어지는 어떤 개인적 이익과 전혀 무관하게 즐거운 인상을 전하는 것"(설리)이다.

이런 정의들은 미의 개념에 기초한 형이상학적 정의들에 비하면 장점이 있긴 하지만, 여전히 결코 정확한 정의가 되지는 못한다.

생리학적 진화론의 정의는 예술의 본질을 이루는 활동 자체가 아니라 예술의 발생에 대해 말하고 있다는 점에서 부정확하다. 인간의 생체에 대한 생리학적 작용으로 예술을 정의한다 하더라도 그런 정의 속에는 인간의 다른 많은 활동까지 포함된다는 점에서 부정확하다. 아름다운 의복과 향기로운 향수, 심지어 음식까지도 예술에 포함시키려는 새로운 미학이 많이 나타나는 것도 그 때문이다.

예술을 감정의 발현으로 보는 경험적 정의는, 인간이 선과 색, 소리, 말을 수단으로 자신의 정서를 표현할 수 있지만, 그런 발현을 통해 다른 사람에게 영향을 줄 수 없다는 점에서 부정확하다. 다른 사람에게 영향을 미칠 수 없다면, 그런 발현은 예술일 수 없는 것이다.

설리에 의한 세 번째 정의는, 창작자 자신에게 만족을 주는 대상의 창조, 그리고 관객이나 청중에게 어떤 이익 없이도 즐거운 쾌의 인상을 주는 대상의 창조에 예술이라고 볼 수 없는 마술이나 체조 등과 같은 다른 활동도 포함될 수 있기 때문에 부정확하다. 또한 시나 연극에서 슬프고 잔인한 장면은 쾌가 아니면서도 의심할 나위 없이 예술일 수 있다는 점에서 이 정의는 부정확한 것이다.

이런 정의들이 부정확한 것은 이들 모두 인간과 인류의 삶에서 예술이 지니는 의미를 고찰하지 않고, 형이상학적 정의와 마찬가지로 예술의 목적을 거기서 향유하는 쾌라고 본다는 점에 기인한다.

예술을 정확하게 정의하기 위해서는 무엇보다 먼저 예술을 쾌의 수단이 아니라 인간 삶의 조건 중 하나로 고찰해야만 한다. 이렇게 고찰한다면 우리는 예술이 사람들 사이의 소통의 한 수단이라는 것을 깨닫지 않을 수 없다. 모든 예술 작품은 그것을 만든 사람과 그것을 감상하는 사람, 즉 과거와 현재와 미래에 그 예술적 인상을 공유하는 모든 사람들의 일종의 소통인 것이다.

말이 생각이나 경험을 전달하여 사람들을 결합하듯이 예술 역시 똑같이 작용한다. 다만 말이 생각을 전달하는 수단인 반면, 예술은 감정을 전달하는 수단이라는 점에 예술의 특수성이 존재한다.

예술 활동은, 어떤 사람이 다른 사람의 감정 표현을 청각이나 시각으로 수용하면서 그것을 표현하는 사람이 느낀 그 감정을 직접 체험할 수 있다는 데 근거를 둔다.

가장 단순한 예를 들어보자. 어떤 사람이 웃으면 다른 사람도 기분이 좋아지고, 누가 울면 그 울음소리를 듣는 사람도 슬퍼진다. 또 누가 화를 내거나 흥분하면 그걸 보는 다른 사람도 같은 상태가 된다. 동작이나 목소리로 용감함이나 단호함, 혹은 비애나 평정심을 드러내도 그런 기분은 다른 사람에게 전달된다. 신음이나 경련으로 고통을 드러내도 그 고통스러움은 다른 사람에게 전달된다. 누가 어떤 사물이나 인물, 현상에 대해 감탄이나 경외, 공포, 존경의 감정을 드러 낸다면, 다른 사람도 이에 감염되어 동일한 사물이나 인물, 현상에 대해 감탄, 경외, 공포, 존경의 감정을 체험하기 마련 이다.

예술 활동의 토대는 타인의 감정에 감염될 수 있는 인간의 바로 이런 능력에 기초를 두고 있다.

그러나 비록 어떤 사람이 자신이 어떤 감정을 느끼는 순간 얼굴 표정이나 소리로 다른 사람을 직접적으로 감염시킨다 고 해도, 즉 자신이 하품을 하여 다른 사람을 하품하게 만들 고, 웃거나 울어서 다른 사람을 웃거나 울게 만들고, 괴로워 하여 다른 사람을 괴롭게 만든다고 해도 그것은 아직 예술은 아니다.

예술은 사람이 자신이 체험했던 감정을 다른 사람에게 전 달할 목적으로 그 감정을 다시 불러내어 일정한 외적인 기호 로써 다시 표현해낼 때 시작된다.

다시 아주 단순한 예를 들어보자. 늑대를 만나 공포를 느 꼈던 소년이 그가 체험한 감정을 다른 사람들에게 이야기한 다고 하지. 그는 먼저 자신에 대해, 늑대를 만나기 전의 상 태와 주변 상황, 숲, 상쾌한 기분을 이야기하고, 그다음 늑대의 출현과 움직임, 자신과 늑대와의 거리 따위를 이야기한다. 만일 소년이 이런 이야기를 하면서 자신이 체험한 감정을 새롭게 느끼고 듣는 사람들을 감염시켜 자신이 체험한 모든 것을 체험하게 만든다면, 그때 그가 말한 모든 것은 예술이다. 소년이 늑대를 본 적이 없으면서도 늘 두려워했고, 그런 두려움을 다른 사람들에게 전하고자 늑대와의 만남을 상상으로 꾸며내 이야기하는 그런 경우라도, 만일 그 이야기가 다른 사람들에게 그 두려움을 불러일으킨다면 그것 역시 예술이다. 어떤 사람이 현실이나 상상 속에서 끔찍한 고통이나 매혹적 쾌락을 느끼고, 그것을 화폭이나 대리석 위에 그 감정을 표현하여 다른 사람들로 하여금 그에 감염되도록 만들었을 때, 그것이 예술이 되는 이유도 이와 똑같다. 만일 어떤 사람이 즐거움이나 명랑함, 슬픔이나 절망, 용기나 우울, 이런 감정의 교차를 체험하거나 상상하고, 그 감정을 소리로 표현하여 듣는 이로 하여금 그가 체험한 감정을 그대로 체험하게 만든다면, 바로 그것도 예술이 된다.

예술의 대상이 되는 감정은 매우 다양하다. 아주 강한 감정이든 아니든, 아주 의미 깊은 감정이든 아니든, 아주 훌륭한 감정이든 어리석은 감정이든, 어떤 감정이라도 독자나 관객, 청중을 감염시킬 수 있다면 그것은 예술의 대상이 된다. 희곡에서 전해지는 운명이나 신에 대한 순종과 자기희생, 소설에 묘사되는 연인들의 환희, 회화에서 그려지는 육욕의 감정, 개선행진곡에서 표현되는 활달함, 춤에서 느껴지는 명랑함, 우스운 일화가 자아내는 희극성, 저물녘 풍경화나 자장가에서 느껴지는 고요한 감정, 이 모든 것이 예술이다.

이렇게 관객이나 청중이 창작자가 느끼는 감정에 감염되기만 하면 그것은 예술이 되는 것이다.

자신이 체험한 감정을 다시 불러내는 것, 그것을 불러내어 동작이나 선, 색, 소리, 형상, 말로써 표현해내는 것, 그리하여 다른 사람들이 그 감정을 체험하게 만드는 것, 바로 그것이 예술 활동이다. 따라서 예술이란, 인간이 의식적으로 일정한 외적 기호를 이용해 자신이 체험한 감정들을 다른 사람들에게 전달함으로써 다른 사람들이 그 감정에 전염되고 그 감정을 체험하도록 만드는 인간의 활동이다.

예술은 형이상학자들이 말하는 어떤 비밀스러운 관념이나 미 혹은 신의 발현이 아니다. 또한 생리학적 미학자들이 말하는 것처럼, 인간의 여분의 에너지를 분출하는 유희도 아니다. 그리고 정서를 외적 기호로 발현하는 것도 아니고, 쾌를 제공하는 대상을 만들어내는 것도 아니다. 무엇보다 중요한 것은 예술은 쾌가 아니라는 점이다. 예술은 사람들을 하나의 같은 감정으로 결합해줌으로써, 개별 인간과 인류 전체의 삶과 행복을 향해 나아가는 데 필수불가결한 소통의 수단이다.

말로 표현된 생각을 이해할 수 있는 능력 덕분에 모든 사람은 이전 인류가 남겨 놓은 모든 사상을 인지할 수 있고, 님이 생각을 이해할 수 있는 능력 덕분에 다른 사람들의 활동에 참여자가 될 수 있다. 그리고 이런 능력 덕분에 자기 자신

73

도 다른 사람들에게서 습득한 사상과 자기 자신 속에서 우러나오는 사상을 동시대인과 후세대에게 전할 수 있다. 예술의 영역도 이와 마찬가지다. 예술을 수단으로 다른 사람의 감정에 감염될 수 있는 능력 덕분에 인간은 감정의 영역에서 그 이전의 인류가 체험한 모든 감정에 도달할 수 있고, 동시대인에 의해 체험된 감정, 수천 년 전 다른 사람들에 의해 체험된 감정에 접근할 수 있으며, 그 감정을 다시 다른 사람들에게 전할 수 있는 것이다.

만일 사람들에게, 말로 전달된 이전 사람들의 사상을 수용하고 자기 사상을 전달하는 능력이 없었다면, 사람들은 짐승이나 카스파르 하우저[46]와 다를 바 없었을 것이다.

만일 인간에게 예술에 의해 감염되는 능력이 없었다면, 인간은 훨씬 더 야만적이었을 것이고, 다른 무엇보다 제각각 분열되고 적대적인 존재가 되었을 것이다. 따라서 예술 활동은 언어 활동 못지않게 중요한 활동이고, 또 그 못지않게 보편적인 활동이다.

언어가 설교나 연설, 서적뿐만 아니라 우리의 사상과 경험을 전달하는 모든 형태의 말로 우리에게 작용하듯, 예술 역시 넓은 의미에서 우리의 삶에 스며들어 있는 것인데, 우리는 좁은 의미에서 그 일부 형태만을 예술이라고 부른다.

---

46 1828년 뉘른베르크 시장에서 발견된, 말도 모르고 사람을 만난 적도 없는 버려진 아이.

우리는 극장이나 연주회, 전시회 등에서 보고 듣는 건축물이나 조각, 시, 소설 등만을 예술로 이해하는 데 익숙해져 있다. 그러나 이 모든 것은 우리가 삶에서 서로 소통하는 수단으로서의 예술의 아주 작은 일부일 뿐이다. 무릇 인간의 모든 삶은 자장가, 농담, 놀려대기, 집안 장식, 의복, 가구에서부터 교회 예배와 개선 행진에 이르기까지 온갖 종류의 예술 작품으로 가득 차 있다. 이 모든 것이 예술 활동이다. 그럼에도 불구하고 우리는 무슨 이유에선지 감정을 전달하는 인간의 모든 활동에서 일부만을 선별하여 거기에 특별한 의미를 부여하고 좁은 의미에서 그것만을 예술이라고 부른다.

사람들은 항상 종교적 의식에서 흘러나온 감정을 전달하는 활동의 일부에 그런 특별한 의미를 부여해왔고, 예술의 아주 작은 일부에 지나지 않는 그것을 완전한 의미의 예술이라고 불러왔다.

소크라테스와 플라톤, 아리스토텔레스 등 고대인들의 예술관이 바로 그러하다. 유대 예언자들과 원시 그리스도교인들 역시 예술을 그렇게 보았고 마호메트교도 역시 마찬가지며, 현대 종교적인 대중 역시 예술을 그렇게 이해하고 있다.

《국가》에서의 플라톤처럼 인류의 일부 선지자와 최초의 그리스도교도들, 엄격한 마호메트교도, 불교도는 심지어 종종 모든 예술을 부정하기까지 했다.

예술을 이렇게 보는 사람들은, 쾌를 제공하기만 하면 좋은 예술이라고 보는 오늘날의 견해와는 반대로 생각하였다. 그들은, 언어는 듣지 않으면 그만이지만, 예술은 사람들이 원하지 않는 경우에도 그 의지에 반하여 감염력을 행사하기 때문에 위험한 것이라고 생각해왔다. 따라서 그들은 그 어떤 예술이라도 허용하기보다 추방하는 것이 인류에게 훨씬 해가 적을 것이라고 여겼던 것이다.

모든 예술을 부정하는 것은 명백한 오류다. 그것은 부정할 수 없는 것, 인류가 살아가기 위해 필수불가결한 소통 수단 중 하나를 부정하기 때문이다. 그러나 오늘날 미에 봉사하기만 하면, 즉 쾌를 제공하기만 하면 어떤 예술이라도 허용해야 한다는 우리 시대 우리 부류의, 문명화된 유럽 사회 사람들 역시 그 못지않은 잘못을 저지르고 있다.

예전 사람들은 예술품 속에 혹시 사람들을 타락시키는 것이 포함되지 않을까 걱정하여 예술을 부정하였다. 하지만 오늘날 사람들은 예술에 의해 제공되는 쾌가 제거되지 않을까만을 걱정하며, 온갖 예술을 비호하고 있다. 나는 후자의 오류가 전자보다 훨씬 크고 그 결과 역시 훨씬 더 유해하다고 생각한다.

6.　　　　참된 종교의식의 타락과 헛된 미의식

　그렇다면, 고대에 가까스로 허용되거나 전적으로 부정되었던 그 예술이 어찌 되어 우리 시대에 이르러 쾌만 제공하기만 하면 좋은 것이라고 여겨지게 되었는가?

　이는 다음과 같은 몇 가지 원인에서 비롯된 것이다.

　예술이 지닌 가치, 즉 예술이 전달하는 감정의 가치는 사람들이 삶의 의미를 어떻게 이해하느냐, 어디에서 삶의 행복을 보고 어디에서 삶의 악을 보느냐에 달려 있다. 그리고 삶의 행복과 악은 소위 종교라는 것에 의해 규정된다.

　인류는 삶에 대한 부분적이고 모호한, 저급한 이해로부터 더 보편적이고 명확한, 더 높은 차원의 이해로 끊임없이 나아간디. 모든 분야에서 그렇듯이 이와 같은 움직임 속에도 선도자들, 즉 삶의 의미를 다른 사람보다 더 명료하게 이해하는 사람들이 존재한다. 그리고 이런 선도적인 사람들 중에는 자신의 말과 삶으로써 삶의 의미를 더욱 명료하고 힘차게, 알기 쉽게 표현해내는 사람이 언제나 있기 마련이다. 그리고 이 사람이 표현해낸 삶의 의미는, 이 사람에 대한 기억을 둘러싸고 형성되는 전설과 의례와 더불어 종교라고 불린다. 종교란 어느 시대 어느 사회에서 최고의 선도자들에 의해 획득된 최고의 인생관이며, 그 사회의 나머지 사람들은 그대로 따르지 않을 수 없는 그런 것이다. 바로 이런 이유로 종교는 항상 사람들의 감정에 대한 가치평가의 토대였고 지금도 마찬가지다. 만일 어떤 감정이 사람들로 하여금 종교가 가리키는 이상으로 이끌어가고 그 이상과 조화를 이루며 모순을 일으키지 않는다면, 그 감정은 좋은 것이다. 하지만 만일 그 이상으로부터 멀어지고 모순되며 반목하는 것이라면 그것은 좋지 않은 감정이다.

만일 종교가 유대교에서처럼, 유일신을 숭배하고 그 신의 뜻을 실현하는 것에 삶의 의미를 둔다면, 그 신과 율법에 대한 사랑에서 흘러나오는 감정을 전달하는 예술, 예언자의 성시, 성가, 창세기 등이 최고의 훌륭한 예술이 될 것이다. 그에 반하는 모든 것, 가령 다른 신을 모시거나 율법에 어긋난 감정을 전달하는 것은 악하고 나쁜 예술일 것이다. 만일 그리스인에게 종교가 그러했던 것처럼, 세속의 행복이나 미 혹은 힘에 삶의 의미가 있다고 상정한다면, 삶의 기쁨과 활력을 전달하는 예술이 훌륭하고 선한 예술이고, 나약하거나 우울한 감정을 전달하는 예술은 나쁜 예술이 될 것이다. 만일 로마인이나 중국인에게서처럼, 삶의 의미를 자기 민족의 행복에 두거나 선조들의 삶의 방식을 따르고 존경하는 것에 둔다면, 민족의 행복을 위해, 혹은 조상 숭배 및 유훈 유지를 위해 개인적 행복을 희생하는 기쁨의 감정을 전달하는 예술이 좋은 예술로 여겨지고, 그에 반하는 감정을 표현하는 예술은 나쁜 예술로 여겨질 것이다. 만일 불교도처럼 삶의 의미를 동물성의 굴레에서 해방되는 것으로 본다면, 정신을 고양하고 육체를 비속하게 보는 감정을 전달하는 모든 것이 선한 예술일 것이며, 육욕을 강화하는 감정을 전달하는 모든 것은 나쁜 예술이 될 것이다.

어느 시대, 어느 사회에서나 그 사회 소속의 모든 사람에게 보편적인 의식, 즉 무엇이 선이고 무엇이 악인지에 대한 종교의식이 존재한다. 바로 이 종교의식이 예술에 의해 전달되는 감정의 가치를 규정하는 것이다. 따라서 어느 민족에게서나 그 민족의 모든 사람들의 종교의식으로부터 나온 감정을 전달하는 예술이 항상 좋은 예술로 인정받고 장려되었고, 반면 그 종교의식에 어긋나는 감정을 전달하는 예술은 악한 것으로 부정되었다. 사람들 사이의 소통의 수단이었던 나머지 거대한 영역의 예술은 전혀 평가를 받지 못했을 뿐만 아니라, 그 시대 종교의식에 모순을 일으킬 때는 전적으로 거부되었던 것이다. 이러한 사정은 그리스, 유대, 인도, 이집트, 중국 등 모든 민족에게 마찬가지였고 그리스도교가 나타났을 때에도 역시 그러했다.

초기 그리스도교는 그리스도에 대한 사랑, 그의 삶에 대한 감동, 그의 길을 따르려는 갈망, 세속적 삶의 포기, 겸양과 이웃에 대한 사랑의 감정을 불러일으키는 전설과 성자전, 설교와 기도, 찬송가만을 훌륭한 예술작품으로 여겼다. 개인적 쾌락의 감정을 담은 작품들은 죄다 사악한 것으로 간주되었고, 따라서 상징적·조형적 표현만 제외하고 모든 이교적 조형예술은 거부되었다.

초기 몇 세기 동안 그리스도교도의 태도는 그러했다. 그것은 그리스도를 아주 진정한 의미로 수용한 것은 아니라 할지라도 최소한 후대에 수용된 바와 같은 왜곡된 이교적 형태를 띤 것은 아니었다. 그러나 콘스탄티누스 황제[47]와 카를 대제[48], 블라디미르 대공[49]과 같은 권력자의 명령에 의해 민중이 일괄적으로 그리스도교로 개종되면서부터 그리스도의

---

47 콘스탄티누스Flavius Valerius Constantinus(272~337). 중기 로마 황제(재위 306~337)로 313년 밀라노 칙령을 통해 그리스도교도 박해를 끝내고 정식 종교로 용인하였다. 324년 비잔티움을 '새로운 로마'로 공표하고 로마제국의 새로운 수도로 만들었다.

48 카롤루스 마그누스Carolus Magnus(740~814). 프랑크 왕국의 카를(혹은 샤를마뉴) 대제로 불리며 유럽 전역으로 왕국을 확대하고 이탈리아를 정복하여 800년에 서로마 제국 황제직을 부여받아, 그리스도교를 전 유럽으로 확대시키는 역할을 하였다.

49 블라디미르 1세Vladimir I(958~1015). 러시아 키예프 공국의 대공(재위 980~1015)으로 비잔틴 제국으로부터 989년 그리스 정교를 국교로 수용하여 러시아 정교의 성인으로 숭배된다.

가르침보다는 이교에 더 가까운 교회 그리스도교가 출현하게 되었다. 이러한 교회 그리스도교는 자신의 교리에 근거하여 사람들의 감정과 그것을 전달하는 예술작품을 전혀 다르게 평가하기 시작했다. 교회 그리스도교는 진정한 그리스도교의 기본적이고 본질적인 가르침, 즉 모든 인간이 제각각 아버지-신과 직접적으로 관계를 가지며, 따라서 모든 인간이 형제로서 평등하고 그 어떤 폭력에도 겸양과 사랑으로 대하라는 가르침을 수용하지 않았다. 오히려 반대로 그들은 이교의 신화와 유사한 천국의 계급제도를 설정하고 그리스도와 성모, 천사와 사도들, 성자와 순교자들을 숭배케 하였다. 이런 우상뿐만 아니라 그 형상물까지 숭배하면서 교회 그리스도교는 교회와 교회 법령에 대한 맹목적인 신앙을 교리의 본질로 확립해갔던 것이다.

이런 교리는 진정한 그리스도교와 너무나 이질적이고, 진정한 그리스도교 정신뿐만 아니라 율리아누스[50]와 같은 로마인들의 세계관에 비해서도 너무나 저급한 것이었다. 그러나 그런 교리를 받아들이는 야만족들에게 그것은 그들이 이전에 숭배하던 신과 영웅들, 선령과 악령들보다는 훨씬 고상한 것이었다. 따라서 이런 교리를 수용한 야만족들에게 그것은 종교가 되었다. 그리고 그 시대 예술은 바로 이런 종교

---

50 율리아누스Flavius Claudius Julianus(331~363). 최후의 비그리스도교인 로마 황제(재위 361~363)로 그리스도교를 배제하는 로마 전통의 부활을 기도하여 '배교자 율리아누스'로 불렸다.

에 기반하여 평가를 받게 되어, 성모와 예수, 천사와 성인들에 대한 독실한 숭배, 교회에 대한 맹목적 신앙과 복종, 박해의 공포, 내세의 지복에 대한 기대를 전달하는 예술은 좋은 예술로, 이에 반하는 예술은 아주 나쁜 예술로 간주되었던 것이다.

이런 예술을 낳은 교리는 그리스도의 가르침의 왜곡이었지만, 그러나 그럼에도 불구하고 이런 왜곡된 교리에 기초하여 탄생한 예술도 진정한 예술일 수 있었던 이유는, 그것이 최소한 민중의 종교적 세계관 속에서 탄생하고 그에 조응하는 것이었기 때문이다.

중세 예술가들은 민중이 지닌 감정과 종교 속에서 함께 호흡하면서 건축과 조각, 회화, 음악, 시, 연극 등에서 그들이 체험한 감정과 정서를 전달함으로써 진정한 예술가가 될 수 있었다. 그들의 활동은 전 민중이 공유하는, 그 시대에 도달할 수 있던 최고의 세계관에 기초하는 것이었다. 그리하여 그들의 예술은 우리 시대에 비하면 낮은 수준이었지만, 그럼에도 불구하고 전 민중에게 보편적인 진실한 예술일 수 있었다.

이러한 상황은 부유하고 교육받은 유럽 사회 상류층에 교회 그리스도교 교리에 대한 회의가 나타날 때까지 지속되었다. 십자군 원정 이후, 그리고 절정에 이른 교황 권력과 그 남용을 겪고 나서 부유한 계급 사람들은, 한편으로 고대인의 지혜를 다시 접하면서 고대 현자들의 가르침에 담긴 합리성을 알게 되었고, 다른 한편으로 교회 교리와 그리스도 교리가 일치하지 않는다는 것을 깨닫게 되었다. 이런 깨달음 속에서 부유한 상류계급 사람들은 더 이상 이전처럼 교회 교리를 맹신할 수가 없었다.

사람들은 겉으로는 여전히 교회 교리의 형식을 준수하고 있었지만, 진심으로 그것을 신앙할 수는 없었다. 그들이 타성적으로 교회 교리를 준수한 것은, 민중이 교회 교리를 여전히 맹목적으로 믿고 있고, 민중이 그런 믿음을 유지하도록 만드는 것이 상류계급의 이익을 위해 반드시 필요하다고 여겼기 때문이다. 상황이 이렇게 되자 교회 그리스도교 교리는 그리스도교를 믿는 전 민중의 보편적 종교 교리일 수가 없었다. 권력과 부를 손에 쥐고 예술을 만들어내고 장려할 여유와 자금을 가진 최고 상류층 사람들은 더 이상 교회의 종교 교리를 믿지 않았고, 민중은 그저 맹목적으로 그것을 신앙하고 있었을 뿐이다.

중세 상류층 사람들의 종교에 관한 입장은 그리스도교가 출현했을 때의 교육받은 로마인들과 같은 것이었다. 즉 그들은 민중이 믿는 것을 더 이상 믿지 않았지만 의미를 상실한 교회 교리를 대체할 만한 어떤 새로운 신앙도 갖고 있지 못했다.

다만 양자 사이에 차이가 있다면, 로마인들이 황제와 가신家神과 같은 지신들이 숭배하던 신에 대한 믿음을 상실하고 자신들이 정복한 민족들로부터 차용한 복잡다단한 신화 속에서도 더 이상 아무것도 도출해내지 못하게 되자 어쩔 수 없이 완전히 새로운 세계관을 수용할 수밖에 없었다면, 중세인들은 가톨릭교회 교리의 진리에 대해 의심하면서도 어떤 새로운 교리를 찾을 필요가 없었다는 점이다. 비록 중세인들이 가톨릭교회 신앙처럼 왜곡하긴 했지만, 그리스도교 교리는 인류의 나아갈 길을 아득히 먼 곳까지 그려주는 것이기 때문에, 그들은 그리스도가 보여준 교리를 덮고 있던 왜곡을 지우고, 그 가르침의 전부는 아닐지라도 아주 작은 부분이라도(그것만 하더라도 교회 그리스도교의 교리보다 훨씬 큰 것이다) 제대로 받아들이기만 하면 될 일이었다. 위클리프[51], 후스[52], 루터[53], 칼뱅[54] 등과 같은 종교개혁가뿐만 아니라 초기의 바오로파[55], 보고밀파[56], 좀 더 이후엔 발도파[57] 등과 같은 비교회 그리스도교 교파, 그리고 소위 이단으로 불리는 비교회 그리스도교 종파들이 부분적이나마 이런 일을 수행하였다.

---

51 위클리프John Wycliffe(1320?~1384). 영국의 종교개혁가.
52 후스Jan Hus(1372?~1415). 체코 출신 종교개혁가.
53 루터Martin Luther(1483~1546). 독일 종교개혁가.
54 칼뱅Jean Calvan(1509~1564). 프랑스 출신 스위스 종교개혁가.
55 인간의 자식으로 태어나 신의 아들로 입양되었다는 양자養子론을 주장한 중세 그리스도교 분파.
56 10세기 동방 정교회의 한 분파로 교회제도나 전례, 세속의 권위와 사회제도를 사탄의 산물로 비판하고 부인하였다.
57 12세기 말 리옹의 종교개혁가 페트루스 발데스를 통해 프랑스 남부에 세워진 그리스도교 신앙공동체로 로마가톨릭교회의 타락을 비판하고 성경대로 살아가려 하였다.

이런 일을 해낸 사람들은 주로 권력을 갖지 못한 가난한 사람들이었다. 부자와 힘 있는 자들 중에서는 아시시의 프란치스코[58]와 같은 아주 소수의 사람들이 자신들의 유리한 입장을 파괴하는 것임에도 불구하고 진정한 의미로서 그리스도교 교리를 새롭게 수용하였다. 대부분의 상류층 사람들은 마음 깊은 곳에서 교회 교리에 대한 믿음을 이미 상실하였음에도 불구하고 결코 그것을 새롭게 이해할 수 없었고 그럴 의사도 없었다. 교회 그리스도교 신앙과 단절하고 그들이 받아들여만 하는 그리스도교 세계관의 본질은 형제애와 만민 평등의 가르침이었고, 그것은 그들이 태어나 자라며 익숙하게 누리고 있던 모든 특권을 부정하는 것이었기 때문이다. 이미 그 수명을 다하고 아무런 의미도 없는 교회 교리를 마음 깊은 곳에서는 믿지 않으면서, 그리고 진실한 그리스도교를 받아들이지도 못하면서, 이 부유한 권력층 사람들 ― 교황, 왕, 제후, 기타 세속의 모든 권세가 ― 은 그저 외적 형식으로만 종교를 유지하였고 본질적으로는 아무런 종교도 믿지 못하고 있었다. 이런 사람들은 교육받은 초기 로마인과 마찬가지로 본질적으로 아무것도 믿지 않았다. 하지만 이들은 권력과 부를 손에 쥐고 예술을 장려하고 이끌어 갔다. 이들 속에서 예술이 성장할 수 있었던 것은, 이들이 예술을 아름다운 것

---

58 아시시의 성 프란치스코San Francesco d'Assisi(1181~1226). 이탈리아 로마가톨릭교회 수사이자 설교가로 프란치스코 수도회 창립자.

이라고 평가했기 때문이다. 즉 이들에게 예술은 종교적 의식으로부터 흘러나온 감정의 표현이 아니라 쾌를 제공하는 것이었다.

기만성이 폭로된 교회 종교를 더 이상 믿을 수도 없고, 자신들의 모든 삶을 부정하는 진실한 그리스도교 교리를 수용할 수도 없는 상태에서 삶에 대한 아무런 종교적 이해도 가지지 못한 채, 이 부유한 권력자들은 어쩔 수 없이 삶의 의미를 개인의 쾌락에 두는 이교적 세계관으로 향하게 되었다. 그리하여 상류계급 사회에서 이른바 '과학과 예술의 부흥'이라는 것이 이루어졌다. 그것은 본질적으로 모든 종교를 부정하는 것일 뿐만 아니라 그것이 불필요하다는 것과 다름없었다.

교회적 신앙, 특히 가톨릭 신앙은 그 전체를 와해시키지 않고서는 변화시키거나 수정할 수 없는 너무나 완강한 체계이다. 교황의 무오류성에 대한 의혹이 발생하자마자(당시 교육받은 사람들에게서처럼), 가톨릭 전통의 진위에 대한 의혹이 불거지는 것은 피할 수 없었다. 하지만 그 전통의 진위에 대한 의혹은 교황권과 가톨릭교회뿐만 아니라 그 모든 독단적 교리들, 즉 그리스도의 신성과 부활, 삼위일체와 같은 모든 교회적 신앙을 와해시켰고, 교회 전통이 성스럽다고 가르쳐 온 성서의 권위마저 붕괴시켰다.

이처럼 중세 상류층의 대다수 사람들, 심지어 교황과 성직자들마저 본질적으로는 아무것도 믿지 않았다. 그들이 교회의 교리를 불신한 것은 그것이 이루어질 수 없는 것임을 알았기 때문이다. 그들은 또한 아시시의 프란치스코와 헬치체의 페트르[59] 그리고 많은 분파 사람들이 인정하는 바와 같은 그리스도의 도덕적·사회적 교리도 인정할 수 없었다. 그것은 그들의 사회적 지위를 파괴하는 가르침이었던 것이다. 그리하여 이들은 아무런 종교적 세계관을 가지지 않게 되었다. 종교적 세계관이 없었기 때문에 이들은 좋은 예술과 나쁜 예술을 평가할 때 개인적 쾌락 이외에 어떤 척도도 가질 수 없었다. 유럽 사회의 상류계급 사람들은 쾌 즉 미를 선의 척도로 인정하고, 이미 플라톤이 비난한 바 있던 원시 그리스인들의 조야한 예술관으로 회귀하였다. 이러한 이해에 부응하여 그들의 예술론이 구성되었던 것이다.

---

59 페트르 헬치츠키Petr Chelčický(1390~1460). 교회와 국가를 부정하는 《신의 보금자리》를 저술하고 1457년 형제단을 결성한 후스파 지도자.

7.   진·선·미 삼위일체론의 허구

상류층 사람들이 교회 그리스도교에 대한 믿음을 상실했을 때부터 미, 즉 예술로부터 얻을 수 있는 쾌가 좋은 예술과 나쁜 예술의 척도가 되었고, 그런 예술관에 호응하여 상류층 사이에 그것을 정당화하는 미학 이론, 즉 예술의 목적이 미의 발현에 있다는 미학 이론이 형성되기 시작했다. 이런 미학론을 지지하는 자들은 그것이 진리임을 확증하기 위해, 그 이론이 그들에 의해 창안된 것이 아니라 사물의 본질이 그러하며 고대 그리스인들도 그렇게 인정한 바 있다고 주장하였다. 그러나 그런 주장은 아무런 근거가 없는 완전히 독단적인 것이다. 그리스도교에 비해 도덕적 이상의 수준이 낮았던 고대 그리스인들에게는 선의 개념τὸ ἀγαθόν과 미의 개념τὸ καλόν이 그저 확연히 구별되지 않았을 뿐이다.

선의 최고의 완성은 미와 일치하지 않을뿐더러 대부분의 경우 모순을 일으키기까지 한다. 유대인들은 이미 이사야 시대에 그것을 알고 있었고, 그리스도교 시대에 이르러 온전하게 표현해냈다. 하지만 그리스인들은 대체로 그것을 미처 알고 있지 못했다. 그리스인들은 미적인 것이 반드시 선이어야만 한다고 생각했을 뿐이다. 물론 소크라테스와 플라톤, 아리스토텔레스와 같은 선도적인 사상가들은 선이 미와 일치하지 않을 수도 있다는 것을 감지하고 있었다. 소크라테스는 미를 직접적으로 선에 복속시켰다. 플라톤은 두 개념을 결합하기 위해 정신적 미의 개념을 내세웠고, 아리스토텔레스는 사람들에 대한 도덕적 영향κάθαρσις을 예술에 요구하였다. 그러나 그럼에도 불구하고 이 두 사상가들조차 미와 선이 일치한다는 생각에서 완전히 벗어나지는 못했다. 이런 이유로 그 시대 언어에서 미와 선의 결합을 나타내는 '깔로가가시야καλοκάγαθία, 미-선'라는 단어가 사용되었던 것이다.

그리스 사상가들은 분명히 불교와 그리스도교에 의해 표명된 선의 개념에 다가가기 시작했지만, 선과 미의 관계를 설정하는 데서 혼란에 빠지고 말았다. 미와 선에 대한 플라톤의 판단들은 모순으로 가득 차 있다. 모든 신앙을 잃은 유럽인들은 이러한 혼란스러운 개념을 끌어다 법칙으로 떠받들고, 미와 선의 이런 결합이 문제의 본질 자체다, 미와 선이 일치해야 한다, '깔로가가시야(미-선)'(그리스인들에게 의미가 있었을 뿐 그리스도교도에겐 아무런 의미가 없었던)라는 단어가 인류의 최고의 이상이다, 따위를 증명하기 위해 애를 썼다. 이런 몰이해에 기초하여 수립된 새로운 학문이 바로 미학이다. 이 새로운 학문을 정당화하기 위해 예술에 대한 고대인들의 가르침은 몹시 왜곡되어 해석되었고, 그리하여 그렇게 고안된 미학이란 학문이 그리스인들에게도 존재했던 것처럼 여겨지게 되었다.

그러나 고대인들의 예술관은 본질적으로 우리 시대와 전혀 다른 것이었다. 베나르는 아리스토텔레스 미학에 관한 저서에서 이런 사실을 정확하게 지적한다. "주의 깊게 보면, 미론과 예술론은 아리스토텔레스에게서도, 플라톤에게서도 또는 그 모든 후계자들에게서도 완전히 구별되어 있다."[60]

사실 고대인들의 예술관은 오늘날의 미학을 증명하지 못할 뿐만 아니라 오히려 미에 관한 현대의 이론을 부정하고 있다. 그렇지만 샤슬러에서 나이트까지 모든 미학자는 미학적인 것에 관한 학문 즉 미학이 고대인들, 소크라테스, 플라톤, 아리스토텔레스 등에 의해 시작되었고, 세네카나 플루타르코스, 플로티노스까지 에피쿠로스학파와 스토아학파를 거쳐 부분적으로 지속되었다고 주장한다. 그러나 어떤 이유에선지 이 학문은 4세기경 갑자기 사라져 1500년이 경과한 뒤, 1750년에 이르러 바움가르텐에 의해 다시 부활되었다.

---

60   (원주)《아리스토텔레스와 그 후계자들의 미학L'esthetique d'Aristote et des ses successeurs》, 파리, 1889년, 28쪽.

샤슬러는 플로티노스 이후 15세기 동안 미와 예술 세계에 대한 학문적 관심이 전혀 존재하지 않았다고 말한다. 이 기간은 미학이나 미학의 학문적 수립에서 공백이라는 것이다.[61]

그러나 사실은 전혀 그렇지가 않다. 학문으로서의 미학, 미학적인 것에 관한 학문은 결코 사라지지 않았고 사라질 수도 없었다. 그것은 애초에 존재하지도 않았기 때문이다. 그리스인들은 언제 어디서나, 어떤 경우에서나 선(그들 나름의 개념에 따르는 선)에 봉사하는 예술은 좋은 예술이고 선에 반대되는 것은 나쁜 예술이라고 단순하게 생각했을 뿐이다. 언제 어디서나 그들은 대체로 모든 일을 그렇게 판단했다. 그리스인들 자신은 도덕적으로 그리 발달하지 못했기 때문에 선과 미가 동일하게 일치하는 것으로 보았을 뿐이다. 그런데

---

61 (원주) "플라톤과 아리스토텔레스의 미학적 견해들로부터 플로티노스에 이르기까지 500년 동안의 공백은 매우 놀라운 것이다. 하지만 이 기간 동안 미학적 문제들에 대한 언급이 전혀 없었다거나, 앞선 철학자들과 그 후계 철학자들의 예술론에 관한 관계가 절대적으로 부재한다고 보아서는 안 된다. 아리스토텔레스가 기초한 학문이 계속해서 완전하게 발전해나가진 못했다 하더라도, 미학적 문제들에 대한 일부 관심은 계속해서 존재했다. 하지만 플로티노스 이후(그 뒤를 잇는 일부 철학자들, 롱기누스나 아우구스티누스 등에 대해서는 언급할 필요가 없을 것이다. 사실 이들의 견해는 플로티노스와 거의 동일하기 때문이다) 500년이 아니라 1500년 동안 미학적 문제들에 대한 그 어떤 학문적 관심도 흔적조차 찾을 수가 없다.

이 1500년 동안, 세계정신은 완전히 새로운 삶의 형식을 찾아가기 위해 다양한 투쟁을 전개하고 있었음에도 불구하고 미학에서는, 미학의 학문적 발전이라는 의미에서는 전혀 아무것도 이루어지지 못한 것이다." (샤슬러, 《미학의 비판적 역사 *Kritische Geschichte der Aesthetik*》, 1872년, 베를린, 253쪽.)

바로 이런 후진적인 세계관 위에 18세기 사람들에 의해, 특히 바움가르텐에 의해 미학이라는 학문이 세워진 것이다. 아리스토텔레스와 그 후계자들에 대한 베나르의 훌륭한 책 그리고 플라톤에 관한 발터의 책을 보면 누구라도 수긍하겠지만, 이처럼 그리스인들에게는 미학이란 학문이 전혀 존재하지 않았다.

미학 이론과 미학이라는 명칭 자체는 18세기 중반 유럽 그리스도교 사회의 부유 계층 사이에서 그리고 동시에 이탈리아, 네덜란드, 프랑스, 영국 등 여러 민족들에게서 발생하였다. 그것을 하나의 학문적·이론적 형식으로 수렴한 것은 미학의 기초자, 미학의 설립자로 불리는 바움가르텐이었다.

바움가르텐은 독일인다운 형식적 치밀함과 현학성, 균형감각을 발휘하여 이 놀라운 이론을 창안해냈다. 그 근거가 너무나 터무니없음에도 불구하고 교양 있는 대중의 취향에 그렇게 딱 맞아떨어지고 무비판적으로 손쉽게 받아들여진 이론은 다시 보기 어려울 것이다. 그의 이론은 상류계급의 취향에 아주 훌륭하게 들어맞아, 그 논제들이 매우 독단적이고 아무런 근거도 지니지 못한 것임에도 불구하고, 학자나 일반인들에 의해 아무런 의심 없이 자명한 것으로 반복되었다.

"책은 그 독자의 이해에 의해 그 운명이 정해진다Habent sua fata libelli pro capite lectoris"라고 말하듯이, 개별 이론의 운명도 마찬가지다. 이론은 사회에 속하고 사회를 위해 고안되는 것이며, 따라서 사회가 혼돈에 빠져 있으면 그 혼돈의 상태에 따라 그 이론의 운명도 결정된다. 만일 이론이 어떤 사회의 허위를 정당화한다면 아무리 근거가 없고 심지어 명백하게 허위라 하더라도 그 이론은 그 사회에서 하나의 신앙으로 수용되는 것이다. 예를 들어, 아주 유명한 맬서스의 인구론이 그러하다. 맬서스는 지구의 인구가 기하급수적으로 증가하는 반면, 식량은 산술급수적으로 증가하여 그 결과 지구는 인구 과잉으로 치달을 것이라고 주장하였지만 그것은 전혀 근거가 없는 것이었다. 또한 맬서스의 이론에서 자라난, 적자생존 이론이 인류 진보의 기초라는 주장도 마찬가지다. 경제적 진보는 필연적이며, 모든 사적 생산이 자본주의로 귀착될 것이라는, 지금 아주 널리 유포된 마르크스 이론도 역시 그러하다. 이런 종류의 이론들은 아무리 근거가 박약하고 인류의 모든 지식에 반하는 것이라 할지라도 그리고 명백하게 비도덕적인 것이라 할지라도, 아무런 비판 없이 하나의 신앙으로 받아들여지고 열정적인 매력을 지닌 것으로 설파된다. 그런 이론들은 자신이 정당화하는 조건이 무너지거나, 아니면 그 근거가 너무나 명백하게 터무니없는 것으로 밝혀질 때까지 수 세기 동안 지속되기도 한다. 바움가르텐의 진·선·미 삼위일체라는 놀라운 이론이 바로 그렇다. 그에 의하면, 1800여 년 동안 그리스도교적 삶을 살아온 민족들의 예술이 힐 수 있는 가장 최선은 그리스 시대를 삶의 이상으로 삼는 것이다. 인간의 나체를 아주 잘 그려내고 겉보기에 좋은 건물을 짓거나 하는, 2000년 전 반야만적 노예제를 유지하고 있던 종족이 보여준 것을 그대로 따라야 한다는 것이다. 그러나 이런 부조리를 지적하는 사람은 어디에도 보이지 않는다. 학자라는 사람들은 미학적 삼위일체 중 하나인 미에 대해 무슨 뜻인지 알 수도 없는 지루한 논문이나 써댄다. Das Schöne, das Wahre, das Gute(독일어로 진, 선, 미), Le Beau, le Vrai, le Bon(프랑스어로 진, 선, 미)라는 단어들이 대문자로 쓰이며 철학자와 미학자, 예술가와 일반인, 소설가나 잡문가에 의해 되풀이되어 사용된다. 그들은 이런 단어들을 성스럽게 내뱉으며 거기다 자기 견해를 가져다 세워도 무방한, 뭔가 아주 확고부동한 것으로 여기는 것 같다. 그러나 실상 이런 단어들은 아무런 확정적 의미를 지니고 있지 못할 뿐만 아니라 현존하는 예술에 무엇이든 확정적 의미를 부여하려는 노력을 방해하고, 쾌를 제공하기만 하면 어떤 감정이든 전달하면 된다는 예술에 대한 허위적 의미를 정당화하기 위해 필요할 뿐이다.

종교적 삼위일체설과 마찬가지로 이러한 삼위일체론을 진리로 여기는 습관에서 잠시 벗어나, 삼위일체를 구성하는 세 단어를 우리가 평소 어떻게 이해하고 있는지 자문해볼 필요가 있다. 그러면 우리는 완전히 서로 다른 이 세 단어를 묶는 것은, 특히 의미의 크기가 서로 다른 세 단어를 하나의 개념으로 묶는 것은 전혀 공상에 지나지 않음을 두말없이 깨달을 수 있을 것이다.

진·선·미가 같은 높이에 모셔져서 세 개념 모두 근본적이며 형이상학적인 것으로 인정된다. 하지만 현실에 그러한 것은 없다.

선은 우리 삶의 영원한 최고의 목적이다. 우리가 선을 어떻게 이해한다 해도 우리의 삶은 선 즉 신을 향한 지향과 다름없다.

선은 형이상학적으로 우리 의식의 본질을 구성하는 진정으로 기본적인 개념이고, 이성으로는 정의할 수 없는 개념이다.

선은 아무도 정의할 수 없지만 그 외의 모든 것을 정의하는 것이다.

그런데 미는 어떠한가? 말에 현혹되지 않고 우리가 이해하는 바를 그대로 말해본다면 미란 우리 마음에 드는 것, 그 이상이 아니다.

미의 개념은 선과 일치하지 않을 뿐만 아니라 오히려 그에 모순된다. 선은 대체로 욕망의 억제와 일치하는 반면, 미는 우리의 모든 욕망의 토대이기 때문이다.

우리가 미에 빠져들면 들수록, 우리는 선에서 더 멀어진다. 흔히 미에는 도덕미나 정신미가 있다고 말하는 사람들이 있다는 것을 나는 알고 있지만, 그것은 말장난에 불과하다. 정신미나 도덕미라는 말은 결국 선을 의미하는 것과 다름없기 때문이다. 정신미 혹은 선은 보통 미라는 말로 외미하는 것과 일치하지 않을 뿐만 아니라 그에 모순된다.

한편 진에 대해서 말하자면, 진이 삼위일체의 하나라는 것은 상상에 불과하며, 더구나 진이 선이나 미와 일치한다는 것은 고사하고 어떤 독자적 존재라는 것도 인정하기 어렵다.

우리는 어떤 대상의 표현이나 정의가 그 본질과 조응하거나, 혹은 대상에 대한 모든 사람의 보편적 이해와 조응하는 경우 그것을 진이라 부른다.

그렇다면 미와 진, 미와 선 사이의 공통점은 무엇인가?

미와 진의 개념은 선과 동등한 개념이 아닐 뿐만 아니라, 선과 일부분의 본질을 공유하지도 않으며 심지어 선과 전혀 일치하지 않는다.

진은 대상의 표현과 본질의 조응이다. 따라서 그것은 선을 획득하는 수단 중 하나이고, 진 그 자체는 선도 아니고 미도 아니며 그들과 일치하지도 않는다.

이를테면 소크라테스와 파스칼과 같은 많은 사람은 불필요한 대상에 대한 지식으로서의 진은 선과 일치하지 않는다고 여겼다. 진은 미와 전혀 아무런 공통점을 가지고 있지 않으며 대체로 미와 대립된다. 진은 대부분 기만을 폭로하는 것으로, 미의 중요한 조건인 환상을 파괴한다.

서로 비교될 수 없는 이질적인 세 개념을 독단적으로 하나로 결합하는 것, 그 놀라운 이론에 아연실색할 수밖에 없다. 그런 이론에 따르면, 선한 감정을 전달하는 좋은 예술과 악한 감정을 전달하는 나쁜 예술에 대한 구별은 완전히 사라져버리고, 예술의 가장 저급한 발현 중 하나, 즉 쾌락만을 위한 예술(이에 대해서는 인류의 수많은 교사들이 경고해왔다)이 최고의 예술로 여겨진다. 그리하여 예술은 그에 부여된 바의 중요한 작업이 아니라 한가한 사람들의 공허한 오락이 되어 버리는 것이다.

8.   상류계급 예술의 기만

인간이 도달한 최고의 훌륭한 감정을 전달하려는 목적을 지닌 인간 활동이 예술이라면, 인류가 교회의 가르침을 믿지 않게 된 시기부터 지금까지 그 길고 긴 세월 동안 어떻게 인류는 그 중요한 활동을 하지 않고 오로지 쾌락만을 추구하는 헛된 예술 활동에 만족하며 살아올 수 있었단 말인가.

이 질문에 답하기 위해서는 무엇보다 먼저 시정해야 할 오류가 있다. 흔히 우리 현재의 예술을 진정한 보편인류적 예술이라고 생각하는 사람들의 오류가 그것이다. 우리는 순진하게 코카서스 민족을 가장 우수한 종족이라고 여기곤 한다. 그러나 우리가 영국인이나 미국인이라면 앵글로색슨족을, 그리고 독일인이라면 게르만족을, 프랑스인이라면 갈루스 라틴족을, 러시아인이라면 슬라브족을 그렇게 생각할 것이다. 예술에 대해서도 우리는 우리의 예술이 진실할 뿐만 아니라 가장 훌륭한 유일한 예술이라고 확신한다. 그러나 알다시피 우리의 예술은, 예전에 성경이 유일한 서적으로 여겨졌던 것과 같이 그렇게 유일한 예술이 아닐뿐더러, 심지어 전 그리스도교도의 예술도 아니며, 인류의 극히 소수의 예술일 뿐이다. 유대, 인도, 이집트 예술을 그 민족 전체의 예술이라고 부를 수 있었고, 오늘날 중국, 일본, 인도 예술을 그 민족 전체에 공통적인 예술이라고 부를 수 있을 것이다. 전 민중에 공통적인 그런 예술은 러시아에서도 피터 대제 이전까지 존재했고, 유럽 사회에서도 13세기나 14세기까지는 그런 예술이 존재했다. 그러나 유럽 사회 상류계급 사람들이 교회 교리에 대한 믿음을 상실하고 진실한 그리스도교 정신을 받아들이지 않고 아무런 신앙도 없는 상태가 되면서부터, 이제 그리스도교 민족들의 상류계급 예술을 그 민족 전체의 예술이라는 의미로 말할 수 없게 되었다. 그리스도교 민족들의 상류층이 교회 그리스도교에 대한 믿음을 상실한 이래 상류계급의 예술은 민족 전체의 예술로부터 떨어져 나왔고, 결국 예술은 민족 공통의 예술과 지배자의 예술로 분리된 것이다. 바로 이런 이유로, 어떻게 하여 인류는 참된 예술 없이 오직 쾌락에 봉사하는 예술에 매달려 그 오랜 기간을 살아왔는가라는 질문에 대해 우리는, 진실한 예술 없이 살아온 것은 전 인류가 아니며, 심지어 인류의 다수도 아니고, 그리스도교 유럽 사회 상류계급뿐이다, 그렇게 살아온 것도 비교적 아주 짧은 기간, 문예부흥과 종교개혁의 시작에서부터 최근까지일 뿐이다라고 답할 수 있다.

진실한 예술이 부재한 결과, 필연적으로 일어날 수밖에 없었던 것은 예술을 누리던 계급의 타락이었다. 혼란스럽고 이해할 수 없는 예술 이론, 온통 거짓되고 모순된 예술적 판단들, 게다가 그 거짓된 길에 대한 자신만만한 고집, 이 모든 것은, 이 시대 상류계급 예술이 진실하고 유일한 전 세계 예술이라는 확신, 널리 확산되어 의심의 여지가 없는 진실로 받아들여질 뿐만 아니라 너무나 놀라울 정도로 당치 않은 그런 확신으로부터 나오는 것이다. 이런 확신은 자기의 종교만이 유일하게 진실한 종교라고 여기는 각 종파의 신자들의 확신과 똑같은 것으로 너무나 독단적이고 터무니없는 것이지만, 우리 계층 사람들은 그 오류를 조금도 의심치 않고 그런 주장을 한결같이 되풀이해대고 있다.

우리가 가진 예술이 예술의 전부이고 진정 유일한 예술이라고 생각하지만, 인류의 3분의 2에 달하는 아시아와 아프리카 모든 민족은 그것이 유일한 최고의 예술임을 알지 못한 채 살다 죽는다. 그뿐만 아니라 우리 그리스도교 사회에서조차 기껏해야 1퍼센트의 사람들만이 우리가 예술의 전부라고 부르는 것을 누리고 있을 뿐, 나머지 99퍼센트 사람들은 그것을 조금도 맛보지 못하고 힘든 노동 속에서 살다 죽어가며, 설사 그 예술을 누릴 수 있다 치더라도 그들은 거기서 아무것도 이해할 수 없는 그런 설정이다. 우리가 늘어놓는 미학 이론대로라면 예술은 이념, 신, 미의 최고의 발현이거나 최고의 정신적 쾌락이다. 게다가 우리는 모든 사람은 물질적 행복이야 그렇다 치더라도 정신적 행복에 관한 한 모두 평등한 권리를 갖고 있다고 말한다. 하지만 유럽인 중 99퍼센트는 대대로 그 예술을 누리지도 못하면서 예술 생산에 필요한 긴장된 노동 속에 살다 죽어간다. 그럼에도 불구하고 우리는 아무렇지도 않게 우리가 생산하는 예술이 참되고 진실되고 유일한 것이며, 그리하여 예술의 전부라고 확신하는 것이다.

우리 예술이 참된 예술이라면 이는 만인에 의해 향유되어야 할 것 아니겠느냐는 지적에 대해 보통 이런 반박이 나온다. 지금은 비록 모두가 예술을 향유하지 못하지만, 이는 예술의 잘못이 아니라 잘못된 사회 구조 탓이라는 것이 그 하나다. 그리고 앞으로 미래에 육체노동이 기계로 대체되고 정당한 분배를 통해 어느 정도 노동이 경감된다면, 예술 생산을 위한 노동도 변화될 것이라는 반박도 있다. 다시 말해 지금은 사람들이 항상 무대 아래 틀어박혀 무대장치를 움직이고 도구류를 들어올리고 피아노나 호른을 작동시키거나 활자를 고르고 책을 인쇄하는 일에 매달리고 있지만, 앞으로 노동 시간이 줄게 되면 이들이 자유로운 시간을 얻게 되어 예술의 혜택을 충분히 향유하게 되리라는 것이다.

우리 사회의 배타적 예술을 옹호하는 자들은 이렇게 말하지만, 나는 이런 말을 하는 그들 자신조차도 그 사실을 믿지 않는다고 생각하는데, 그것은 그들이, 우리의 세련된 고급 예술이란 노예 상태의 민중에 기초해서만 발생할 수 있을 뿐만 아니라 이 노예 상태가 유지되는 한에서 지속될 수 있다는 것을 모를 리 없기 때문이다. 그들은 노동자들의 중노동이라는 조건에서만 소위 작가나 음악가, 무용가, 배우라는 전문가들이 정교한 완성의 수준에 도달할 수 있고 그런 세련된 예술작품을 만들어낼 수 있다는 것, 그리고 그런 조건에서만 그 작품을 평가하는 세련된 대중이 있을 수 있다는 것을 그들이 결코 모를 리 없다. 자본의 노예를 해방시켜보라. 그러면 그런 세련된 예술은 결코 생산되지 못할 것이다.

그러나 우리가 예술이라 여기는 그런 예술이 만인에 의해 향유되는 방법이 찾아질 것이라는, 상상도 할 수 없는 그런 주장이 실현된다 하더라도, 오늘날의 예술이 예술의 전부가 될 수 없다는 문제, 즉 전 민중에게 완전하게 이해될 수 없다는 또 다른 문제가 여전히 존재한다. 옛날 시인들은 라틴어로 시를 써서 보통 사람들이 이해할 수 없었지만, 오늘날의 예술작품은 마치 산스크리트어로 쓰인 것처럼 모두에게 이해가 되지 못한다. 이에 대해서는, 보통 사람들이 현재 우리 예술을 이해하지 못한다 하더라도 그것은 그들이 아직 미숙해서이며, 예술의 새로운 단계에서는 늘 그렇다는 대답이 나오곤 한다. 처음에는 이해를 하지 못해도 나중에는 익숙해지게 된다는 것이다.

우리 예술을 옹호하는 자들은 "전 민중이 우리 예술을 낳은 우리 상류계급 사람들처럼 교육 수준이 높아진다면 오늘날의 우리의 예술도 이해받게 될 것이다"라고 말한다. 그러나 이런 주장은 앞서의 주장보다 명백히 훨씬 더 부당하다. 왜냐하면, 우리는 상류계급의 대부분의 예술작품, 즉 당대 상류계급이 찬탄해 마지않던 온갖 송가와 시, 드라마, 칸타타, 전원시, 회화 따위가 후일에도 대다수 대중에게 결코 이해되거나 평가받지 못하고, 그것을 의미 있다고 생각했던 그 시대 부유한 자들의 오락거리로만 전락하고 말았다는 것을 잘 알고 있기 때문이다. 우리의 예술 역시 그러하리라고 결론지을 수 있다. 전 민중이 시간이 지나면 우리 예술을 이해할 것이라는 증거로서, 대중들이 좋아하지 않았던 소위 고전이라 불리는 일부 시와 음악, 회화 등을 여러 측면에서 민중에게 제시한 뒤에 민중이 그것을 좋아하게 되었다고 주장할 수도 있을 것이다. 그러나 이는 군중, 특히나 반쯤 오염된 도시의 군중을 길들여 그들의 취향을 왜곡하고 어떤 예술이든 좋아하게 만들 수 있음을 증명하는 것에 불과하다. 게다가 그런 예술은 그들에 의해 생산된 것도 그들에 의해 선택된 것도 아니며, 그들이 갈 수 있는 적당한 공개 장소에서 억지로 그들에게 떠맡겨진 것에 불과하다. 거대한 노동계급의 절대 다수에게 우리 예술은 너무 비싸서 감히 다가갈 수도 없는 것일뿐더러, 대다수 인류의 노동하는 삶과는 거리가 먼 사람들의 감정을 전달하는 낯선 내용에 불과하다. 부유한 계층에게는 쾌일 수 있는 것이 노동하는 사람에겐 전혀 쾌가 될 수 없거나 아무런 감정도 불러일으키지 못할 수 있으며,

설사 그 무슨 감정을 일으킨다 하더라도, 그것은 빈둥거리는 살진 자들에게 불러일으키는 감정과는 전혀 반대되는 감정일 수 있다. 예를 들어, 오늘날 예술의 주된 내용인 명예나 애국심, 사랑 같은 감정은 노동자에게 도대체 이해되지 않는 것이거나 경멸, 분노와 같은 감정을 불러일으킬 뿐이다. 설령 대다수 노동자들에게 노동에서 벗어난 자유로운 시간에, 요즘 도시에서 부분적으로 그러하듯, 화랑이나 대중 음악회, 서적 등 오늘날 예술의 꽃이라 불리는 모든 것을 보고 듣고 읽게 만들 수 있다 하더라도, 노동자 민중은, 그가 노동자인 한, 즉 타락한 유한계급으로 조금이라도 편입되지 못한 노동자인 한, 그는 우리 계층의 세련된 예술 중 그 무엇도 이해할 수 없을 것이며, 뭔가 이해했다 하더라도 그가 이해하는 대부분은 그의 영혼을 고양시키기보다 오히려 그것을 타락시키는 것에 불과할 것이다. 이러니 생각이 있고 진실한 사람이라면 상류계급의 예술이 결코 전 민중의 예술이 될 수 없다는 것에 더 이상 전혀 이의를 제기하지 못할 것이다. 따라서 만일 예술이 모든 사람에게 종교와 마찬가지로 중요한 문제이고 정신적 행복에 관계된 것이라면(예술 숭배자들은 늘 이렇게 말하기 좋아한다), 예술은 모든 사람의 것이어야 한다. 만일 예술이 전 민중의 예술이 되지 못한다면, 그 예술은 사람들이 내세우듯 그렇게 중요한 것이 아니거나, 우리가 예술이라고 부르는 그 예술이 중요한 것이 아니거나 둘 중 하나일 것이다.

이 딜레마는 해결될 수 없는 것이다. 그러므로 약삭빠르고 비도덕적인 자들은 그중 한 측면을 부정하는 것으로 과감하게 문제를 해결하려 한다. 즉 예술을 향유할 대중의 권리를 부정해버리는 것이다. 이런 자들은 문제의 본질을 솔직하게 내뱉는다. 최고의 미적인 것(그들의 개념에 따르면) 즉 최고의 예술적 쾌락에 참여하고 향유할 수 있는 자는, 낭만주의자들이 말하는 오로지 선택된 '아름다운 영혼schöne Geister'이나, 니체의 후계자들이 말하는 '초인'이며, 나머지 이런 쾌락을 체험할 능력이 없는 천박한 무리는 그저 이 고상한 종족의 고귀한 쾌락을 위해 봉사하는 게 마땅하다는 것이다. 이런 견해를 주장하는 자들은 최소한 모순적이지는 않다. 이들은 연결할 수 없는 것을 연결하려 들지 않고 사실 그대로를, 즉 우리 예술이 일부 상류계급의 예술일 뿐이라는 것을 솔직하게 인정하는 것이다. 사실 본질적으로 우리 사회에서 예술에 종사하는 모든 사람은 예술을 그렇게 이해해왔고 여전히 지금도 그렇게 이해하고 있다.

9.   자존심과 성욕, 권태에 빠진 예술

예술 활동의 목적은 인류가 도달한 종교적 의식에서 나온 최고의 감정을 전달하는 것임에도 불구하고, 유럽 세계 상류 계층의 무신앙은 그것을 사회의 특정한 사람들에게만 극대화된 쾌락을 제공하는 목적의 활동으로 만들어버렸다. 그리하여 거대한 예술의 영역에서 오직 특정 집단의 사람들에게 쾌를 제공하는 것을 예술이라고 부르게 된 것이다.

예술의 전 영역에서 일부를 분리하고 평가를 받을 만한 가치가 없는 것을 중요한 예술로 인정하는 일이 유럽 사회에 미친 도덕적 영향이야 두말할 것도 없고, 예술에 대한 이런 왜곡은 예술 자체를 약화시켜 거의 파멸에 이르게 만들고 말았다. 그런 예술이 예술에 고유한 무한히 다양하고 심오한 종교적 내용을 거세해버렸다는 것이 그 첫 번째 결과이다. 이어 두 번째 결과는, 예술이 오직 소수의 사람들만을 염두에 두면서 형식의 미를 상실하고 지나치게 까다롭고 모호한 것이 되어버렸다는 것이다. 그리고 세 번째로 가장 심각한 결과는 예술이 진실함을 잃고 인위적으로 꾸며낸 지적 산물이 되어버렸다는 점이다.

첫 번째 결과, 즉 내용의 빈약화가 발생할 수밖에 없었던 것은, 참다운 예술작품이란 사람들이 미처 체험하지 못한 새로운 감정을 전달할 때만 가능한 것이기 때문이다. 사상을 다룬 작품이 이미 알려진 것을 반복하지 않고 새로운 생각과 사상을 전달할 때 사상을 다룬 작품일 수 있는 것처럼, 예술작품 역시 인류의 삶의 과정에서 새로운 감정(그것이 아무리 의미가 적은 것일지라도)을 담아낼 때 비로소 예술작품일 수 있다. 바로 이 때문에 예술작품은 미처 그 감정을 체험하지 못하고 있다가 처음 접하는 아이나 젊은이들에게 강렬한 정서 작용을 가할 수 있는 것이다.

아직 누구에 의해서도 표현되지 않은 전혀 새로운 감정은 성인들에게도 마찬가지로 강렬한 영향을 미친다. 종교적 의식에 상응하는 정도가 아니라 쾌를 담지한 정도에 따라서 감정을 평가하는 상류계급의 예술은 이런 새로운 감정의 원천을 거세당하고 말았다. 쾌보다 더 낡고 진부한 것은 없으며 한 시대의 종교적 의식에서 기원하는 감정보다 더 새로운 것은 없다. 그것은 날리 어떻게 말할 수가 없다. 인간의 쾌락은 그 본성에 의해 제한된 한계를 가지고 있지만, 인류의 진보를 향한 움직임, 즉 종교의식에 의해 표현되는 그것은 한계가 있을 수 없다. 인류가 진보를 향해 앞으로 한 걸음 내디딜 때마다(그 모든 걸음은 끊임없이 증가하는 종교의식의 명징화를 통해 이루어진다) 사람들은 점점 더 새롭고 새로운 감정을 체험하게 된다. 따라서 어떤 시기에 삶을 이해하는 최고의 수준을 가리키는 종교적 의식에 기초할 때에만 아직 체험하지 못한 새로운 감정들이 발생할 수 있다. 호메로스와 비극 작가들에 의해 표현된 새롭고 중요한 무한히 다양한 감정들은 바로 고대 그리스인의 종교의식으로부터 흘러나온 것이다. 유일신이라는 종교의식에 도달한 유대인에게도 그것은 마찬가지였다. 선지자들에 의해 표현된 새롭고 중대한 모든 감정은 바로 이런 의식으로부터 나온 것이다. 교회 공동체와 천국의 계급제를 신봉한 중세인에게도, 인류의 형제애라는 진정한 그리스도교 정신을 체득한 우리 시대 사람들에게도 그것은 마찬가지다.

종교의식으로부터 나오는 감정의 다양성은 무한하고 모두 새롭다. 종교의식은 세상을 향한 인간의 새로운 창조적 태도를 가리키는 것과 다름없으며, 반면 쾌락에 대한 욕망에서 나오는 감정은 유한할 뿐만 아니라 이미 아주 오래전부터 알려진 진부한 것이기 때문이다. 따라서 유럽 상류계급의 무신앙은 그 내용상 가장 빈약한 예술로 나아갈 수밖에 없었다.

예술이 더 이상 종교적이지 않고 민중적이지 못함으로써 상류계급 예술은 그 내용이 더욱더 빈약해졌고, 전달하는 감정의 폭도 더더욱 축소되었다. 삶을 떠받치는 노동을 알지 못하는 권력자나 부자들이 체험하는 감정의 폭은 노동자들의 감정에 비해 훨씬 적고 빈약하며 헛된 것이기 때문이다.

그럼에도 불구하고 우리와 같은 부류에 속하는 사람들이나 미학자들은 보통 반대로 생각하고 말한다. 똑똑하고 교양 있는 작가지만 완전한 도시인이었던 곤차로프[62]는 미학자의 입장에서, "투르게네프의 《사냥꾼의 수기》[63] 이후 민중의 삶을 소재로 더 이상은 쓸 것이 없다. 모든 것이 소진되었다"라고 내게 말한 적이 있다. 노동하는 민중의 삶이 아주 단순하여 투르게네프의 소설 이후에는 더 이상 묘사할 것이 없다고 보였던 것이다. 그에 반해 애정 행각과 자기 불만으로 가득한 부유한 자들의 삶은 그에게 끝없는 내용으로 가득한 것 같았다. 한 주인공은 부인의 손바닥에 입을 맞추고, 또 다른 주인공은 팔꿈치에, 또 다른 주인공은 또 다른 어딘가에 입을 맞춘다. 한 주인공은 권태에 빠져 쓸쓸해하고, 또 다른 주인공은 사랑받지 못해 쓸쓸해한다. 곤차로프에게 이런 세계는 끝 간 데 없이 다양해 보였다. 노동하는 민중의 삶은 내용이 빈약하고, 할 일 없는 우리 같은 사람들의 삶은 흥미로운

---

62 곤차로프Ivan Goncharov(1812~1891). 《오블로모프》라는 대표작을 남긴 러시아 소설가.

63 투르게네프Ivan Turgenev(1818~1883). 러시아 소설가, 농민의 일상과 지혜를 다룬 소설 《사냥꾼의 수기》(1852)를 통해 농노 제도의 부당함을 간접적으로 비판하여 당대 커다란 반향을 불러일으켰다. 《아버지와 아들》《처녀지》 등 많은 장편소설을 남겼다.

것으로 가득 차 있다는 이런 견해는 우리 부류의 사람들 거의가 공유하는 바이다. 노동하는 삶에는 끝없이 다양한 형태의 노동이 있고, 그에 따라 바다나 땅속에서의 위험이 존재하고, 여행이 있고, 주인과 상관과 동료들, 혹은 종교와 종족이 다른 사람들과의 소통의 문제가 있고, 자연과 들짐승과의 싸움이 있고, 가축을 대하는 문제가 있고, 숲과 초원과 들판, 정원, 채마밭에서의 노동이 있고, 아내와 아이들, 사랑하는 친구들뿐만 아니라 동료 노동자들, 조수, 대체 일꾼들과의 관계가 있고, 지적 사색이나 허영의 대상이 아니라 자신과 가족의 삶의 문제로서 모든 경제적 문제들이 존재하고, 자기만족과 봉사로서의 자긍심이 있고, 휴식의 달콤함이 있고, 이런 현상들에 대한 종교적 태도가 배어든 모든 관심사가 존재하고 있음에도, 우리에겐, 이런 관심사도 지니지 못하고 어떤 종교적 이해도 하지 못하는 우리에겐 이런 삶이, 다른 사람들이 만들어놓은 것을 이용하고 파괴할 뿐이고 노동도 모르고 생산도 모르면서 사소한 쾌락이나 하찮은 번민에 싸여 있는 우리의 삶에 비해 단순하고 단조로운 것으로 여겨지는 것이다. 우리는 우리 시대 우리 부류의 사람들이 체험하는 감정들이 매우 의미심장하고 다채로운 것이라고 생각하지만, 실제로 우리 부류 사람들의 거의 모든 감정은 아주 하찮고 복잡할 것 없는 세 가지 감정, 자존심, 성욕, 삶의 권태로 귀결된다. 이 세 감정과 그 파생물이 부유계급 예술의 거의 모든 배타적 내용인 것이다.

상류계급의 배타적 예술이 전 민중의 예술로부터 구별되기 시작한 아주 초기에는 자존심의 감정이 예술의 주요한 내용이었다. 르네상스기와 그 이후 예술작품의 주요한 주제는 교황이나 왕, 제후들과 같은 강자들에 대한 찬양이었다. 그에 따라 송시, 연가, 칸타타, 찬가와 같은 찬미가가 창작되고, 그들의 초상화가 그려졌으며, 다양한 형태로 미화된 동상이 조각되었다. 그 이후 성적 욕망의 요소가 점점 더 많이 예술에 스며들기 시작했는데, 오늘날 그것은 유한계층의 모든 예술작품의(극히 드문 예외를 제외하고, 소설이나 드라마 등에는 거의 예외 없이) 거의 필수적인 조건이 되다시피 하였다.

이보다 조금 뒤에 세 번째 감정, 바로 삶의 권태의 감정이 새로운 예술이라는 이름으로 유한계층의 예술 속으로 들어온다. 19세기 초 이 감정은 바이런[64]이나 레오파르디[65], 그보다 조금 뒤에 하이네[66] 같은 소수의 사람들에 의해 표현되었지만, 최근에는 유행이 되어버렸으며 아주 저속하고 범속한 자들에 의해서도 표현되기에 이르렀다. 프랑스 비평가 두믹[67]은 새로운 작가와 작품의 주된 특징에 대해 매우 정확하게 이렇게 말한다.

---

64 바이런George Gordon Byron(1788~1824) 영국 낭만주의 시인.

65 레오파르디Giocomo Leopardi(1798~1837). 이탈리아 철학자이자 시인.

66 하이네Heinrich Heine(1797~1856). 독일 작가이자 시인.

67 두믹Rene Dumic(1860~1937). 프랑스 문학비평가.

새로운 작가와 작품의 특징은 삶에 대한 권태, 세상에 대한 경멸, 예술적 환영을 동원한, 지나간 시대에 대한 아쉬움, 패러독스 취향, 남다르고 싶은 욕망, 담백해지려는 고상한 자들의 열망, 경이로움에 대한 유아적 찬미, 몽상에 대한 병적 탐닉, 신경 발작 등이고, 그중에서도 특히 육욕에 대한 격한 호소 등이다.(르네 두믹, 《신진 작가들》.)

이 세 가지 감정 중 육욕의 감정은 인간뿐만 아니라 모든 동물에게 존재하는 가장 저급한 감정으로 모든 근대 예술작품의 가장 중요한 대상이다.

보카치오[68]부터 프레보[69]에 이르기까지 모든 소설과 시는 성적 사랑의 감정을 끝없이 다양한 형태로 담아낸다. 간통은 모든 소설의 가장 애용되는 주제일 뿐만 아니라 거의 유일한 주제이다. 공연은 어떤 구실을 붙여서라도 상체나 하체를 벗은 여성이 등장하지 않고서는 공연이 아니다. 발라드나 가요도 시적 표현의 정도와 수준은 다를지라도 색욕의 표현이라는 것은 감출 수 없다.

프랑스 회화의 대부분은 다양한 형태의 여성 나체를 그리고 있다. 새로운 프랑스 문학에서 나체를 묘사하지 않거나, 적절하든 부적절하든 '나체'라는 단어가 빠진 시나 소설은

---

68   보카치오Giovanni Boccaccio(1313~1375). 이탈리아 소설가이자 시인.
69   프레보Antoine Prevost(1697~1763). 프랑스 소설가.

단 한 페이지도 찾을 수 없다. 재능 있는 작가로 불리는 구르몽[70]이라는 작가가 대표적인 예다. 새로운 작가라는 자들이 과연 어떠한지 살펴보기 위해 나는 그의 소설 《디오메드의 말馬Les chevaux de Diomède》을 읽어보았다. 이 소설은 한 남자가 여러 여자들과 맺는 성관계를 아주 상세하게 묘사하고 있다. 성욕을 자극하지 않는 곳은 단 한 페이지도 없다. 커다란 성공을 거둔 피에르 루이스[71]의 《아프로디테Aphrodite》도 그렇고, 얼마 전 우연히 손에 들어온, 화가들에 대한 비판임이 분명한 위스망스[72]의 《어떤 사람들Certains》도 마찬가지다. 극히 드문 예외를 제외하면 거의 모든 프랑스 소설이 그와 같다. 모두 병적인 색욕에 사로잡힌 자들의 작품인 것이다. 이들은 그 병적 상태로 인해 자신들의 모든 삶이 추잡한 성적 욕망에 집중하고 있는 것처럼, 세상의 모든 삶도 분명 그렇다고 확신하고 있다. 유럽과 미국의 모든 예술 세계도 바로 이런 병적인 색욕을 가진 사람들을 따라 하고 있다.

부유 계층의 무신앙과 배타적인 삶의 결과 이 계급의 예술은 내용이 갈수록 빈약해지고 허영과 삶의 권태, 무엇보다도 성적 탐욕의 감정 전달로 치닫고 있다.

---

70 구르몽Remy de Gourmont(1858~1915). 프랑스 상징주의 시인이자 소설가.

71 루이스Pierre Louÿs(1870~1925). 레즈비언을 다룬 소설로 유명한 프랑스 작가.

72 위스망스Joris Karl Huysmans(1848~1907). 에밀 졸라의 제자로 19세기 말 프랑스 탐미주의 소설가이자 미술평론가.

10.   갈수록 난해하고 기묘한 배타적 형식과 내용

상류계급 사람들의 무신앙의 결과, 그들 예술은 내용이 빈약해졌다. 그러나 거기에 더해 그들 예술은 갈수록 그들만의 것으로 배타적이고, 가면 갈수록 더욱 복잡하고 조작적이고 모호한 것이 되어 갔다.

그리스나 유대 선지자들처럼 전 민중적인 예술가가 작품을 창작한다면, 그는 당연히 모든 사람이 이해할 수 있는 작품을 만든다고 말하려 할 것이고 그렇게 말할 권리가 있다. 하지만 예술가가 배타적인 조건들 속에 있는 좁은 범주의 사람들, 혹은 단 한 사람이나 궁중 사람들, 즉 교황이나 추기경, 국왕, 제후, 왕비, 왕의 애첩을 위해 작품을 만든다면, 그는 자연히 특정한 조건에 있는 그런 지인들에게만 영향을 주려고 애쓸 것이다. 이는 감정을 드러내는 훨씬 쉬운 방법일 텐데, 그 경우 예술가는 어쩔 수 없이 다른 모든 사람은 뭐가 뭔지 도대체 알지 못하고 헌정받는 사람들만 이해하는 그런 암시들을 사용하는 경향에 빠지게 된다. 그런 표현 방법을 통해 그는 더 많은 것을 말할 수 있었고, 헌정받는 사람들에게 안개에 싸인 듯한 몽롱한 매혹 같은 어떤 특별한 느낌을 담아낼 수 있었다. 에둘러 말하는 완곡어법이나 신화와 역사에 대한 암시에서 드러나는 이런 표현 방법은 점점 더 빈번하게 사용되다가 최근에는 데카당이라 불리는 예술에서 극에 달한 것 같다. 급기야 요즈음에는 몽롱함, 수수께끼 같은 것, 무지, 대중에게 전혀 이해되지 않는 난해함뿐만 아니라 부정확함과 모호함, 거칠고 조잡한 언어가 오히려 예술작품의 시적 덕목으로 여겨지기까지 한다.

보들레르[73]의 유명한 《악의 꽃*Fleurs du mal*》에 붙인 서문에서 테오필 고티에[74]는, 보들레르가 웅변과 열정, 지나치게 정확한 진실성을 추방했다고 말한다.

보들레르 자신도 그런 견해를 표명했을 뿐만 아니라 자신의 시에서 그것을 예시하고 있다. 그의 산문시집 《파리의 우울*Petits poèmes en prose*》은 훨씬 심각하여, 그 의미는 퍼즐처럼 짜 맞춰야 겨우 추정할 수 있을 뿐 대부분은 아직도 여전히 이해불가한 상태다.

---

73 보들레르Charles Pierre Baudelaire(1821~1867). 프랑스 시인으로 시집 《악의 꽃》으로 유명하다.
74 고티에Théophile Gautier(1811~1872). 프랑스 시인이자 소설가.

보들레르의 뒤를 이어 역시 위대한 시인이라 일컬어지는 베를렌Paul Verlaine은 《작시법 *Art poétique*》에서 심지어 시를 다음과 같이 창작해야 한다고 충고하기에 이른다.

무엇보다 먼저 음악을,
특히 송가를 택하라,
공기 속에 더 가볍고 더 잘 녹아드니,
그 안에 무게를 두거나 형태를 취하는 법 없이.
(……)
그리고 또 마음껏 고르고 골라
실수 없이 단어를 고르라.
회색의 노래보다 귀한 것은 없으니,
거기에 모호함과 선명함이 함께 있으니.
(……)
그리고 다시 항상 음악을,
당신의 시가 허공을 날아
좁은 골목길을 빠져나가
다른 사랑의 다른 하늘로 가는 듯이.
(……)
당신의 시가 행운의 운세가 되어
거센 아침 바람에 흩어져
박하와 백리향 꽃을 피우도록,
나머진 모두 문학이 되리라.

보들레르와 베를렌의 뒤를 이어 신진 시인 중에 가장 중요한 인물로 여겨지는 시인이 말라르메[75]다. 그는 시의 매력은 그 의미를 추정하는 데 있고, 시에는 항상 풀 수 없는 수수께끼가 담겨 있어야 한다고 말한다.

　나는 시에는 오직 암시가 있어야 한다고 생각한다. 대상의 관조, 그리고 그 관조에서 일어나는 환상으로부터 날아드는 이미지, 그것이 시다. 고답파 시인들은 대상을 있는 그대로 모두 보여주려고 한다. 거기엔 신비함이 결여되어 있다. 그들은 그들이 창조하는 것의 달콤한 기쁨을 앗아간다. 대상에 또렷하게 이름을 짓는 것은 조금씩 추정해가는 시인의 행복한 쾌감 대부분을 파괴하는 짓이다. 영감을 주는 것, 그것이 이상이다. 상징을 구성하는 것, 그것이 이 신비함을 완벽하게 사용하는 것이다. 그것은 마음의 상태를 보여주기 위해 점차적으로 대상을 일깨우기, 또는 반대로, 대상의 선택과 그 해독을 통해 마음의 상태를 밝혀내기다.

　(……) 만일 지적 능력이 평범하고 문학적 소양이 충분치 못한 사람이 우연히 이런 책을 손에 들고 즐겁게 읽었다고 주장한다면, 그것은 정확하지 못한 오해일 뿐이다. 시에는 언제나 수수께끼가 있어야 한다. 문학의 목적은 그것이고,

---

[75]　말라르메Stéphane Mallarmé(1842~1898). 19세기 후반 시단을 주도한 프랑스 시인.

대상을 일깨우는 것 외에 다른 것은 없다.[76]

새로운 시인들 사이에 이렇게 모호와 몽매함이 하나의 도그마가 되고 있다. 아직 이런 도그마를 인정하지 않는 프랑스 비평가 두믹은 아주 정확하게 이를 비판한다.

> 새로운 유파가 하나의 도그마로 신봉하고 찬양하는 모호함 이론과는 완전히 절연해야 할 때가 왔다.(르네 두믹, 《청년들》)

프랑스뿐만 아니라 독일과 스칸디나비아, 이탈리아, 프랑스, 영국 등 다른 모든 나라의 시인들도 이렇게 생각하고 행동하고 있다. 회화나 조각, 음악 등 예술의 모든 영역에서 근대의 모든 예술가들이 그런 것이다. 근대 예술가들은 니체와 바그너에 기대어, 몽매한 대중들에게 이해를 구할 필요가 없으며, 가장 높은 교양을 지닌 사람들, 그러니까 한 영국 미학자의 표현에 따르면 '가장 교양 있는 사람the best nurtured men'의 시적 상태에 호소하는 것으로 충분하다고 생각한다.

내가 말하고 있는 것이 입으로만 떠드는 잠꼬대가 아님을 밝히기 위해 이 운동의 선두에 서 있는 프랑스 시인들의 예

---

76 (원주) 쥘 위레Jules Huret, 《문학 발달의 탐구Enquête sur l'évolution littéraire》, pp. 60-61.

를 몇 가지 제시하고자 한다. 그런 시인들은 무수히 많다.

보들레르, 베를렌 등과 같이 이제 아주 유명해진 시인 외에도 일부 시인의 이름을 거명한다면 다음과 같다. 장 모레아스, 샤를 모라스, 앙리 드 레니에, 샤를 비니에, 아드리앙 로마클, 르네 길, 모리스 마테를링크, C. 알레브 오리에, 레미 드 구르몽, 상 폴 루 르 마니피크, 조르주 로덴바흐, 로베르 드 몽테스키우-페장삭 백작 등. 이들은 대체로 상징주의와 데카당주의에 해당한다. 다음으로 마법파로 불리는 조세팽 펠라당, 폴 아당, 쥘 부아, M. 파퓨 등이 있다.

이들 외에도 두믹이 그의 저서에서 거명하는 작가들은 141명이나 된다.

이들 시인 중에서 가장 대표적인 예들을 살펴보자. 먼저 가장 위대하고 기념비적인 인물이라는 저명한 보들레르에서 시작하자. 다음은 그의 유명한《악의 꽃》에 나오는 시다.

나는 밤하늘 궁륭 같은 그대를 사랑하오,

오, 슬픔의 꽃병, 오, 위대한 침묵이여,

아름다운 여인이여, 도망갈수록 더욱 귀엽구나,

내 밤의 장식이여, 아이러니하게도

저 푸른 무한과 내 팔 사이

멀어지면 질수록 더욱 사랑스럽네,

나는 공격으로 전진하고 기어올라 급습한다,

송장을 찾아 몰려드는 구더기 떼처럼,
오, 무자비하고 잔학한 짐승, 그대의 차가움마저
아름다움을 한껏 더하여 더욱 애모하노라!

보들레르의 또 다른 시 〈결투〉를 보자.

전사 둘이 맞붙었다. 그들의 무기는
허공에 섬광과 피를 뿌렸다,
이 대결, 쇳덩이 부딪는 소리,
울부짖는 사랑에 괴로운 청춘의 소음.

칼이 부러졌다! 우리의 청춘처럼,
연인이여, 그러나 이빨, 날카로운 손톱이
배신의 단검과 장검에 보복한다,
오, 상처 입은 사랑의 마음의 분노여!

살쾡이와 표범이 헤매는 골짜기에서,
우리의 영웅들은 사악하게 끌어안고 구르고,
살갗은 메마른 가시꽃으로 피어나리.

그 구덩이는 지옥, 친구들이 우글대는,
후회 없이 구르자, 무자비한 아마존이여,
우리 증오의 불꽃이 꺼지지 않도록!

정확하게 말하자면, 사실 이 시집에는 덜 난해한 것도 없지 않다. 그러나 아무런 노력 없이 쉽게 이해될 수 있는 시는 단 하나도 없다. 그러나 그런 노력은 전혀 보상받지 못한다. 시인이 전달하는 감정은 선한 것들이 아니며 너무나 저급한 감정들이기 때문이다.

이런 감정은 항상 저 혼자 쥐어짜낸 것으로 터무니없는 것들이다. 이런 고의적인 모호함은 특히, 작가가 하려고만 하다면 아주 쉽게 말할 수 있는 산문에서도 나타난다.

산문시집 《파리의 우울》에서 예를 하나 들어보자. 제목은 〈이방인 *L'étranger*〉이다.

"수수께끼 같은 자여, 그대는 누구를 가장 사랑하는가, 아버지인가, 어머니인가, 누이 또는 형제인가?"

"나에겐 아버지도, 어머니도, 누이도, 형제도 없소이다."

"그럼 친구는?"

"그대는 내가 이날까지 들어보지 못한 말을 사용하는구려."

"그럼 조국은?"

"그것이 어디에 있는 것이오?"

"그럼 아름다운 여인은?"

"불멸의 여신이라면 사랑하겠소."

"황금은?"

"그대가 신을 증오하듯 미워하오."

"호오! 그럼 대체 무엇을 좋아하는가, 기이한 이방인이
여?"

"구름을, 저기 지나가는 구름을 사랑하오, 저기 저 괴이한
구름을!……"

〈수프와 구름La soupe et les nuages〉이라는 산문시는 사랑하는
사람에게서조차 이해받지 못하는 시인을 그리고 있음이 분
명하다. 그 한 대목을 보자.

나의 바보 같은 귀여운 애인이 내게 저녁을 차려주었다.
나는 식당 열린 창을 통해 신이 수증기로 만드는 움직이는
건축물을, 손에 닿을 수 없는 놀라운 구조물을 응시하였다.
그리고 혼자 생각에 빠져 중얼거렸다. "저 환영의 그림자는
내 아름다운 연인, 작은 녹색 눈을 가진 귀여운 바보의 눈처
럼 아름답구나."

그런데 갑자기 누군가 내 등짝을 철썩 내리쳤고, 술을 마
셔 쉰 듯한 매혹적인 목소리, 히스테릭한 목소리, 내 작은 애
인의 목소리가 들려왔다. "바로 수프를 드시겠어요, 빌어먹
을 구름 장사꾼!"

이 글은 아주 인위적이긴 해도 조금만 노력하면 작가가 무
엇을 말하려는지 알아챌 수는 있을 것이다. 그러나 적어도
내겐 전혀 이해되지 않는 산문시들도 있다.

예를 들어 〈용감한 사격수Le Galant tireur〉의 한 대목을 보자. 난 그 뜻을 전혀 이해할 수가 없다.

숲을 빠져나왔을 때, 그는 '시간 죽이기 좋겠다'라고 생각하며 마차를 사격장 근처에 멈추게 하였다.

그 괴물을 죽이는 것, 그것은 어떤 사람에게나 가장 평범하고 합당한 일이 아니겠는가? 사나이는 사랑스럽고 향긋하고 멋진 여인, 신비로운 여인, 그토록 쾌락과 많은 고통을 주고 그의 천재성의 대부분을 안겨주는 여인에게 손을 내밀었다.

몇 발의 총알은 과녁을 벗어났다. 한 발은 심지어 천장에 박혔다. 매혹적인 동물이 깔깔대며 서툰 솜씨를 미친 듯이 비웃자, 사나이는 갑자기 아내를 돌아보며 말했다. "자, 저기 오른쪽 인형, 들창코에 거만한 모습 보이지. 좋아, 사랑하는 천사, 나는 저걸 당신이라고 여길 테니 말이야." 그는 눈을 감고 방아쇠를 당겼다. 인형은 정확하게 목이 잘려 나갔다.

그리고 그는 몹시 사랑스럽지만 몹시 혐오스런 아내, 피할 수 없는 무자비한 뮤즈에게 인사를 올리고 그 손에 정중하게 입을 맞추고 덧붙였다

"아, 나의 사랑하는 천사, 솜씨를 발휘하게 해주어 감사하오!"

베를렌의 다른 유닝한 작품들도 이 못지않은 억지에 요령부득이다. 이를테면 〈잊혀진 소곡Ariettes oubliées〉의 한 절을 보자.

평원의 바람

숨을 죽인다.

　　　— 파바르

나른한 황홀경,

사랑의 피로,

미풍에 품어 안겨,

숲은 몸을 떨고,

회색 가지를 향해 부르는,

가느다란 작은 합창

오, 보드랍고 신선한 속삭임이여!

이것은 조잘대고 웅얼대는 소리,

이것은 흔들리는 풀잎들 숨이 지는,

부드러운 울음 같아……

굽이치는 시냇물 아래

자갈 구르는 소리일까?

이처럼 졸리운 애도 속에

스스로 애달픈 마음은

우리의 마음 아니런가?

나의 마음, 너의 마음

이 온화한 저물녘

한숨인 양 보드라운 합창

　대체 '보드라운 작은 합창'이 무엇이며, '흔들리는 풀잎들 숨이 지는 소리'는 대체 무슨 뜻인가. 내겐 전혀 이해되지 않는다.
　다른 시 한 구절을 보자.

　끝없는 평원의
　권태 속에
　흐릿한 눈발
　모래처럼 빛난다.

　하늘은 청동,
　아무 빛도 없다.
　당신은 지켜본다 생각하리
　달이 나서 죽는다고.

　잿빛으로 구름 꿈틀대듯
　근처 숲속
　안개 사이
　떡갈나무들 떠오른다.

　하늘은 청동,

아무 빛도 없다.
당신은 지켜본다 생각하리
달이 나서 죽는다고.

숨 멎는 까마귀
그리고 마른 늑대들,
이 신맛의 입맞춤을
어이하려는가?

끝없는 평원의
권태 속에
흐릿한 눈발
모래처럼 빛난다.

　청동 하늘에서 달이 나서 죽다니, 눈발이 모래처럼 빛난다
니, 대체 어떻게 그럴 수 있는가? 이 모든 것은 전혀 이해되
지 않을 뿐만 아니라, 분위기 전달이라는 미명하에 잘못된
비교와 단어들을 늘어놓는 것에 불과하다.
　이러한 인위적이며 모호한 시 외에, 이해는 되지만 그 형
식과 내용에서 전혀 그릇된 시들도 있다. 《지혜La Sagesse》라는
제목의 시집에 실린 모든 시들이 그렇다. 이 시집에는 아주
저속한 애국심에 대한 아주 조악한 표현들이 가득 차 있다.
예를 들어 다음과 같은 시구를 보자.

나는 어머니 마리아만을 생각하노라.

지혜의 보고, 용서의 샘,

우리가 기대하는 프랑스의 어머니,

변함없는 조국의 영광.

다른 시인들 시를 더 살펴보기 전에 나는, 이제 거의 위인급이 된 보들레르와 베를렌, 이 두 시인의 놀라운 명성에 대해 잠시 생각을 돌려보지 않을 수 없다. 나는 어떻게 하여 프랑스인들이, 셰니에와 뮈세, 라마르틴 그리고 무엇보다 빅토르 위고를 낳고, 근자에는 고답파라 불리는 르콩트 드 릴이나 쉴리 프뤼돔을 배출한 프랑스인들이 형식도 몹시 조잡하고 내용도 몹시 저급하고 저속한 이 두 시인을 그렇게 위대하다고 여기는지 도대체 이해할 수가 없다. 그중 하나, 보들레르는 천박한 에고이즘으로 점철된 세계관을 이론화하여, 구름처럼 모호한 미의 개념으로 도덕성을 대체하고, 미를 끝없이 인위적인 것으로 대체해버리고 있다. 그는 여성의 자연적 얼굴보다 분칠한 얼굴을, 자연의 나무와 물보다 금속제 나무와 유사 광천수를 더 선호하는 것이다.

또 베를렌의 세계관은 무기력한 방탕함과 도덕적 불감증에 대한 자인으로 구성되어 있고, 그 무력감으로부터의 구원을 아주 조야한 가톨릭 우상숭배에서 찾으려는 것에 불과하다. 두 사람 모두 순박함과 진실성, 소박함이 전혀 결여되어 있고, 둘 다 인위적 기교와 기괴한 독창성, 회의주의에 가득

차 있다. 그래서 그나마 낫다는 작품에서마저 여러분은 그들이 묘사하는 것보다는 보들레르나 베를렌의 인격을 더 많이 접하게 된다. 볼 것 없는 이런 두 시인이 하나의 유파를 만들어 수백의 추종자들을 거느리고 다닌다니 믿을 수가 없다.

이런 현상에 대한 설명은 한 가지밖에 없다. 이 시인들이 활동하는 사회에서는 예술이 삶의 진지하고 중요한 문제가 아니라 그저 오락에 불과하다는 것이다. 모든 오락은 계속 되풀이되면 지루해지기 마련이다. 지루한 오락이 다시 가능하기 위해서는 어떻게든 새로운 걸 집어넣어야 한다. 카드놀이에서 보스턴이 지루해지면 휘스트 게임을 생각해내고, 휘스트가 지루해지면 프레페랑스를, 프레페랑스가 지루해지면 또 다른 무언가를 생각해낸다. 본질은 그대로인 채 형식만 변하는 것이다. 예술에서도 마찬가지다. 그들 예술의 내용은 배타적 계급의 예술가들이 마침내 모든 것은 이미 다 말해졌고 새로운 것은 더 이상 아무것도 없다고 생각할 때까지, 거듭 그 한계까지 나아간다. 그리하여 그 한계에 도달하면 그들은 예술을 또다시 새롭게 보이기 위해 또 다른 새로운 형식을 찾아 나선다.

보들레르와 베를렌은 새로운 형식을 고안하면서 그때까지 미처 사용되지 않은 외설적 세부 묘사로 나아간다. 그리고 상류계급의 비평가와 대중은 그들을 위대한 예술가로 인정한다.

보들레르와 베를렌의 성공뿐만 아니라 모든 데카당파의

성공은 바로 이렇게 설명될 수 있을 뿐이다.

이를테면 말라르메와 마테를링크[77]의 시도 아무런 의미를 가지고 있지 못하다. 그러나 그럼에도 불구하고, 아니 오히려 그 결과로, 수만 부씩 인쇄되고 젊은 시인들의 걸작집에 수록되곤 한다.

비평 잡지 《판Pan》(1895년 제1호)에 실린 말라르메의 소네트 한 편을 보자.

짓누르는 구름 속에서 너

현무암과 용암의 농어

노예의 메아리를 지닌

별것 아닌 나팔로

무덤 같은 난파선(너는

저녁에, 거품, 용감한 자의)

표류물 중의 일품

벗겨진 돛대 부서진.

또는 어떤 높은 파멸도

부족하다는 분노.

텅 빈 심연

풀어헤친 백발

---

[77] 마테를링크Maurice Maeterlinck(1862~1949). 죽음과 불안을 상징적으로 표현한 벨기에 시인이자 극작가로 노벨문학상을 수상하였다.

어린 인어 옆구리에

탐욕스레 빠져드는가.

이 시는 그 난해함이 결코 예외적이지 않다. 나는 말라르메의 시 여러 편을 읽어보았지만 의미라고는 전혀 아무것도 없었다.

다음에는 최근의 저명한 시인 마테를링크의 시를 읽어보자. 역시 《판》(1895년 제2호)에 실린 것이다.

그가 나가니까

(나는 문소리를 들었다)

그가 나가니까

그녀가 웃었다.

그가 돌아왔을 때

(나는 불 켜는 소리를 들었다)

그가 돌아왔을 때

다른 여자가 거기 있었다……

그리고 나는 죽음을 보았다

(나는 여자의 영혼을 들었다)

그리고 나는 죽음을 보았다

아직도 그를 기다리고 있는……

우리는 말해주러 왔다

(아이야, 나는 무섭다)

우리는 말해주러 왔다

죽음은 사라질 거라고……

나의 등불 켜지고

(아이야, 나는 무섭다)

나의 등불 켜지고

나는 가까이 다가갔다……

첫 번째 문에서

(아이야, 나는 무섭다)

첫 번째 문에서,

불꽃이 흔들렸다……

둘째 문에서

(아이야, 나는 무섭다)

둘째 문에서

불빛이 말했다……

셋째 문으로 나는 갔다

(아이야, 나는 무섭다)

셋째 문으로 나는 갔다

불빛이 사라졌다……

그리고 어느 날 그가 돌아오면

나는 무엇이라 말하지?

그에게 말해다오, 죽을 때까지 기다렸노라고……

그를 기다리다가……

나를 알아보지 못하고

계속 더 묻는다면

누이처럼 그에게 말하렴

그가 괴로워하도록……

그리고 그가 그대

어디에 있냐고 묻거든

어찌 대답할 것인가?

아무런 대답도 없이

내 이 금반지를 건네주렴……

그리고 그가 방이 왜 텅

비었느냐 왜냐고 묻거든

불 꺼진 등불과 열린 문을 보여주렴……

그리고 다음에 마지막이 어땠느냐

내게 묻거든

미소지었다 말해주렴

그가 울지 않도록……

대체 여기서 누가 나가고 들어오고, 누가 말하고 누가 죽었단 말인가?

독자들에게 부탁건대, 부디 귀찮아하지 말고, 그리팽이나 레니에, 모레아스, 몽테스키우 등과 같은 더 유명하고 높이 평가받는 젊은 시인들의 작품을 통독해보길 바란다. 이는 예술의 현존 상태에 대한 명료한 개념을 얻기 위해, 그리고 많은 다른 사람들처럼 데카당파가 우연한 일시적 현상이라고 생각하지 않기 위해 반드시 필요한 일이다.

가장 졸렬한 시를 예로 든 것 아니냐는 비난을 피하기 위해 나는 이 시들을 고를 때 모두 각각의 책 28쪽에서 인용하였음을 밝혀 둔다.

이 시인들의 모든 시는 한결같이 불가해하고 엄청난 노력을 기울여도 완전히 이해되지 않는다. 나는 일부 시를 거론하였지만 수백 명 시인들의 모든 시가 다 그렇다. 독일이든, 스칸디나비아든, 이탈리아든, 러시아든 마찬가지다. 그런 작품들이 수백만 부는 아니라도, 적어도 수십만 부가 출판되고 있다(일부는 수만 부 팔리는 것도 있다). 그런 책을 편집·인쇄·출판하는 데 수백만 노동자와 수백만의 노동일이 소모되고 있는데, 아마도 그것은 거대한 피라미드를 건설하는 데 드는 노력 못지않을 것이다. 그러나 이러한 사정은 시에만 해당하는 것은 아니다. 다른 모든 예술 영역에서도 마찬가지로 수백만 노동일이 회화와 음악, 드라마에서 전혀 이해되지 않는 것을 생산하는 데 바쳐지고 있다.

이 점에서 회화는 특히 시 못지않게, 아니 오히려 시를 능가하고 있다. 다음은 1894년 파리의 한 전시회를 방문한 어느 애호가의 일기에서 발췌한 것이다.

오늘 상징파, 인상파, 후기 인상파 전시회 세 곳을 다녀왔다. 나는 호의를 가지고 열심히 그림을 관람하였지만 여전히 이해할 수 없었고 나중에는 화가 치밀어 올랐다. 첫 번째 카미유 피사로[78]의 전시회가 그나마 제일 이해할 만한 것이었지만, 형태도 없고 내용도 없고 색도 몹시 기이하기는 마찬가지였다. 무엇을 그린 건지 모호해서 심지어 손과 머리가 어디에 있는 건지 이해가 되지 않았다. 내용은 대부분 어떤 '효과effets'를 나타내는 것이어서, 안개 효과, 저녁 효과, 석양 효과 같은 것들이었다. 인물화도 몇 점 있긴 했지만 무얼 하는 건지는 알 수가 없었다.

색상은 밝은 청색과 밝은 녹색 계열이 주류였다. 모든 그림이 하나의 기본 색조를 흩뿌려 놓은 것 같았다. 이를테면 〈거위지기 여자〉는 기본 색조가 녹회색이었는데, 얼굴과 손, 머리칼, 옷에 녹회색이 점점이 뿌려져 있었다. 이 전시회가 열린 뒤랑 뤼엘 화랑에는 샤반, 모네, 르누아르, 시슬레의 그림도 있었는데, 모두 인상파였다. 한 사람 이름은 잘 보이지 않았지만, 르동인가 그랬는데, 그는 사람의 옆얼굴을 파란색으로 그려놓았다. 얼굴 전체가 온통 연백색을 띤 파란색으로 칠해져 있었다. 피사로의 작품은 모두 점묘로 된 수채화였다. 전경에는 암소가 여러 가지 색상의 점묘로 그려져 있었다. 그런데 멀리서 봐도, 다가가서 봐도 전체 색조가 파악되지 않았다. 다음엔 상징파를 보러 갔다. 누구에게 물어보지 않고 나 혼자 뭐가 뭔지 파악해보려고 한참을 돌아다녀 보았지만, 이건 인간의 상상을 뛰어넘는 것이었다. 맨 처음 눈에

---

78 피사로Camille Pissarro(1830~1903). 프랑스 인상파 화가.

들어온 것 중 하나는 목재로 된 부조였다. 벌거벗은 여자가 두 손으로 양쪽 젖꼭지에서 피를 짜내는 괴기스런 모양이었다. 피는 아래로 흐르며 보랏빛으로 변해가고 있었다. 머리칼은 처음에는 아래로 흩어져 내리다가 위쪽으로 올라가 나뭇잎으로 변하고 있었다. 몸뚱이는 완전히 녹색으로 칠해져 있고 머리칼은 갈색이었다.

다음 그림은 노란 바다를 그린 것이었는데, 바다 위에 배인지 심장인지 하는 것이 떠다니고 있었고, 수평선에는 후광이 비치는 옆얼굴이 있고, 그 노란 머리칼은 바다로 떨어져 녹아들고 있었다. 몇몇 그림들은 물감이 너무 두껍고 짙어서 그림이 아니라 조각품 같아 보였다. 다음 세 번째로 눈에 들어온 그림은 훨씬 더 이해 난망한 것이었다. 남자 옆얼굴이 었는데, 그 앞에는 불꽃과 검은 띠들이 놓여 있었는데, 나중에 듣기로 그 띠는 거머리라고 했다. 나는 견디다 못해 거기 있던 사람에게 도대체 저게 무엇이냐고 물어보았다. 그 사람 설명에 따르면, 조각상은 하나의 상징으로 '대지La terre'를 묘사하는 것이고, 노란 바다 위에 떠다니는 심장은 '환영Illusion'이고, 거머리와 함께 있는 남자는 '악Le mal'이라고 했다. 바로 거기엔 인상파 그림 몇 점이 더 있었는데, 모두 손에 무슨 꽃인가를 들고 있는 원시인 같은 모습이었다. 색조는 단색이었고, 윤곽이 몹시 모호하거나 넓고 굵은 선으로 그려저 있었다.

이건 1894년의 기록이다. 그리고 몇 년이 지난 지금 이런 경향은 더욱 강해져서 뵈클린, 슈투크, 클링거, 사샤 슈나이더 같은 작가들도 나타났다.

연극 분야에서도 똑같은 일이 벌어지고 있다. 어떤 건축가가 무슨 이유에선지 자신의 고상한 구상을 완성하지 못하고, 그 결과 자신이 짓던 집 지붕에 올라가 머리를 처박고 떨어진다든지(입센의《건축사 솔네스》), 혹은 쥐를 잡던 어떤 이상한 노파가 무슨 이유에선지 어여쁜 아기를 바다에 내던져 익사하게 만드는 공연(입센의《꼬마 아이욜프》), 혹은 바닷가에 앉아 있는 어떤 맹인이 왜 그런지 계속해서 똑같은 짓을 반복한다든지(마테를링크의《맹인들》), 종이 호수에 떨어져 거기서 종소리가 울려 나온다든지(하우프트만의《가라앉은 종》)하는 공연들이 수없이 등장하고 있다.

다른 어떤 예술보다도 만인에게 공통으로 이해되어야만 할 법한 음악 분야에서도 같은 일이 벌어지고 있다.

자신의 명성을 이용할 줄 아는 유명한 음악가가 피아노 앞에 앉아 새로운 작품이라거나 새로운 작곡가의 작품이라고 말하면서 여러분에게 피아노를 연주한다. 여러분은 기이하고 시끄러운 소리를 들으며 체조하듯 날뛰는 손가락에 놀란다. 작곡가는 분명히 자신이 만들어내는 소리가 영혼의 시적 열망이라고 고취하고 싶은 모양이다. 여러분은 그 의도를 알기는 하지만 지루함 말고는 어떤 감정도 느끼지 못한다. 연주는 오랫동안 계속된다. 아무것도 분명하게 느껴지는 바가 없기에 연주는 더더욱 길게 느껴진다. 어쩔 수 없이 여러분은 알퐁스 카[79]의 말, "빠를수록 더 오래 지속된다"라는 말을 떠올린다. 그리하여 혹시 이건 속임수가 아닐까, 연주자가 되는 대로 손가락을 움직여 건반을 눌러대며 우리를 속이고 박수갈채를 받으려는 건 아닐까, 연주자는 우리를 시험하며 비웃고 있는 건 아닐까 하는 생각까지 머리를 스치고 지나갈 것이다. 그러나 마침내 연주가 끝나고, 땀에 절어 흥분한 연주자가 박수갈채를 고대하며 피아노 앞에 서면, 여러분은 그 모든 것이 장난이 아니었구나 하고 생각한다.

리스트, 바그너, 베를리오즈, 브람스, 최근의 리하르트 슈트라우스 등등 끊임없이 오페라를 위한 오페라, 심포니를 위한 심포니, 희곡을 위한 희곡을 창작해대는 헤아릴 수조차 없는 음악가들의 그 모든 연주회에서 그와 똑같은 일이 벌어지고 있다.

대체로 이해하기 어려울 것이 없어 보이는 소설 분야에서도 마찬가지 일이 벌어지고 있다.

위스망스의 《저 아래로 *Là-bas*》나 키플링[80]의 단편들, 혹은 빌리에 드 릴라당[81]의 《잔혹한 이야기 *Contes cruels*》 중의 〈통지자 *L'annonciateur*〉를 읽어보라. 어느 것이든 'abscons'(신진 작가들의 신조어로 '심오한, 난해한'의 의미)할 뿐만 아니라 그 형식

---

79 카Jean-Baptiste Alphonse Karr(1808~1890). 프랑스 평론가이자 언론인, 소설가.

80 키플링Joseph Rudyard Kipling(1865~1936). 영국 시인이자 소설가.

81 릴라당Auguste Villiers de l'Isle-Adam(1838~1889). 프랑스 군인, 소설가.

과 내용이 전혀 이해가 되지 않을 것이다. 《르뷔 블랑슈*Revue blanche*》지에 최근 게재된 모렐[82]의 〈약속의 땅*Terre Promise*〉이나 대부분의 소설들이 그러하다. 문체는 활달하고 감정은 몹시 고상해 보이지만 도대체 어디서 누구와 무슨 일이 벌어지는지 전혀 이해가 되지 않는다.

요즘 젊은 신세대 예술이 모두 그렇다.

괴테나 실러, 뮈세, 위고, 디킨스, 베토벤, 쇼팽, 라파엘로, 다빈치, 미켈란젤로, 들라로슈를 숭배하던 19세기 전반기 사람들은 이런 최신 예술을 전혀 이해할 수가 없어, 이런 예술을 몰취미의 미친 짓이라고 노골적으로 비난하며 무시하고자 한다. 그러나 새로운 예술에 대한 그런 태도는 전혀 근거가 없다. 왜냐하면 첫째, 이 예술은 갈수록 널리 퍼져 나가 이제는 흡사 낭만주의가 1830년대를 풍미한 것과 같이 견고한 사회적 입지를 점하고 있기 때문이다. 둘째, 이것이 중요한 이유인데, 가령 최근의 소위 데카당 예술을 우리가 이해하지 못한다는 이유만으로 비판할 수는 없기 때문이다. 이를테면 괴테와 실러, 위고의 시, 디킨스의 소설, 베토벤과 쇼팽의 음악, 라파엘로와 미켈란젤로, 다빈치의 그림 등 우리가 애호하는 예술가들의 작품을 우리는 아름답다고 여기지만, 막대한 사람들 즉 전 노동자와 대다수 일반 대중은 여전히 그것을 제대로 이해하지 못하고 있지 않은가.

---

82   모렐Edmund Dene Morel(1873~1924). 프랑스 소설가.

만일 내가 의심의 여지 없이 훌륭하다고 여기는 것을 대다수 민중이 이해하지 못하고 좋아하지 않을 때, 그 이유를 민중이 충분히 성숙하지 못했기 때문이라고 생각해버린다면, 내가 새로운 예술을 이해하지 못하고 좋아하지 않는 것 역시 내가 그것을 이해할 만큼 충분히 성숙하지 못했기 때문이라고 해도 할 말이 없을 것이다. 만일 내가 나와 같은 생각을 지닌 대다수 사람과 함께 새로운 예술이란 이해할 만한 것이라곤 하나도 없는 나쁜 예술이라고 말할 권리를 가지고 있다면, 그보다 훨씬 더 많은 전 노동 대중 역시 내가 아름다운 예술이라고 여기는 것, 즉 좋은 예술이라고 여기는 것을 나쁜 예술이자 이해할 만한 것이라곤 하나도 없다고 말할 권리를 가지고 있다는 것은 당연하다.

나는 새로운 예술을 부당하게 비난하는 사례를 특히 분명하게 본 적이 있다. 언젠가 이해가 되지 않는 그런 시를 쓴 한 시인이 이해가 되지 않는 음악에 대해 자신만만하고 유쾌한 태도로 비웃는 모습을 보았다. 그러자 그 직후 그 이해할 수 없는 교향곡을 작곡한 음악가 역시 이해되지 않는 그 시에 대해 자신만만하게 비웃음을 날렸다. 내가, 19세기 전반기에 교육을 받은 사람이 새로운 예술을 이해하지 못한다는 이유로 새로운 예술을 비난하는 것은 그래서도 안 되고 그럴 수도 없는 일이다. 내가 말할 수 있는 것은 그 새로운 예술이 내게 이해되지 않는다는 것뿐이다. 내가 인정하는 예술이 데카당한 예술보다 나은 유일한 덕목이 있다면, 내가 인정하는 예술이 요즘 예술보다 좀 더 많은 사람에게 이해된다는 점뿐이다.

내가 어떤 배타적 예술에 익숙하여 그걸 이해하면서 그보다 더 배타적인 예술은 이해하지 못한다고 하여, 그런 이유를 근거로 내가 이해하는 예술만이 진정한 예술이고, 내가 이해하지 못하는 것은 진정한 예술이 아니라 나쁜 예술이라고 결론지을 권리는 없다. 여기서 내가 내릴 수 있는 결론은, 예술이 점점 더 배타적으로 되어감으로써 점점 더 이해될 수 없는 것이 되고, 점점 더 많은 수의 사람들이 갈수록 더욱 불가해한 예술에 직면하게 된다는 점뿐이다. 나 역시 내게 익숙한 예술과 더불어 그런 움직임의 한 단계에 위치해 있다. 그리하여 결국 극소수의 선택된 사람들만이 예술을 이해하게 되고, 그 선택된 사람도 갈수록 그 수가 줄어들게 될 것이다.

상류계급 예술이 전 민중의 예술과 분리되자마자, 예술은 대중에게 이해되지 못하더라도 예술일 수 있다는 확신이 등장했다. 하지만 이런 입장이 허용된다면 예술이란 오로지 극소수 선택된 자들에게만 이해되는 것일 수 있으며, 심지어 친한 친구 한두 사람, 아니면 자기 자신에게만 이해되면 된다는 주장까지 허용하지 않을 도리가 없다. 그리하여 급기야 오늘날 예술가들은 이렇게까지 대놓고 말한다. "나는 자신을 창조하고 나 자신을 이해한다. 만일 그런 날 이해하지 못하는 자가 있다면 그건 그 사람 손해일 뿐이다."

대다수 사람에게 이해되지 못할지라도 좋은 예술일 수 있다는 확신은 아무리 생각해도 정당하지 못하다. 그렇게 되면 그 결과는 예술에 치명적인 것일 수밖에 없는 것임에도 불구하고 그런 견해는 몹시 널리 깊게 퍼져 있어, 그 터무니없음을 미처 다 밝혀내기가 불가능할 정도다.

사이비 예술작품에 대해 예술은 좋은데 이해하기가 몹시 어렵다고 말하는 소리만큼 흔하디흔한 말은 없을 것이다. 우리는 예술작품이 훌륭하긴 한데 이해가 안 된다고 단언하는 데 익숙하다. 그러나 그건 어떤 음식이 아주 훌륭한데 먹을 수 없는 것이라고 말하는 것과 같다. 보통 사람들은 비뚤어진 식도락가들이나 찾는 썩은 치즈나 악취를 풍기는 들꿩 따위 음식을 좋아하지 않는다. 그러나 빵이나 과일 등은 사람들 입맛에 맞기 때문에 좋은 것이라고 평가된다. 예술에서도 이와 마찬가지다. 비뚤어진 왜곡된 예술은 사람들에게 이해가 되지 않지만, 좋은 예술은 항상 모두에게 쉽게 이해되는 법이다.

가장 최고의 예술이란 대다수 사람에겐 이해될 수 없고 위대한 작품을 이해할 준비가 된 소수의 사람에게만 수용되는 것이라고들 말한다. 그러나 대다수가 이해하지 못한다면, 이해에 필요한 지식을 제공하고 설명해주어야만 한다. 그러나 그런 지식이란 존재하지 않고 설명도 불가능해 보인다. 많은 대다수 사람이 좋은 예술작품을 이해하지 못한다고 말하는 자들은 설명을 하기보다, 이해하기 위해서는 그저 거듭 반복하여 작품을 보고 듣고 읽어야 한다고 말할 뿐이다. 이건 이해가 되도록 설명하는 것이 아니라 익숙해져서 습관이 되게 만드는 것이다. 썩은 음식이나 보드카, 담배, 아편에 익숙해지게 만드는 것처럼 나쁜 예술에도 익숙해지게 만들 수 있다. 그리고 실제 그런 일들이 종종 벌어지고 있다.

그 밖에도 우리는 대다수 사람이 훌륭한 예술작품을 평가할 만한 취향을 가지고 있지 못하다고 말해서는 안 된다. 대다수는 우리가 가장 훌륭한 예술이라고 여기는 것을 언제나 이해해왔고 지금도 이해하고 있다. 예술적으로 담백하게 서술된 성경, 복음서의 잠언, 민간 전설과 이야기, 민요 등을 이해하지 못하는 사람은 아무도 없다. 그런데 왜 갑자기 대다수 사람이 우리 예술 중 가장 훌륭한 것을 이해하는 능력을 잃어버렸단 말인가?

언어에 대해서는 그것이 아름다워도 그 언어를 알지 못하는 사람에게는 이해가 되지 못한다고 말할 수 있다. 중국어로 발음된 말은 아름다울 수 있지만, 중국어를 모르는 내겐 이해되지 못할 수 있는 것이다. 그러나 예술작품은 다른 모든 정신 활동과는 구별되는 것으로, 모두에게 이해가 되고 아무 차이 없이 모두에게 전달될 수 있는 것이다. 중국 사람의 눈물이나 웃음은 러시아 사람의 웃음이나 눈물처럼 똑같이 나에게 전달된다. 회화나 음악도 역시 마찬가지며, 시작품도 내가 알 수 있는 언어로 제대로 번역된다면 마찬가지다. 키르기스 사람이나 일본 사람의 노래도, 비록 그 사람들에게만큼은 아니겠지만 나를 감동하게 만들 수 있다. 일본의 회화, 인도의 건축, 아랍의 민담도 나를 감동시킨다. 만일 일본인의 노래와 중국인의 소설이 나를 감동시키는 바가 별로 없다면, 그것은 내가 그 작품을 이해하지 못하기 때문이 아니라 나는 내가 훌륭하다고 생각하는 예술에 익숙해져 있기 때문이다. 물론 내가 훌륭하다고 생각하는 예술이 정말로 다른 예술보다 훌륭하다는 뜻은 결코 아니다. 위대한 예술작품은 모두가 이해하고 받아들일 수 있을 때 위대하다. 중국어로 번역된 요셉의 이야기는 중국인을 감동시킨다. 석가모니의 이야기도 나를 감동시킨다. 건물과 그림, 조각상, 음악도 역시 마찬가지다. 따라서 혹시 어떤 예술이 감동을 주지 못하는 경우, 우리는 그 이유를 관객이나 청중에게 이해되지 못하기 때문이라고 말해서는 안 되며, 그 예술이 나쁜 예술이거나, 아니면 전혀 예술이 아니라고 결론을 내릴 수 있을 뿐이다.

예술은 일정한 준비와 일정한 지식체계를 요구하는(기하학을 모르는 사람에게 삼각법을 가르칠 수 없는 것처럼) 이성 활동과는 다르다. 예술은 사람들의 성숙과 교육 정도와 무관하게 사람들에게 영향을 미치는 것으로, 매혹적인 회화와 소리, 형상은 사람의 발달 정도가 어떠하든지 누구나 감염시킬 수 있는 것이다.

예술이 하는 일은, 이치로 따져서는 이해할 수 없고 납득되지 않는 것을 이해되고 납득할 수 있는 것으로 만드는 것이다. 어떤 사람이 진정으로 예술적인 인상을 받았다면, 그는 보통, 자신이 표현하지는 못했지만, 이전에 이미 그것을 알고 있었던 것처럼 여기게 된다.

홀륭하고 좋은 예술은 항상 그렇다. 고귀한 감정을 전하는 《일리아스》와 《오디세이아》 이야기, 야곱과 이삭, 요셉 이야기, 유대 선지자들, 《시편》과 《잠언》, 석가모니 이야기, 베다의 찬가 등은 모두 지금 우리에게, 교육을 받은 자와 교육을 받지 못한 자들 모두에게 완벽하게 이해된다. 또한 이런 작품들은 지금 우리 노동자들보다 훨씬 교육 수준이 낮았던 당시 사람들에게도 쉽게 이해되는 것이었다. 난해하다고 말하는 사람들도 있기는 있다. 그러나 예술이 종교의식에서 흘러나온 감정을 전달하는 것이라면, 종교에 기초하는, 즉 신에 대한 인간의 태도에 기초하는 감정이 어찌 이해되지 못할 수 있겠는가? 신에 대한 인간의 태도는 어디서나 똑같은 것이기 때문에 그런 감정을 전달하는 예술은 만인에게 이해되어야 하고 실제로 항상 이해되어왔다. 그러므로 교회와 성화, 찬송의 노래는 항상 모두에게 이해되었다. 복음서에 이야기되는 바와 같은 최고의 홀륭한 감정을 이해하지 못하는 것은 미성숙이나 교리의 부족 때문이 아니라, 그 반대로, 거짓된 성숙과 거짓된 교리 때문이다. 사실 홀륭하고 고귀한 예술작품도 이해되지 못할 수는 있다. 그러나 그것은 담백하고 순진한 노동자 대중에게만 그런 것이 아니다. 오히려 그들은 최고의 고상한 예술을 항상 이해해왔다. 반면 고귀한 종교적 감정을 전혀 이해하지 못하는 우리 사회에서 항상 그러한 것처럼, 참된 예술작품을 이해하지 못하는 것은 종교라고는 없고 왜곡된 지식으로 가득한 자들이었다. 이를테면 나는, 가장 세련된 사람이라고 자부하는 사람들이 이웃을 사랑하는 마음을 표현한 시나 자기를 희생하는 시, 순결함을 노래하는 시를 보고 도대체 이해가 되지 않는다고 말하는 경우를 많이 보았다.

이처럼 훌륭하고 위대한, 전 세계의 종교예술을 이해하지 못하는 것은 오직 작은 범주의 왜곡된 사람들뿐이지, 결코 그 반대가 아니다.

우리 시대 예술가들은 예술이 아주 훌륭하기 때문에, 바로 그 때문에 대중에게 이해되지 않을 수 있다고 말하기 좋아한다. 하지만 그럴 리가 없다. 그보다는 대중에게 이해를 받지 못하는 예술이라면, 그 예술은 몹시 나쁜 예술이거나 전혀 예술이 아니라고 보는 편이 옳을 것이다. 문화인이라는 사람들이 아주 순진하게 받아들이며 애용하는 논거, 즉 예술을 느끼기 위해서는 예술을 이해해야 한다(그러나 사실 이것은 거기에 익숙해져야 한다는 말이다)는 주장, 이것이야말로 그들이 내세우는 그 예술이 몹시 나쁜 배타적 예술이거나 전혀 예술이 아니라는 결론을 내리게 만드는 가장 확실한 증거이다.

또 이렇게 말한다. 민중은 예술을 이해할 수 없기 때문에, 예술작품은 민중의 마음에 들 수가 없다고. 그러나 예술작품의 목적이 예술가가 체험한 감정을 다른 사람들에게 감염시키는 것이라고 볼 때, 이해되지 못하는 현상에 대해 뭐라고 말할 수 있을 것인가?

민중의 한 사람이 책을 읽고 그림을 보고 드라마를 관람하고 교향곡을 듣고 어떤 감정도 느끼지 못했다고 하자. 그러면 사람들은 그가 이해할 능력이 없는 것이라고 말할 것이다. 어떤 사람에게 유명한 공연이라고 하면서 공연장에 데려갔는데, 그는 아무것도 보지 못했다고 하자. 그러면 사람들은 그 공연을 볼 수 있는 시각이 그에게 준비되지 못했다고 말할 것이다. 그러나 알다시피 그는 자신이 모든 것을 아주 잘 볼 수 있다는 것을 알고 있다. 만일 그가 그에게 약속한 것을 보지 못했다면, 그는 공연을 보여주겠다고 데려간 사람들이 약속을 제대로 지키지 못했다고 결론 내릴 것이다. 이는 지극히 정당하다. 우리 사회의 예술작품을 보고 거기서 아무런 감동도 받지 못하는 민중의 한 사람도 그와 같은 결론을 내릴 것이며, 그 또한 지극히 정당하다. 따라서 어떤 사람이 아직 어리석어서 나의 예술에 감동하지 못한다고 말하는 것은 몹시 오만불손하기 짝이 없는 것으로, 문제를 왜곡하고 호도하는 것에 불과하다.

볼테르는 "지루하지만 않다면 모든 장르는 다 좋다"라고 말한 바 있는데, 예술에 대해서도 "우리가 이해하지 못하는 장르를 제외하고 모든 장르가 다 좋다", 아니면 "효과를 일으키지 않는 장르를 제외하고 모든 장르가 다 좋다"라고 말할 수 있을 것이다. 맡겨진 소명을 다하지 않는 대상에도 어떤 덕목이든 있을 수 있다는 것이다.

중요한 점은, 정신적으로 건강한 사람에게 이해되지 못하는 예술도 예술일 수 있다고 우리가 한 번 인정하기 시작하면, 왜곡된 일부 범주의 사람들이, 오늘날 데카당이라 불리는 자들이 하듯, 말초신경이나 자극하고 자기 외에는 아무에게도 이해되지 않는 그런 작품을 창작하여 그것을 예술이라 부르지 못할 이유가 아무것도 없게 된다는 것이다.

예술이 걸어온 과정은 커다란 지름의 원 위에 점점 작은 지름의 원을 쌓아 가는 것과 유사하다. 그렇게 만들어진 것이 원추형일 터인데, 그 정점은 이미 원이 아니다. 바로 이러한 일이 우리 시대 예술에도 벌어지고 있는 것이다.

11.   진정한 감정의 전달과 무관한 모조 예술의 기법들

　내용은 점점 더 빈약해지고 형식은 점점 더 난해해지면서 최근의 예술은 기본적인 예술의 본성조차 상실하고 그 유사품으로 대체되었다. 전 민중적인 예술로부터 고립된 결과 상류계급의 예술은 그 빈약한 내용과 조악한 형식으로 인해 갈수록 난해해졌을 뿐만 아니라 시간이 가면서 이제 더 이상 예술이 아니라 예술이라는 이름의 어떤 모조품이 되어버린 것이다.

　사정이 이렇게 된 원인은 다음과 같다. 전 민중의 예술은 누구든 민중의 한 사람이 강렬한 감정을 체험한 뒤 그것을 사람들에게 전할 필요가 있을 때 발생한다. 그러나 부유한 계급의 예술이 발생하는 것은 예술가의 그런 필요에서가 아니라, 주로 상류계급 사람들의 오락과 그에 대한 두둑한 보상 때문이다. 부유한 계급의 사람들은 예술이 그들이 받아들인 감정을 전달할 것을 요구하고, 예술가들은 그런 요구를 충족시키기 위해 노력한다. 그러나 그런 요구를 충족하는 것은 매우 어렵다. 부유한 자들이 호사스러운 생활을 하면서 예술에 요구하는 오락은 끝이 없지만, 예술은 가장 저급한 종류의 예술이라 할지라도, 제멋대로 임의로 생산될 수 없고 예술가에 의해 자율적으로 창작되는 것이기 때문이다. 따라서 예술가는 상류계급의 요구를 충족하는 예술과 유사한 것을 생산해내는 기법을 만들어내야 했다. 그리하여 고안된 기법들이 차용, 모방, 충격, 흥미 끌기 등이다.

차용은 과거의 예술작품에서 전체 주제를 빌려오거나, 혹은 널리 알려진 시작품의 일부 개별적인 특징을 가져다가 약간 덧붙이거나 개작하여 새로운 것처럼 보이게 만드는 기법이다. 이렇게 만들어진 작품은 많은 사람에게 과거에 경험한 예술적 감정을 쉽게 떠올리게 만들어 예술 비슷한 인상을 제공한다. 그리하여 몇 가지 필요한 조건을 준수하기만 한다면 이런 유사 예술품이 예술에서 쾌락을 추구하는 사람들에게 예술로 통용될 수 있다.

이전의 예술작품으로부터 차용된 주제는 보통 시적 주제라고 불린다. 이전 예술작품으로부터 차용한 대상이나 인물역시 시적 대상이라 불린다. 온갖 종류의 전설과 영웅담, 옛날이야기가 그렇게 시적 주제라고 여겨지는 것이다. 소녀, 무사, 양치기, 은자, 천사, 별의별 악마들, 달빛, 천둥소리, 산과 바다, 절벽, 꽃, 긴 머리, 사자, 양, 비둘기, 꾀꼬리 등도 시적인 인물이나 대상으로 여겨진다. 과거 예술가들에 의해 무엇보다 자주 사용된 모든 대상이 대체로 그런 시적인 대상으로 여겨지는 것이다.

40여 년 전, 지금은 작고한 어떤 부인이 자작 소설을 들려주겠다며 나를 초대한 적이 있었다. 그리 영리하진 않았지만 상당한 교양을 갖추고 삶의 경험도 많던 부인이었다. 이 부인의 소설은 여주인공이 시적인 숲속의 물가에서 시적인 하얀 옷을 입고, 시적으로 머리를 풀어 헤치고 시를 읽는 것으로 시작되었다. 배경은 러시아였는데, 갑자기 숲속에서 빌헬름 텔 풍으로(그렇게 쓰여 있었다) 깃털을 꽂은 모자를 쓴 남자 주인공이 시적인 하얀 개 두 마리를 데리고 나타났다. 소설의 저자에겐 그 모든 것이 몹시 시적으로 여겨지는 모양이었다. 남자 주인공이 말 한마디 내뱉을 필요가 없었다면 모든 것은 잘 되었을 것이다. 그러나 빌헬름 텔 모자를 쓴 주인공이 하얀 옷을 입은 여인과 이야기를 건네자마자 사실 저자가 하고 싶은 말이라곤 전혀 아무것도 없다는 것이 분명하게 드러났다. 저자는 그저 예전 작품들의 시적인 기억을 더듬으며 이것저것 그런 기억을 열거함으로써 예술적 인상을 불러일으킬 수 있다고 생각하고 있었다. 그러나 예술적 인상, 즉 예술적 감염이란 어떤 감정이든 저자 자신이 직접 체험한 것을 전달할 때 발생하는 것이지, 남의 감정을 전하는 것으로는 결코 발생할 수가 없는 것이다. 다른 시에서 따온 이런 식의 시정으로는 사람을 감염시킬 수 없고 그저 유사 예술품을 제공할 뿐이다. 그나마 그것도 비뚤어진 미학적 취향을 지닌 사람들에게만 그렇게 여겨진다. 그 부인은 몹시 어리석고 재능도 없었던 탓에 그 실상이 즉각 우리들 눈에 뜨이지만, 박식하고 재능이 있고 게다가 세련된 예술적 기술까지 지닌 자들이 고대 그리스와 그리스도교 시대, 신화시대로부터 차용을 해대는 경우 상황은 전혀 달라진다. 특히 오늘날 해당 장르의 예술적 기술로 적절히 가공된 그런 예술품들이 수없이 양산되어 대중에게 그럴듯하게 예술작품으로 수용되며 널리 유포되고 있다.

로스탕[83]의 희곡 《꿈속의 공주 _Princesse Lointaine_》는 예술이라는 이름의 그런 모조품의 전형적인 예라고 할 수 있다. 이 작품에는 예술성이라곤 한 치도 없지만 많은 사람에겐 그리고 분명 그 작가에겐 매우 시적으로 여겨지는 것 같다.

유사 예술품을 만드는 두 번째 기법은 모방이다. 이 기법의 핵심은 묘사하거나 표현하는 대상의 세부 사항을 전달하는 것에 있다. 언어예술에서는 등장인물의 얼굴과 복장, 손짓과 소리, 주거 공간 등 실생활에서 접할 수 있는 온갖 우연적인 것들까지 극단적일 정도로 세세하게 묘사하는 것이 이에 해당한다. 장편소설이나 중편소설들은 등장인물이 한마디 할 때마다 그 목소리가 어떠한지, 어떻게 발음을 했는지

---

[83] 로스탕Edmond Rostand(1868~1918). 프랑스 극작가.

따위를 열심히 묘사해댄다. 그리하여 말 자체는 중요한 의미를 함축하지 못하고 중간중간 끊어지고 얼버무리고 현실에서 실제 말하는 것처럼 조잡하게 전달된다. 극예술에서 이 기법은 말을 모방하는 것 외에 모든 무대 설정이나 등장인물의 모든 행동을 마치 진짜 실생활에서처럼 똑같이 그려내는 방식으로 작동한다. 회화에서 이 기법은 회화를 사진으로 근접시켜 사진과 회화의 차이를 사라지게 만든다. 이상하게 들릴지 몰라도 음악에서도 이 기법은 활용된다. 음악이 표현하고자 하는 대상에 수반되는 실생활의 리듬뿐만 아니라 소리 자체까지를 모방하려고 애쓰는 것이 바로 그것이다.

세 번째 기법은 외적으로 감각에 영향을 주는 것이다. 이는 전적으로 물리적인 영향을 가하는 것으로 충격성, 효과성이라고 불린다. 모든 예술에서 이런 효과들은 무서움과 온화함, 아름다움과 추함, 요란함과 고요함, 어둠과 빛, 극히 평범한 것과 극히 특이한 것 등의 대비를 통해 주로 이루어진다. 언어예술에서는 이러한 대비적 효과 외에 이제까지 결코 묘사되거나 서술되지 않았던 것을 묘사하거나 서술함으로써, 그와 같은 효과를 거두기도 한다. 성적인 욕망을 자극하는 내용을 세밀하게 묘사하거나 서술하는 것, 혹은 고통과 죽음 따위를 세세하게 묘사하거나 서술하여 끔찍한 감정을 불러일으키는 것, 이를테면 살인을 묘사하면서 찢어지고 터진 살 조각과 냄새, 질펀하게 흐르는 피를 상세하게 묘사해대는 것이 바로 그런 것이다. 회화에서도 똑같은 일들이 벌어진다.

온갖 종류의 대비적인 기법과 더불어 회화는 하나의 대상은 철저히 부각하고 나머지 다른 모든 것은 대충 처리하는 대비적 기법도 활용한다. 회화에서 가장 중요하게 다루는 것은 빛의 효과와 끔찍함의 묘사 효과이다. 극에서 대비 외에 가장 흔히 활용되는 효과는 폭풍, 천둥소리, 달빛, 바다나 해변에서의 행위, 의상의 변화, 여성 육체의 노출, 광기, 죽어가는 자의 상세한 모습을 묘사하여 고통의 모든 순간을 전하는 살인과 죽음 등이다. 음악에서 가장 널리 활용되는 효과는 가장 약하고 단조로운 음으로부터 시작하여 점점 세고 복잡하게, 오케스트라 전체가 만들어내는 가장 강력하고 복잡한 소리로 나아가거나, 하나의 같은 화음을 온갖 악기들로 전 옥타브를 동원하여 아르페지오로 반복하거나, 혹은 자연스러운 악상의 흐름에서 완전히 벗어난 화음과 박자, 리듬을 통해 청중을 놀라게 만드는 것들이다.

모든 예술 분야에서 가장 널리 활용되는 효과는 바로 이러한 것들이다. 그러나 그 외에도 모든 예술에 공통적인 또 하나의 효과가 있는데, 어떤 예술의 고유한 표현을 또 다른 예술에 적용하여 표현하는 것이다. 이를테면 바그너와 그 추종자들이 추구하는, 특정한 이야기나 사상을 표현한다는 표제음악처럼, 음악이 '묘사했다'라든가, 데카당 예술에서처럼 회화나 극, 시 등이 '분위기를 조성했다'라는 식의 방법이 그것이다.

네 번째 기법은 흥미 끌기, 즉 예술작품과 관련된 지적 관심을 불러일으키는 것이다. 그것은 복잡다단한 구성(플롯)으로 귀결되는바, 영국 소설과 프랑스 희극과 드라마 등에서 바로 얼마 전부터 즐겨 활용되는 기법이다. 하지만 이제 이 기법은 유행을 벗어나고 있고, 다큐멘터리 같은 기법, 즉 어떤 역사적 시기나 동시대 삶의 한 영역에 대해 상세하게 정황을 묘사하는 방법으로 대체되고 있다. 이를테면 소설에서 이집트나 로마의 생활을 묘사하거나 광부나 대형 상점 판매원들의 생활을 상세하게 그려내어 관심을 끌어모으는 것이 그것이다. 독자는 거기에 관심을 보이고 그런 관심을 예술적 감동이라고 오해한다. 흥미 끌기는 표현 기법 자체에서도 이루어질 수 있는데, 이런 종류의 흥미 끌기는 오늘날 특히 널리 활용된다. 시나 산문은 말할 것도 없고 그림과 극, 음악극도 수수께끼처럼 더듬더듬 풀어가도록 구성되기 일쑤인데, 그런 풀이 과정 자체가 만족감을 주고 마치 예술에서 받는 감동과 비슷한 것을 제공한다.

사람들은 흔히들, 어떤 예술작품이 시적이거나 사실적이거나 효과적이거나, 혹은 흥미롭다는 이유로 매우 훌륭하다고 말한다. 그러나 그중 어느 것도 진정한 예술적 가치를 측정하는 기준이 될 수 없을 뿐만 아니라 예술과 조금의 아무런 관계조차 지니고 있지 못하다.

'시적이다'라는 말은 '차용된 것이다'를 뜻한다. 차용된 모든 것은 독자나 관객, 청중에게 그들이 이전의 예술작품에서 받았던 예술적 인상에 대해 어떤 몇 가지 모호한 추억을 되살려주는 것일 뿐 예술가 자신이 직접 체험한 감정을 감염시키지 못한다. 예를 들어 괴테의《파우스트》같이 차용에 기초한 작품이라도 아주 잘 만들어져 지성과 온갖 아름다운 장면들을 지니고 있지만 진정한 예술적 인상을 불러내진 못한다. 그것은 예술작품의 중요한 속성, 즉 그 내용과 형식이 예술가가 체험한 감정을 표현하는 하나의 불가분한 전체를 구성할 때 얻어지는 완전성과 유기성을 지니고 있지 못하기 때문이다. 차용을 통해 예술가가 전달하는 것은 이전의 예술작품에 의해 전달된 감정뿐이다. 따라서 전체 주제를 고스란히 빌려오거나 개개의 장면이나 상황, 묘사를 빌려오거나 어떻게 차용하든, 그것은 예술과 유사한 모사품일 뿐이지 예술은 되지 못한다. 그런 작품에 대해 시적이다, 즉 예술작품을 닮았다, 그래서 훌륭하다고 말하는 것은 위조지폐를 보고 그것이 진짜와 흡사하기 때문에 좋다고 말하는 것이나 다름없다.

모방성, 그러니까 많은 사람이 생각하는 바와 같이 사실성이라는 것도 예술의 척도가 되기 어렵다. 잘 모방했다는 것은 예술의 덕목일 수가 없는 것이다. 예술가가 체험한 감정을 다른 사람에게 감염시키는 것이 예술의 주요한 속성이라고 볼 때, 그런 감정의 감염은 전달되는 것을 세세하게 묘사한다고 해서 이루어지는 것이 아니다. 오히려 많은 경우 지나친 세부 묘사는 감정의 감염을 가로막는다. 너무 잘 이루어진 세부 묘사들은, 설사 그 작품에 저자의 감정이 담겨 있다 하더라도, 예술적 인상을 수용하는 사람의 관심을 사로잡아 그것이 제대로 전달되지 못하게 만드는 것이다.

예술작품을 세부 묘사에 의한 사실성, 개연성에 따라 평가하는 것은 음식물의 영양을 그 외양에 따라 판단하는 것과 같이 이상한 일이다. 우리가 작품의 가치를 사실성으로 운운한다면 그것은 예술작품이 아니라 그 모조품에 대해 말하고 있다는 것을 드러내는 데 지나지 않는다.

모조 예술의 세 번째 기법, 즉 충격과 효과 주기는 앞선 두 기법과 마찬가지로 진정한 예술의 개념에 부합하지 않는다. 충격 주기, 새로움 효과, 끔찍함, 예기치 못한 대조 등에는 전달되는 감정이 존재하지 않고 오로지 신경 자극만 있을 뿐이다. 만일 화가가 피 흐르는 상처를 아주 탁월하게 묘사했다면 그 모습이 나에게 충격을 주긴 하겠지만 그렇다고 그것이 예술이 되는 것은 아니다. 거대한 오르간에서 한 음을 웅장하게 길게 울려 놀랄 만한 인상을 불러일으키고 때로 눈물까지 자아낼 수는 있겠지만, 거기에 어떤 감정도 전달되고 있지 않다면 아직 음악이라고 할 수 없다. 하지만 그럼에도 불구하고 우리 계층의 사람들은 그런 생리학적 효과를 늘상 예술이라고, 음악이라고, 시라고, 회화라고, 드라마라고 받아들인다. 그러면서 요즘 예술은 세련되었다고 말하는 것이다. 그러나 그 반대다. 예술은 효과성을 추구하다가 철저히 천박해진 것이다. 유럽의 모든 연극무대를 휩쓸고 있는 하우프트만의 신작 《하넬레의 승천》을 보라. 작가는 여기서 고통받는 소녀에 대한 동정을 대중에게 전달하고자 한다. 예술이라는 수단을 통해 이런 감정을 관객에게 불러일으키기 위해 작가는 등장인물 중 하나로 하여금 그런 동정의 감정을 표현하도록 하여 모든 사람에게 그 감정이 전염되도록 만들거나, 아니면 소녀의 감각을 정확하게 묘사했어야 했다. 그러나 작가는 그럴 능력이 없거나 그러고 싶지도 않았는지, 다른 방법을, 무대장식 담당자에게는 훨씬 곤란하고 작가에게는 훨씬 간편한 방법, 즉 소녀가 무대에서 그대로 죽어가는 방법을 선택하고 있다. 거기에 더해 생리학적 영향을 강화하기 위해 무대 조명을 죽이고 관객을 어둠 속에 몰아넣은 채 애처로운 음악을 통해 술주정뱅이 아버지가 소녀를 쫓아다니며 때리는 장면을 보여준다. 소녀는 몸을 웅크리고 비명을 지르고 신음하다 쓰러진다. 그러다가 천사가 나타나 소녀를 데리고 간다. 이 장면에서 일말의 감정의 동요를 체험한 관객들은 이 감정의 동요가 바로 미학적 감정이라고 주저 없이 확신한다. 그러나 그 감정의 동요에는 미학적 감정이라곤 전혀 담겨 있지 않다. 거기엔 감정의 감염이 없으며, 있다면 다른 사람에 대한 동정의 감정과 자신의 안전함에 대한 기쁨의 감정, 즉 처형 장면에서 우리가 체험하는 감정, 혹은 로마인들이 원형경기장에서 체험했던 바와 같은 감정이 뒤섞여 있을 뿐이다.

미학적 감정을 효과성으로 대체하는 것은 그 속성상 신경에 식섭석인 생리학적 작용을 가하는 음악예술에서 두드러진다. 신진 음악가들은 자신이 체험한 감정을 멜로디에 담아

전하려는 방법 대신, 음들을 그저 모아 짜 맞추려 한다. 즉 음을 강하게 하거나 약하게 하여 대중에게 생리학적 작용을 가하려고 한다. 심지어 팔의 근육 움직임에 따라 신경과 근육에 미치는 음의 작용을 측정하는 아주 민감한 바늘을 장착한 기계장치까지 나왔다. 대중은 그런 생리학적 작용을 예술의 작용으로 오인하기 십상이다.

네 번째 기법인 흥미 끌기는 다른 기법에 비해 예술에 이질적인 것이지만 가장 빈번하게 예술에 혼재되어 있다. 장편이나 중편 소설에서 작가가 고의적 은폐를 통해 독자가 그것을 추측해내도록 만드는 것은 말할 것도 없고, 우리는 그림이나 음악 작품에 대해서도 그것이 흥미롭다는 말을 너무나 자주 듣곤 한다. 그 흥미롭다는 말은 대체 무슨 뜻인가? 예술작품이 흥미롭다는 것은 그것이 우리에게 채워지지 않는 호기심을 불러일으킨다는 뜻인가, 아니면 예술작품을 통해 새로운 정보를 획득한다는 뜻인가, 그것도 아니면 작품이 완전하게 이해되지 않아 다소간 노력을 기울여 가까스로 그 의미를 파악하고 그렇게 의미를 풀어가는 과정에서 이제껏 알지 못했던 만족감을 찾게 된다는 뜻인가? 그러나 그 어떤 경우에도 흥미 끌기는 예술적 인상과 아무런 공통점을 가지고 있지 못하다. 예술은 예술가가 체험한 그 감정을 사람들에게 감염시키는 것을 목적으로 한다. 호기심을 충족하기 위해서, 새로운 정보를 얻기 위해서, 작품의 의미를 파악하기 위해서 관객과 청중, 독자가 치러야만 하는 그런 지적 노력은 그들의 주의를 빼앗으며 감염을 방해할 뿐이다. 따라서 작품의 흥미라는 것은 예술작품의 가치와는 아무런 공통점이 없을 뿐만 아니라 예술적 인상에 기여하기는커녕 이를 가로막는 것이다.

예술작품이 시적일 수도, 모방적일 수도, 충격적이고 흥미로울 수도 있지만 예술의 가장 중요한 속성, 즉 예술가에 의해 체험된 감정을 대체할 수는 없다. 최근 상류계급 예술에서 예술품이라고 내놓는 작품의 태반은 예술의 핵심 속성, 즉 예술가가 체험한 감정을 담지 못한 모조 예술품에 지나지 않는다.

한 사람이 진정한 예술작품을 생산하기 위해서는 수많은 조건을 필요로 한다. 우선 그 사람은 동시대 최고의 세계관적 높이에 서 있어야 하고, 감정을 체험하고 그것을 전달하고자 하는 욕망과 가능성을 가지고 있어야 하며, 거기에 더해 어떤 종류의 것이든 예술적 재능을 지니고 있어야 한다. 진정한 예술작품의 생산에 요구되는 이런 조건들이 모두 충족되는 것은 매우 드문 일이다. 우리 사회에서 아주 후하게 보상을 받는 모조 예술품을, 차용이나 모방, 효과성, 흥미성 등과 같은 잘 고안된 기법들을 활용하여 만들어내고자 한다면, 흔히 볼 수 있듯이 어느 예술 부문의 재능을 하나 지니고 있기만 하면 된다. 여기서 내가 재능이라고 부르는 것은 사실 일종의 능력을 말한다. 언어예술에서 그것은 자기 생각과 느낌을 쉽게 표현하고 세부적 특징을 포착하고 기억해두는 능력이고, 조형예술에서는 선과 형태, 색상을 구별하고 기억하고 전달하는 능력이며, 음악예술에서는 음정을 구별하고 음들의 일관된 체계를 기억하고 전달하는 능력이다. 우리 시대에 어떤 사람이 그런 재능을 한 자락 가지고 있기만 하다면, 그는 해당 분야 모조 예술품을 만드는 기술과 기법들을 학습하여 우리 사회에서 예술로 여겨지는 작품들을 평생토록 쉴 새 없이 만들어낼 수 있을 것이다. 물론 그러기 위해서는 자신의 작품을 역겹게 만들 수 있는 그런 미학적 감정이란 것은 퇴화되어버려야 할 것이고, 참을성도 꽤 있어야 할 것이다.

그런 모조품을 생산하기 위해 해당 예술 분야마다 나름의 일정한 규칙과 처방이 존재한다. 그리하여 재능 있는 사람은 그것을 습득하여 냉정하게 조금도 감정을 들이지 않고 그런 작품들을 생산해낸다. 문학에 재능이 있는 사람이 시를 쓰고자 한다면, 그는 단 하나의 진정으로 필요한 단어 대신 운율의 요구에 따라 거의 동일한 의미의 단어를 열 개 정도 구사할 수 있도록 학습하고, 이어서 분명한 의미를 뚜렷하게 드러내기 위해서라면 오직 단 하나의 단어 배열밖에 없는 모든 구절을 습득한 다음 뭔가 의미 비슷한 것이 만들어지도록 온갖 가능한 도치법으로 이리저리 바꿔 말하고, 운에 맞는 단어들을 우선 꺼내 들고 그 단어들에 어울릴 법한 유사한 사상이나 감정, 장면을 덧붙이는 훈련을 하기만 하면 된다. 그러면 이제 그 사람은 장시, 단시, 종교시, 연애시, 참여시 등

필요에 따라 끊임없이 시를 가공해낼 수 있다.

만일 언어예술에 재능이 있는 사람이 중편이나 장편 소설을 쓰고자 한다면, 자기 나름의 문체를 만들어 두어야 한다. 즉 보이는 모든 것을 묘사하는 법을 배우고 세부 사항을 기억하고 기록해두는 습관을 들이는 것이 필요하다. 일단 그런 능력을 습득했다면 그는 이제 장편이든 중편이든 장르를 가리지 않고, 역사소설, 자연주의 소설, 사회소설, 연애소설, 심리소설 등 필요와 욕구에 따라 끊임없이 써낼 수 있다. 최근 유행으로 수요가 늘고 있는 종교소설도 마찬가지다. 사건이나 주제는 독서나 경험을 통해 건져낼 수 있고 인물들은 어디서 베끼거나 아는 사람들을 활용하면 된다.

그렇게 만들어진 소설이 적절한 관찰과 세부 묘사로, 특히 무엇보다 에로틱한 세부 묘사로 가득하다면 거기에 체험된 감정의 불꽃이라곤 전무하다 할지라도 이제 예술작품으로 여겨질 것이다.

극문학에 재능이 있는 사람에겐 소설에 필요한 모든 것에 더해 등장인물들이 적재적소에서 기지 넘친 말을 던지도록 만들고, 무대 효과를 적절히 활용하고, 그리고 공연에서 긴 대화라면 단 하나라도 배제하고 가능한 한 법석을 떨며 돌아다니도록 행동반경을 짜는 법을 배워둬야 한다. 극작가가 그런 능력을 지니고 있다면 이제 그는 쉴 새 없이 극작품을 써낼 수 있다. 사건이나 주제는 범죄 기록이나 당대 사회의 관심거리, 이를테면 최면술, 유전 따위에서 골라내고, 혹은 고대나 심지어 환상의 세계에서 따오면 된다.

그림이나 조각에 재능이 있는 사람이라면 모조 예술품 생산은 훨씬 쉽다. 그는 붓을 놀리고 색채를 표현하고 조형, 특히 나신을 조형하는 법을 배우기만 하면 된다. 그걸 배우고 나면 그는 이제 계속해서 경향에 따라 그림을 그리고 조각품을 만들어내면 된다. 주제 따위는 신화적인 것이든, 종교적인 것이든, 환상적이거나 상징적인 것이든 마음대로 고르면 된다. 신문에 실려 있는 대관식이나 파업, 그리스-터키 전쟁, 기근이라도 좋다. 또는 쉽게 볼 수 있듯이, 벌거벗은 여인에서부터 청동 세숫대야에 이르기까지 무엇이든 아름답다고 보이는 것을 그린다고 해서 문제될 것은 없다.

음악작품을 생산하기 위해서는 다른 사람에게 감정을 감염시킨다는 예술의 본질은 더더욱 필요가 없다. 대신 다른 어떤 예술보다 육체적으로 고된 노동이 요구된다(아마도 무용예술은 예외겠지만). 음악예술을 하기 위해서는 우선 손가락을 빠르게 놀리는 법을 배워야 한다. 어떤 악기를 다루든 완벽의 경지에 이른 사람만큼 빠르게 움직일 수 있어야 하는 것이다. 그리고 고대의 다성악多聲樂 작곡법을 알아두고, 소위 대위법이니 둔주곡이니 하는 것을 학습하고, 여러 악기의 효과를 종합적으로 활용하는 오케스트라 편성법을 배워야 한다. 이 모든 것을 습득하고 나면 이제 이 음악가는 끊임없이 연이어 작곡해낼 수 있다. 대사에 어느 정도 조응하는 음들을 고안해내는 표제음악이든, 오페라나 로망스든, 남의 주제를 빌려와 일정한 형식 속에 대위법과 둔주곡으로 재편한 실내악이든, 가장 흔하게 볼 수 있듯, 우연하게 얻어진 음들을 조합하고 거기에 온갖 복잡다단한 장식을 닥치는 대로 겹겹이 덧붙이는 환상곡이든 가릴 것이 없다.

이렇게 모든 예술 분야에서 예술이라는 이름의 모조품들이 미리 만들어진 처방에 따라 생산되고 있고, 오늘날의 상류계급 사람들에 의해 진정한 예술로 대접받고 있다.

모조품이 예술작품으로 뒤바뀌는 바로 이러한 대체는 상류계급 예술이 전 민중의 예술에서 분리됨으로써 발생한 세 번째 가장 중요한 결과였다.

12. 예술의 직업화와 비평, 예술학교

우리 사회에서 모조 예술 생산을 조장하는 세 가지 조건이 있다. 첫째는 예술가들에 대한 막대한 보상, 그리고 그로 인한 예술가라는 전문적 직업성의 확립, 둘째는 예술비평, 셋째는 예술학교다.

예술이 분리되지 않고 오직 종교예술만이 존중되고 장려되었던 시절에는 모조 예술이란 전혀 존재하지 않았다. 설사 그저 그런 예술이 나타났다 하더라도 그것은 전 민중에 의해 비난을 받고 즉시 사라져버렸다. 그러나 예술의 분리가 일어나고 상류계급 사람들에 의해 그저 쾌락을 제공하기만 하면 온갖 예술이 좋은 예술로 인정되기 시작하면서부터, 그리고 쾌락을 제공하는 그런 예술이 다른 어떤 사회활동보다 더 많은 보상을 받기 시작하면서부터, 수많은 사람들이 그런 활동에 달려들었고, 예술 활동은 전과는 전혀 다른 성격을 띠고 하나의 직업이 되어버렸다.

예술이 하나의 직업이 되자 예술의 가장 주요하고 고귀한 속성, 즉 그 진실성이 대폭 약화되고 상당 부분 상실되고 말았다.

직업적 예술가는 예술로 먹고 살아야 하기 때문에 어떤 작품을 만들어낼 것인지 끊임없이 고안해야만 했다. 히브리의 예언자들, 《시편》의 저자들, 아시시의 프란치스코, 《일리아스》와 《오디세이아》의 저자, 민담·전설·민요의 저자들은 아무런 보상도 받지 않았을 뿐만 아니라 심지어 자기 이름조차 남기지 않았다. 그러나 궁정시인과 극작가, 음악가들은 이제 작품을 생산하고 그에 대한 보수를 받기 시작했다. 그리고 뒤를 이어 예술을 하나의 기술로 삼아 생계를 이어가는 직업 예술가가 언론인과 출판업자, 흥행업자 등과 같은, 한마디로 예술가와 예술 수요자인 도시 대중을 매개하는 중개업자로부터 보수를 받으며 예술 활동을 이어 나갔다. 이들 사이에 어떤 차이가 있는지는 너무나 명백하다. 바로 이런 직업화가 모조 예술, 허위 예술 확산의 첫 번째 조건이다.

두 번째 조건은 근래에 발생한 예술비평이다. 즉 모든 사람, 특히 평범한 사람들에 의한 평가가 아니라 학식이 있는 사람들, 즉 왜곡된 자기 확신에 가득 찬 사람들에 의한 예술 비평이 시작된 것이다.

내 친구 하나는 예술가에 대한 비평가의 태도를 언급하며 반농담조로 이렇게 정의하였다. 비평가란 현자에 대해 이러 쿵저러쿵 떠드는 우매한 자들이다. 이런 정의는 다소 일면적 이고 조금 부정확하고 거칠지만 일말의 진리를 담고 있으며, 비평가가 예술작품을 설명해주는 자라는 정의에 비하면 비 교도 안 될 만큼 훨씬 정당하다.

비평가가 설명한다? 대체 무엇을 설명한단 말인가?

예술가가 진정한 예술가라면 자기 작품에서 자신이 체험 한 감정을 전달하고 있을 것이다. 여기서 대체 무슨 설명이 더 필요하단 말인가.

어떤 작품이 예술로서 훌륭하다면, 그것이 도덕적이든 비 도덕적이든, 예술가에 의해 표현된 감정은 다른 사람에게 전 달된다. 만일 예술가의 감정이 다른 사람에게 전달된다면 다 른 사람은 그것을, 그 감정을 나름대로 체험하는 것이니, 그 것 말고 다른 어떤 설명이 필요할 것인가. 만일 작품이 사람 들을 감염시키지 못한다면 다른 어떤 설명도 그 작품이 감 염력을 가지도록 만들 수 없을 것이다. 예술가의 작품을 설 명한다는 것은 불가능하다. 예술가가 말하고자 하는 것이 말 로 설명될 수 있는 것이라면 예술가 자신이 말로 했을 것이 다. 예술가는 자신이 체험한 바를 다른 방법으로 전달할 수 없기 때문에 예술로 나타낸 것이다. 말로 예술작품을 설명한 다는 것은 그 예술에 감염시킬 능력이 없다는 것을 증명할 뿐이다. 이상하게 들릴지 몰라도 그것은 사실이다. 비평가란 항상 다른 사람들보다 예술에 감염될 능력이 없는 사람이다.

교육도 많이 받고 똑똑하다며 대담하게 글을 써대는 사람들 대부분이 사실은 완전히 왜곡되거나 빈약한 예술 감염력을 지닌 자이다. 따라서 그런 사람이 써대는 글은 항상, 그걸 읽고 신뢰하는 대중의 취향을 왜곡하는 일에 심대한 영향을 미쳐왔을 뿐이다.

예술이 분화되지 않고 오로지 전 민중의 종교적 세계관에 의해 평가되던 사회에서는 예술비평이란 존재하지 않았고 존재할 수도 없었다. 예술비평은 당대의 종교적 의식을 인정하지 못하는 상류계급 예술에서만 발생할 수 있었다.

전 민중의 예술은 논란의 여지가 없는 일정한 내적 기준, 즉 종교적 의식이라는 기준을 지니고 있지만 상류계급의 예술은 그렇지 못하다. 따라서 상류계급 예술을 높게 평가하는 자들은 불가피하게 다른 어떤 외적 기준에 의거하지 않을 수 없는바, 그들의 그런 기준은, 영국 미학자의 말과 같이, '가장 교양 있는 사람'의 취향이다. 그러니까 교양인으로 인정받는 자들의 권위, 그리고 그 권위뿐만 아니라 권위의 전통도 그들의 기준이 되는 것이다. 그러나 그런 '가장 교양 있는 사람'의 판단도 잘못된 경우가 많고, 설혹 한때 정당한 판단도 시대가 변함에 따라 더 이상 그렇지 못하게 되는 경우가 많기 때문에 교양인의 전통이라는 것은 전혀 잘못된 기준이다. 그럼에도 불구하고 비평가들은 아무런 근거도 지니지 못한 채 끝없이 그러한 것들을 반복하고 있다. 고대의 비극 작가들이 훌륭하다고 인정되었다면 비평가들은 지금도 그렇다고 여긴다. 단테가 위대한 시인이고, 라파엘로가 위대한 화가이며, 바흐가 위대한 작곡가라고 인정을 받으면, 비평가들은 훌륭한 예술과 나쁜 예술을 구별하는 자기 자신의 척도는 가지지 못한 채, 그런 예술가들을 위대하다고 여기고 그들의 작품 모두를 모범으로 삼아야 할 위대한 작품으로 간주하는 것이다. 비평에 의해 세워진 이러한 권위보다 예술의 왜곡에 기여했고 아직도 기여하고 있는 것은 아무것도 없다. 한 젊은 예술가가 다른 모든 예술가와 마찬가지로 자기 나름의 독특한 방법으로 자신이 체험한 감정을 담아 어떤 작품을 창작했다고 하자. 그리고 많은 사람들이 그 예술가의 감정에 감염되고 그 작품이 유명해졌다고 하자. 그런데 여기서 비평이 등장하여 예술가를 비판하면서 그 예술가의 작품이 나쁘진 않지만 아직 단테나 셰익스피어, 괴테, 베토벤, 라파엘로의 수준은 아니라고 떠들어 대기 시작한다. 그러면 젊은 예술가는 그런 비평을 경청하면서 전범이라고 제시되는 예술가들을 모방하기 시작하고, 그리하여 예술성이 약할 뿐만 아니라 모조적인 가짜 작품들을 생산하기 시작한다.

예를 들어, 우리의 푸시킨[84]이 쓴 짧은 시작품들과 《예브게니 오네긴》, 《집시》, 중단편 소설 등은 모두 제각각 독특

---

84 푸시킨Aleksandr Pushkin(1799~1837). 러시아 근대문학을 수립한 위대한 시인이자 극작가, 소설가. 러시아문학의 고전으로 꼽히는 장편 운문소설 《예브게니 오네긴》, 중편소설 《집시》 등을 창작하였고, 후기에는 《보리스 고두노프》와 같은 역사극을 집필하였다.

한 가치를 지닌 진정한 예술작품들이다. 그러나 그는 셰익스피어를 찬양하는 그릇된 비평의 영향을 받아 《보리스 고두노프》 같은, 머리로 짜내고 감정이 메마른 차가운 작품을 써내게 된다. 그리고 비평가들이 이 작품을 하나의 전범이라고 추켜세우자 이제 오스트롭스키[85]의 《미닌》이나 알렉세이 톨스토이[86]의 《황제 보리스》 따위의, 모방을 다시 모방한 작품들이 등장하기에 이른다. 이러한 모방의 모방으로 인해 문학계에 가장 너절하고 아무짝에도 쓸모가 없는 작품들이 넘쳐나게 되었다. 비평가의 가장 심각한 해독은 그들이 예술에 감염될 능력은 전혀 없으면서(하긴 비평가란 원래 그런 자들이다. 그들이 예술 감염력을 조금이라도 지니고 있었다면 예술작품을 설명한다는 불가능한 일에 매달리지도 않았을 것이다.) 머리로 짜내고 꾸며낸 작품들에나 모든 관심을 기울이고 예찬하고 그것을 모방할 만한 가치가 있는 전범이라고 내세우는 것이다. 그 결과 비평가들은 그리스 비극 작가들, 단테, 타소, 밀턴, 셰익스피어, 괴테 기타 등등, 그리고 근대에 이르러 졸라, 입센, 후기 베토벤, 바그너 음악 등을 그토록 자신만만하게 찬양해댄다. 머리로 짜내고 꾸며낸 작품들에 대한 예찬을

---

85 오스트롭스키A. Ostrovsky(1823~1886). 러시아 극문학 발전의 대전환을 가져온 극작가로 《뇌우》로 유명하고, 역사극 《미닌》이 있다.
86 알렉세이 콘스탄노비치 톨스토이A. K. Tolstoy(1817~1875). 러시아 시인이자 소설가, 극작가, 번역가. (레프 톨스토이나 20세기 소설가 알렉세이 니콜라예비치 톨스토이와는 다른 인물이다.)

정당화하기 위해 비평가들은 온갖 이론을 끌어다 붙이는데 (유명한 미 이론도 그러하다), 둔감하지만 재주가 있는 자들뿐만 아니라 심지어 진정한 예술가들마저 굴복하여 그런 이론에 따라 작품을 만들어내기 시작하는 것이다.

비평가들이 예찬하는 모든 거짓된 작품은 위선적 예술가들이 몰려드는 일종의 출입문과 같다.

고대 그리스 작품들, 이를테면 소포클레스나 에우리피데스, 아이스킬로스, 특히 아리스토파네스, 그리고 근대의 단테나 타소나 밀턴, 셰익스피어의 작품들, 회화에서는 라파엘로의 모든 작품과 〈최후의 심판〉을 포함한 미켈란젤로의 모든 작품, 음악에서는 바흐, 후기를 포함한 베토벤의 모든 작품, 이런 작품들은 조잡하고 거칠고, 때로 우리에게 무의미한 것이다. 그러나 우리 시대 비평가들이 이런 작품들을 예찬해댄 덕분에 입센, 마테를링크, 베를렌, 말라르메, 퓌뷔 드 샤반, 클링거, 뵈클린, 슈투크, 슈나이더, 음악에서는 바그너, 리스트, 베를리오즈, 브람스, 리하르트 슈트라우스 등등이, 그리고 그런 모방을 또 모방한, 아무 쓸모도 없는 거대한 무리가 출현하는 결과가 초래되고 말았다.

비평의 악영향을 보여주는 가장 좋은 예는 베토벤에 대한 태도일 것이다. 그에게는 주문에 따라 황급하게 작곡한 무수한 작품들이 있고 그중에는 부자연스러운 형식에도 불구하고 예술성 높은 작품들이 있기는 하다. 그러나 귀가 멀어 음을 들을 수 없게 되면서부터 베토벤은 전적으로 머리로 꾸며내고 마무리도 제대로 하지 못한 미완성 작품을 쓰기 시작했다. 그리하여 그는 음악적 의미에서 무의미하고 이해되지도 않는 작품들을 적지 않게 남기고 있다. 음악가들이 소리를 매우 생생하게 상상할 수 있고 눈으로 읽는 문장을 소리로 들을 수 있을 만큼 민감하다는 것을 나는 알고 있다. 그러나 상상의 음은 결코 실제 음을 대신할 수 없으므로, 어떤 작곡가든 작품을 완성하기 위해서는 자기 작품을 들어보아야만 할 터이다. 베토벤 역시 들어보지 않고 작품을 완성할 수는 없었기 때문에, 결국 예술적 헛소리 같은 그런 작품들을 세상에 내놓고 말았다. 그러나 비평은 그를 위대한 작곡가로 인정한 이상, 이런 작품에도 무슨 비범한 미가 있다는 듯 쌍수를 들고 환영하며 달려들었다. 비평은 그런 예찬을 정당화하기 위해 음악예술에는 표현할 수 없는 것을 표현해내는 특성이 있다고 주장하면서 음악의 개념 자체까지 왜곡한다. 그리하여 귀가 먼 베토벤의 기형적인 시도를 모방한 작품들이, 그리고 또 그것을 다시 모방해댄 수 없는 작품들이 등장하게되었던 것이다.

바그너의 등장이 바로 그러하다. 그는 처음부터 비평논문을 통해 베토벤을, 바로 후기 베토벤 음악을 쇼펜하우어의 신비주의 이론과 연결시켜 예찬하고 있다. 쇼펜하우어의 이론은 베토벤 음악 못지않게 터무니없는 것인데, 음악은 의지의 표현이되 의지의 객관화의 다양한 단계에서의 개별적 표현이 아니라 그 본질 자체의 표현이라는 것이다. 바그너는 바로 이런 이론에 따라 모든 예술을 통합한다는 훨씬 거짓된 체계를 지향하며 작곡에 임했다. 그리고 그의 뒤를 이어 예술에서는 더욱 멀어진 브람스나 리하르트 슈트라우스 등과 같은 새로운 모방자들이 나타났다.

비평이 초래하는 결과가 바로 그러하다. 그러나 예술을 왜곡하는 세 번째 조건, 즉 예술을 가르친다는 예술학교는 그 못지않게 더더욱 유해하다.

예술이 전 민중의 예술이 아니라 유한계급 사람들의 예술이 되면서부터 그것은 하나의 직업이 되었고, 예술이 직업이 되자마자 그 직업을 가르치는 기법들이 개발되었고, 예술이라는 직업을 선택한 사람들은 그 기법들을 배우게 되었으며, 그걸 가르치는 학교, 중등학교 수사학이나 문학 교실, 미술 아카데미, 음악대학, 연극학교 등이 등장하였다.

이런 학교에서는 예술을 가르친다지만, 예술은 본래 예술가가 체험한 감정을 타인에게 전달하는 것인바, 어떻게 그것을 학교에서 가르칠 수 있단 말인가?

그 어떤 학교도 인간에게 감정을 불러일으키도록 가르칠 수 없으며, 더구나 예술의 본질을, 자기만의 고유하고 특수한 방법으로 감정을 전달하는 예술의 본질을 인간에게 가르치는 것은 더더구나 불가능하다.

예술학교가 할 수 있는 것이 있다면, 그것은 단 하나, 다른 예술가에 의해 체험된 감정을 그들이 전하는 방식대로 전하는 것뿐이다. 예술학교에서 가르치는 것은 바로 이것뿐이다.

그러나 이런 교육은 진정한 예술의 확산에 도움이 되지 않을 뿐만 아니라, 그 반대로, 모조 예술을 전파하고 진정한 예술을 이해할 수 있는 사람들의 능력을 앗아감으로써 무엇보다 해롭다.

문학예술에서는 특별히 말하고자 하는 바가 없는 사람들이 결코 생각해보지도 않았던 주제에 관해 수많은 페이지를 채워가는 법을 교육받는다. 그리하여 그들은 유명하다고 인정받는 작가들의 작품과 비슷한 것을 모방해낸다. 중등학교에서 배우는 것이 바로 그것이다.

회화에서 주로 가르치는 것은 원화와 실물을 모방하거나 색칠하는 것인데, 진정한 예술에 종사하는 사람이라면 결코 그릴 일이 없었던, 이제까지 결코 볼 수 없었던 나체가 특히 주된 대상이다. 그리하여 그들은 이전의 거장들이 했던 방법을 그대로 따라 하고, 거장이라는 자들이 다룬 것과 유사한 주제로 그림을 그리고 칠하는 법을 배운다. 연극학교에서 학생들이 배우는 것도 저명한 비극 시인들과 똑같은 발성법이다. 음악에서도 사정은 마찬가지다. 모든 음악이론이란 것은 작곡의 거장들이 사용한 기법을 맥락 없이 반복하는 것과 다름없다.

나는 어디선가 화가 브률로프[87]의 예술에 관한 심오한 명언을 언급한 바 있지만, 여기서 다시 그것을 인용하지 않을

---

87 브률로프Karl Bryulov(1799~1852). 신고전주의에서 낭만주의로의 이행을 주도했던 러시아 화가.

수 없다. 그는 학교에서 가르칠 수 있는 것과 가르쳐서는 안 되는 것을 너무나 잘 보여주었기 때문이다. 한번은 브률로프가 학생의 습작을 수정해주면서 몇 군데 약간 붓을 댔을 뿐인데, 조악하고 죽어 있던 스케치가 갑자기 생생하게 살아났다. 그러자 한 학생이 "보세요, 그저 아주 약간 손을 댔을 뿐인데 모든 게 변해버렸습니다"라고 탄성을 질렀다. "예술은 그 '아주 약간'에서부터 시작되는 거랍니다." 브률로프는 이렇게 대답함으로써 예술의 가장 큰 특징에 대해 말한 것이다. 그의 말은 모든 예술에 타당한 것이지만 특히 음악 연주에서 그러하다. 연주가 예술적이기 위해서는, 즉 감염을 불러일으키는 예술이 되기 위해서는 세 가지 중요한 조건, 즉 높이, 시간, 세기가 준수되어야만 한다(음악적 완성에는 이 세 조건 외에도 다른 많은 조건이, 즉 하나의 음에서 다른 음으로 옮겨 갈 때 끊어지듯 할 것인가 이어지듯 할 것인가, 점점 강하게 나갈 것인가 약하게 나갈 것인가, 한 음이 어떤 음과 연결되게 할 것인가, 또 그 음의 음질은 어떻게 할 것인가 등등 수많은 다른 조건들이 요구된다. 그러나 그중 가장 중요한 것은 바로 음의 높이와 시간, 세기이다). 음이 필요 이상으로 높지도 낮지도 않을 때, 즉 악보에서 요구되는 음의 무한히 작은 중심이 포착될 때, 그리고 그 음이 필요한 만큼 정확하게 이어질 때, 그리고 음의 세기가 필요 이상으로 세지도 약하지도 않을 때, 그때에야 음악 연주는 예술이 되어 감염을 일으킬 수 있다. 음의 높이와 시간, 세기가 아주 조금이라도 이탈하거나 늘어지거나 필요 이상으로 약해지면 연주의 완전성과 감염력은 저하된다. 우리가 보기에 아주 쉽고 간단해 보이는 음악의 감염은 연주자가 음악의 완성에 필요한 너무나도 작은 순간들을 놓치지 않고 포착해낼 때 이루어진다. 그것은 어느 예술에서나 마찬가지다. 회화에서 아주 조금 더 밝거나 어둡게 하거나, 아주 조금 더 높거나 낮거나, 아주 조금 더 왼편이나 오른편으로 기울거나 하면, 연극예술에서 억양이 아주 조금 약하거나 강해지거나 혹은 조금 일찍이거나 조금 늦거나 하면, 시에서 아주 약간 암시가 약하거나 너무 많이 말하거나 과장되거나 하면, 감염은 불발된다. 감염은 예술작품을 구성하고 있는 무한히 작은 순간들을 예술가가 발견해내는 정도에 따라 달성되는 것이다. 누군가에게 이런 무한히 작은 순간들을 외적인 방법으로 발견하는 법을 가르친다는 것은 불가능한 일이다. 그런 순간들은 인간이 감정에 몸을 맡길 때에만 발견되는 것이기 때문이다. 어떤 교육도, 무용수가 음악의 박자에 몸을 맡기고 성악가나 바이올린 연주자가 음의 무한히 작은 중심을 포착하도록, 화가가 모든 가능한 선 중에서 오직 하나의 선을 선택하여 그리도록, 시인이 단어를 독특하고 유일한 단 하나의 방식으로 배열하도록 가르칠 수는 없다. 그것은 오로지 감정만이 찾아낼 수 있는 것이다. 따라서 학교가 가르칠 수 있는 것은 예술 비슷한 것을 만들어내는 기술뿐 결코 예술 그 자체는 아니다.

학교 교육은 바로 그 '아주 조금'이 시작되는 곳에서, 즉 예술이 시작되는 그곳에서 멈추곤 한다.

예술 비슷한 것에 익숙해지면 사람들은 진정한 예술 이해와 단절된다. 그로 인해 예술전문학교를 다닌 사람들, 특히 성적이 아주 우수했던 사람들일수록 예술에 더욱 둔감해지는 결과가 종종 발생한다. 예술직업학교가 만들어내는 이러한 예술적 위선은 목사를 비롯하여 온갖 종교 교사를 양성하는 종교학교가 만들어내는 종교적 위선과 완전히 동일하다. 학교에서 사람을 종교적 스승으로 가르쳐 만들어낼 수 없듯이 학교가 사람을 예술가로 가르쳐내는 것은 전혀 불가능한 일이다.

이처럼 예술학교는 예술에 이중적으로 치명적이다. 첫째, 이런 학교에 다니는 불행한 사람들이 7, 8년 혹은 10년의 과정을 거치며 진정한 예술의 소양을 말살하게 된다는 점에서, 둘째, 그들이 대중의 취향을 왜곡하는 거대한 양의 모조 예술을 생산하여 그것으로 우리 세상을 가득 채워 넘치게 만든다는 점에서 그러하다. 타고난 예술적 소양을 지닌 사람들이 이전 예술가들이 조탁한 다양한 종류의 예술 기법들을 배우도록 하려면, 각종 초급학교에 그리기나 노래 수업을 만들어주면 될 일이다. 그런 수업을 배우고 나면 재능 있는 학생이라면 모두가 접할 수 있는 기존의 전범을 이용하여 독자적으로 자신의 예술을 완성해나갈 수 있을 것이다.

예술가의 직업화, 비평과 예술학교가 우리 시대 대다수 사람들이 예술이 무엇인지조차 알지 못하고 가장 천박한 모조품을 예술로 오인하도록 만드는 세 가지 조건이다.

13.   모조 예술의 전형 — 바그너의 《니벨룽의 반지》

우리 시대, 우리 사회의 사람들이 진정한 예술감상 능력을 얼마나 상실하고 진정한 예술과 아무 관계가 없는 것을 예술로 오인하는 데 얼마나 익숙해져 있는지, 그것은 무엇보다 리하르트 바그너의 작품을 보면 명백하게 드러난다. 그의 작품은 예술의 새로운 지평을 연 최고의 작품이라고 갈수록 높은 평가를 받고 있다. 그러한 평가는 독일뿐만 아니라 프랑스나 영국에서도 마찬가지다.

바그너 음악의 특징은, 잘 알려진 바와 같이, 음악이 시에 봉사해야 하고 시작품의 모든 뉘앙스를 표현해야 한다는 것이다.

고대 그리스의 것으로 상상되는 악극을 부활시키기 위해 15세기 이탈리아에서 만들어진 연극과 음악의 결합은 상류계급 사이에서만 성공할 수 있었던 인위적 형식이며, 그것도 모차르트나 베버, 로시니 등과 같은 천재 음악가들이 극의 주제에서 영감을 얻어 극의 이야기를 음악에 끌어들여 자유롭게 영감을 펼칠 수 있었던 경우에 한한다. 하지만 그들의 오페라에서 청중에게 중요했던 것은 이야기에 붙인 음악이지 이야기 자체가 결코 아니었다. 이를테면《마술 피리》에서 줄거리는 전혀 무의미한 것이었지만 음악에서 받는 예술적 인상은 전혀 아무런 방해를 받지 않았던 것이다.

바그너는 음악을 시의 요구에 종속시키고 시에 녹아들어가게 함으로써 오페라를 변형시키고자 했다. 그러나 모든 예술은 다른 예술 영역과 구별되는 제 나름의 고유한 영역을 지니고 있고, 그 영역들은 제각기 일정한 접점을 지니긴 하지만 똑같은 하나일 수 없는 법이다. 따라서 모든 예술은 차치하고 연극과 음악의 경우만 하더라도, 두 영역이 서로의 요구를 완전하게 충족시킬 가능성은 없다. 그것은 보통의 오페라에서 극예술이 음악에 종속되거나, 아니면 그저 음악에 밀려나 부차적인 자리에 놓이곤 한다는 점에서 쉽게 확인된다. 그러나 바그너는 음악적 요구가 극적 요구에 종속되고, 두 예술적 요구가 제각각 완전하게 구현되기를 바란다. 그러나 그것은 불가능하다. 모든 예술작품은, 그것이 진정한 예술이라면, 다른 그 무엇과도 유사하지 않은 전적으로 독창적인, 예술가의 깊숙한 내면의 감정의 표현이기 때문이다. 음악작품이나 연극작품도 그것이 진정한 작품인 한 모두 그러하다. 하나의 예술작품이 다른 예술작품과 일체가 되려면 서로 다른 영역의 두 작품이 이전의 어떤 작품과도 닮지 않은 전혀 독창적이면서 동시에 서로 일치하면서도 서로 전혀 닮지 않은 그런 작품이 되어야 한다는, 전혀 불가능한 일이 일어나야만 한다.

그러나 그런 일은 결코 있을 수 없다. 두 사람에게서도, 한 나무의 두 잎에서도 그런 일이 있을 수 없는 것과 마찬가지다. 하물며 음악과 문학이라는 서로 다른 영역의 두 예술작품이 완전히 하나가 된다는 것은 더더욱 불가능하다. 그들이 일체가 된다면, 둘 중 하나는 예술작품이고 다른 하나는 모조품이 되거나, 아니면 둘 다 모조품이 될 것이다. 인위적으로 만든 경우가 아니라면 살아 있는 한 나무의 두 잎도 완전히 똑같을 수가 없다. 예술작품 역시 그러하다. 서로 다른 영역의 예술작품이 완전히 동일한 경우는 그중 어느 하나가 예술이 아니라 예술과 유사하게 꾸며낸 것일 때에만 가능하다.

만일 송가나 가요, 로망스 등에서 시와 음악이 다소라도 결합이 될 수 있다면(그러나 이 경우에도 바그너가 원하는 것처럼 음악이 시의 내용을 하나하나 따라가는 것이 아니라, 시나 음악이 하나의 동일한 정조를 낳고 있다는 정도이다), 그것은 서정시와 음악이 부분적으로 하나의 목적, 즉 하나의 정조를 지니고 있다는 이유 때문이다. 시정시와 음악이 조성하는 정조는 어느 정도 일치할 수 있는 것이다. 그러나 이런 작품에서도 항상 무게 중심은 어느 한 작품에 놓이기 때문에 예술적 인상을 불러일으키는 것은 한 작품뿐이고 다른 작품은 눈에 띄지 않는다. 바로 그렇게 서사시나 극시와 음악 사이의 결합은 가능하지 않은 일이다.

게다가 예술 창작의 중요한 조건 중 하나는 예술가가 선입견에 사로잡힌 그 어떤 사전적 요구로부터 자유로워야 한다는 것이다. 자신의 음악작품을 시작품에 꿰어맞춰야 하거나, 혹은 반대의 경우 모두 모든 창작의 가능성을 파괴해버리는 선입견적 요구이다. 어느 한 예술을 다른 예술에 꿰어맞춘 그런 작품은 언제나 그렇듯 결코 예술작품이 될 수 없고, 멜로드라마 속의 음악이나 그림에 붙인 서명, 삽화, 오페라 대본 정도 같은 모조품에 지나지 않는다.

바그너의 작품들이 바로 그렇다. 그것은 바그너의 새로운 음악 속에 진정한 예술작품의 가장 중요한 특징, 즉 그 형식을 조금이라도 바꾸면 작품의 전체 의미가 파괴되는 그런 유기성이나 완전성이 존재하지 않는다는 점에서 분명하게 확인된다. 시, 드라마, 회화, 노래, 교향악 등 모든 진정한 예술작품에서는 어느 하나의 시구절, 한 장면, 한 인물, 한 소절이라도 제자리에서 빼내 다른 곳으로 옮겨놓을 수 없다. 그러면 작품의 전체 의미가 파괴되어 버리기 때문이다. 그것은 마치 유기체의 한 기관을 제자리에서 빼내 다른 곳으로 옮겨놓으면 그 유기체의 생명이 파괴되지 않을 수 없는 것과 같다. 그러나 후기 바그너의 음악에서는 독자적인 음악적 의미를 지니고 있으나 그다지 중요치 않은 일부 예외를 제외하고, 그 구성적 배치를 앞뒤로 바꾸어버려도 된다. 그렇게 배치를 바꾸어도 음악적 의미가 전혀 변하지 않는다. 애초에 바그너 음악의 의미는 말에 있었지, 음악에 있지 않았기 때문이다.

바그너 오페라의 음악 대본은, 요즘 흔해 빠진 시인들이 제 언어를 온통 망가뜨리고 아무 주제나 아무 운이나 가져다가 의미 있는 것처럼 시 비슷하게 지어낸 것과 유사하다. 만일 그런 시인이 베토벤의 교향악이나 소나타, 혹은 쇼팽의 발라드를 시로 보여주겠다고 마음먹는다면, 그는 우선 처음 몇 악절에 어울린다고 생각되는 시를 몇 편 써낼 것이다. 그리고 다음에 이어지는 다른 성격의 악절에 맞춰 앞선 시들과 아무런 내적 연관이 없고 전혀 운율도 맞지 않는 시들을 제 나름으로 어울린다고 생각하며 써나갈 것이다. 그런 작품은 바그너의 오페라를 대본 없이 음악적으로만 들을 때와 시적 의미에서 아무 다를 바가 없을 것이다.

그러나 바그너는 음악가일 뿐만 아니라 시인이었고, 혹은 둘 다였다. 따라서 바그너에 대해 평가하기 위해서는 음악이 봉사한다는 바로 그 대본을 알아야 한다. 바그너의 중요한 시작품은 《니벨룽의 반지》를 시적으로 재가공한 것이다. 이 작품은 우리 시대에 거대한 의미를 획득하여 요즘 예술이라고 나서는 모든 것에 지대한 영향을 미치고 있다. 그리히여 요즘 우리 시대 사람이라면 누구나 그에 대해 뭐라고 한마디씩 해대고 있다. 나는 이 작품이 담긴 네 권의 소책자를 정독하고 아주 간략하게 요약하였는데, 작품을 미처 읽지 않은 독자라도 이 간략한 요약만 본다면 그 놀랍다는 작품을 이해하는 데 충분하고도 남을 것이다. 그만큼 이 작품은 포복절도하지 않을 수 없을 정도로 조잡한 모조된 시의 전형이다.

사람들은 바그너의 작품이 무대에서 공연되는 모습을 보지 않고서는 그에 대해 논할 수 없다고 말한다. 지난겨울 모스크바에서 바그너 작품이 무대에 오른 바 있었다. 이틀째 공연인지, 아니면 그중 가장 뛰어나다는 제2막 공연이었는지 모르겠지만, 어쨌든 나는 그 공연에 가보기로 했다.

극장에 도착하니 커다란 객석이 이미 위에서 아래까지 꽉 차 있었다. 내로라하는 고관대작들과 한다하는 상인들과 학자들, 중간 관리급 군중들이 대부분이었다. 대부분 그들은 대본(리브레토)을 손에 쥐고 코를 박고 의미를 파악하려고 애쓰고 있었다. 음악가들은 — 그중에는 백발이 성성한 노인들도 있었다 — 손에 총악보를 들고 음악을 따라가고 있었다. 분명 그 공연은 하나의 사건이었던 모양이다.

나는 조금 늦게 도착했는데, 개막을 알리는 짤막한 서곡은 별로 중요하지 않으니 놓쳤다 해도 상관없다고 했다. 극장 안으로 들어서자, 무대 위에 바위 동굴을 표현하는 무대 장식을 배경으로 대장간 단조대를 표현하는 어떤 물체 앞에 한 배우가 앉아 있었다. 배우는 가짜 수염을 달고 가발을 덮어쓰고 민소매 차림에 가죽 덧옷을 걸치고 있었는데, 하얗고 가녀린 팔은 노동하는 사람의 것이라고 할 수 없었다(그 느

굿한 움직임이나, 특히 근육이라곤 하나도 없는 뱃살로 보아 그가 영락없는 배우라는 것은 분명했다). 그는 망치로 칼을 벼리고 있었는데, 그 망치나 칼은 결코 다른 어디에도 있을 법하지 않은 것이었고, 망치질 역시 결코 어디에서도 본 적이 없는 것이었다. 그러면서 배우는 입을 기이하게 벌리고 뭔지 모를 노래를 불러대고 있었다. 온갖 악기들은 배우가 쏟아내는 이 기이한 소리에 반주를 넣으며 따라갔다. 대본을 보고서야 나는 이 배우가, 동굴에 사는 힘센 난쟁이 역할을 하면서 자신이 기른 지크프리트를 위해 칼을 벼리고 있다는 것을 알 수 있었다. 난쟁이라는 사실은 배우가 민소매 셔츠를 무릎까지 늘어뜨리고 계속해서 무릎을 굽힌 채 돌아다니는 모습으로 알 수 있었다. 배우는 계속해서 기이하게 입을 벌리고 오랫동안 무슨 소리를 냈는데, 노래하는 것도 소리치는 것도 아니었다. 그에 따라 음악도 뭔가의 도입부 같은 이상한 것들이었고 그것은 계속 이어지지도 끝맺음되지도 않았다. 대본을 보고서야 나는 이 난쟁이가 거인족에게 빼앗긴 반지에 대해 혼잣말을 하고 있고 지크프리트를 통해 그 반지를 되찾고 싶어 한다는 것을 알 수 있었다. 지크프리트에겐 좋은 칼이 필요했고 난쟁이가 그 칼을 벼리는 중이었다. 그렇게 이야기인지 독백적 노래인지가 한참 이어지고 나서 오케스트라 속에서 갑자기 다른 음들이 울려 퍼졌다. 역시 밑도 끝도 없는 그 음들과 함께 어깨에 뿔피리를 걸친 또 다른 배우가 네 발로 뛰어다니는 곰으로 분장한 인물을 대동하고 무대에 등장했다. 뿔피리 배우가 곰 배우를 시켜 난쟁이 대장장이를 공격하게 하자 난쟁이는 민소매 셔츠를 늘어뜨린 무릎을 펴지 않은 채 이리저리 뛰어 도망 다녔다. 뿔피리 배우는 바로 주인공 지크프리트였다. 이 주인공이 등장할 때 오케스트라에서 울려 나온 음향은 분명 지크프리트의 성격을 묘사하는 것으로 지크프리트의 라이트모티프(주제음)였다. 이 음향은 지크프리트가 등장하는 장면이면 어김없이 반복되었다. 이처럼 극에 등장하는 모든 인물에겐 제각각 일정한 라이트모티프가 결합되어 있었다. 심지어 어떤 인물이 언급될 때에도 그 인물에 상응하는 모티프가 들려왔다. 더 나아가 사물에도 제 나름의 라이트모티프나 화음이 부여되어 있었다. 반지의 모티프가 있는가 하면 투구, 사과, 불, 창, 칼, 물 등에도 제각각 모티프가 있어, 반지나 투구나 사과가 언급되기라도 할라치면 곧바로 그에 해당하는 모티프나 화음이 울려 퍼졌다. 뿔피리 배우 역시 난쟁이처럼 아주 부자연스럽게 입을 벌리고 한참 동안 무슨 말인가를 노래하듯 길게 뽑으며 외쳐댔고, 그에 대해 난쟁이 역시 뭐라고 무슨 말인가를 길게 뽑으며 대꾸했다. 난쟁이의 이름은 미메였다. 이들의 대화의 의미는 오로지 대본을 통해서나 알 수 있었는데, 지크프리트가 난쟁이에 의해 양육되었는데 어떤 이유에선지 난쟁이를 증오하며 죽이려 한다는 것이었다. 난쟁이는 지크프리트에게 칼을 벼려주었지만 지크프리트는 그 칼이 만족스럽지 않았다. 오페라 대본으로 10여 쪽에 달하는 그들의 대화는 그렇게 기이하게 입을 벌리고 길게 뽑아대는 말투로 30여 분가량 계속되었다. 이를 통해 알 수 있었던 것은(물론 대본을 통해), 지크프리트는 숲에서 태어났고, 아버지는 누군지 모르지만, 아버지가 남긴 부러진 칼이 미메에게 있다는 사실, 그리고 지크프리트는 두려움을 모르고 숲에서 나가고자 하지만 미메는 보내려 하지 않는다는 것이었다. 이러한 대화에서 아버지에 대해서, 혹은 칼이나 기타 등등이 언급될 때면 어김없이 그에 조응하는 음향이 울려 퍼졌다. 이들의 대화가 끝나자 새로운 음향, 보탄 신神[88]의 음향이 울려 퍼지며 순례자가 무대에 등장했다. 이 순례자는 보탄 신이었다. 역시 가발에 민소매 셔츠 차림의 보탄 신은 어리숙하게 창을 들고 서서 미메로서는 다 아는 이야기를 늘어놓았는데, 그것은 관객에게 들려줄 필요가 있기 때문이었다. 보탄 신은 모든 이야기를 쉽게 털어놓지 않고, 공연히 수수께끼 같은 걸 만들어 그걸 푸는데 자신의 목을 내거는 식으로 이야기한다. 그러다가 순례자가 창으로 땅을 내려치자마자 땅에서 불길이 솟아오르고 오케스트라에서는 창과 불꽃의 음향이 울려 퍼졌다. 이처럼 오케스트라는 대화를 따라가며 계속해서 인물과 사물의 모티프를 인위적으로 반주해댄다. 그중에서도 가장 유치한 방법은 음으로 감정을 표현한다는 것이, 이를테면 두려운 감정은 저음으로 깔아주고, 경박한 감정은 급템포의 여리고

---

[88] 북유럽 혹은 게르만 신화에 나오는 최고의 신.

높은음으로 두들겨대는 것이었다.

그런데 그 수수께끼라는 것은 별다른 의미가 있는 것이 아니라 그저 니벨룽이란 어떤 것이며 거인은 누구이고 신들은 누구인지, 이전에 무슨 일이 있었는지 따위를 관객들에게 알려주는 것에 불과했다. 그 이야기도 역시 기이하게 입을 벌리고 길게 늘여가며 노래하듯 뽑아대는데 대본상으로 8쪽이나 되고 무대에서도 그만큼 오래 계속되었다.

순례자가 떠나자 다시 지크프리트가 등장하여 난쟁이 미메와 13쪽에 걸친 대화를 이어간다. 그 과정에서 일정한 멜로디는 하나도 없고 인물과 사물의 라이트모티프가 계속해서 뒤섞일 뿐이다. 미메는 지크프리트에게 두려움이란 것을 가르쳐주려고 하지만 지크프리트는 전혀 이해를 못한다. 대화를 끝내고 지크프리트는 칼의 파편을 나타내는 것임이 분명한 무슨 조각을 움켜잡고 톱질하듯 자르더니 대장간 단조로를 나타내는 물건 위에 올려놓는다. 그리고 그걸 달구다가 꺼내 망치로 벼리고 하면서 노래를 한다. 히아호, 히아호, 호호! 호호, 호호, 호호, 호호. 오헤오, 하호, 하헤오, 호호. 그리고 1막이 끝난다.

내가 극장에 올 때 품고 있던 질문은 적어도 나에겐 의문의 여지 없이 해결되었다. 그것은 앞서 내가 알던 어떤 부인이 내게 자작 소설을 읽어주었을 때 — 헝클어진 머리에 하얀 옷을 입은 소녀와 빌헬름 텔 풍으로 깃털 달린 모자를 쓰고 하얀 개 두 마리를 대동한 남자 주인공에 대한 장면이었다 — 내가 그 소설의 가치에 대해 그 즉시 파악했던 바와 마찬가지다. 내가 본 바와 같이, 미학적 감정을 칼로 잘라내 버리는 그런 위선적 장면들을 지어내는 작가로부터 기대할 것이라곤 전무하다. 그런 작가가 써내는 것이라면 무엇이든 터무니없는 것이고, 따라서 그런 작가는 진정한 예술작품이 어떤 것인지 전혀 알고 있지 못하다고 단정할 수 있다. 나는 극장을 나가고 싶었지만 함께 있던 친구들이 1막만 보고 속단해서는 안 된다, 2막은 훨씬 좋을 것이라고 거듭 설득하는 바람에 2막째도 남아서 보게 되었다.

제2막. 밤. 점차 동이 트기 시작한다. 전체적으로 이 극에는 여명, 안개, 달빛, 어둠, 마법의 불, 뇌우 등이 남용되고 있었다.

무대는 숲과 숲속 동굴. 동굴에는 또 다른 난쟁이 역의 민소매 차림의 제3의 배우가 앉아 있다. 날이 밝아온다. 다시금 손에 창을 든 순례자 모습의 보탄 신이 등장한다. 다시 그의 음향이 울리고, 낼 수 있는 가장 저음의 베이스가 새롭게 들린다. 그 새로운 소리는 용이 말한다는 것을 나타내는 것이었다. 보탄 신은 용의 잠을 깨운다. 베이스는 점점 더 굵고 낮아진다. 용은 처음에 졸린다고 말하지만, 이윽고 동굴에서 기어 나온다. 비늘이 덮인 초록색 가죽을 덮어쓴 두 사람이 용을 연기하는데, 한 사람은 꼬리 쪽을 흔들어대고, 다른 한 사람은 앞쪽에서 악어처럼 생긴 아가리를 벌리고 전구 불빛을 뿜어댔다. 다섯 살짜리 애들이나 무서워할 법한 그런 용이 낑낑대는 저음으로 무슨 말인가를 내뱉는다. 참으로 터무니없고 어릿광대짓 같아서 애들도 아닌 어른들이 어떻게 그런 모습을 보며 앉아 있을 수 있는지 정말 놀랍지 않을 수 없었다. 그러나 사이비 교육을 받은 교양인들 수천 명은 거기 앉아 귀를 기울이고 구경하며 찬탄을 금치 못하고 있었다.

이윽고 뿔피리 지크프리트와 미메가 등장한다. 예의 오케스트라는 그들을 나타내는 음향을 연주한다. 지크프리트와 미메는 지크프리트가 도대체 두려움이란 것을 아는지 모르는지 이야기를 나눈다. 대화를 마치고 미메는 퇴장하고 가장 시적이어야 할 장면이 시작된다. 민소매 셔츠 차림의 지크프리트는 아름다운 자태를 연기하며 말없이, 혹은 혼잣말을 해가며 누워 있다. 그는 몽상에 잠긴 표정으로 새들의 노랫소리에 귀를 기울이고 새소리를 흉내내고 싶다. 그래서 칼로 갈대를 잘라 피리를 만든다. 날은 점점 밝아가고 새들은 더욱 크게 노래한다. 지크프리트는 새소리를 내보려고 한다. 오케스트라에서는 새를 모방한 소리들이 들려오고 그 소리는 지크프리트가 내는 말소리에 조응하는 소리들과 뒤섞인다. 그러나 갈피리가 잘 불어지지 않자 지크프리트는 자기 뿔피리를 불기 시작한다. 정말 견딜 수 없는 장면이다. 작가가 체험한 분위기를 전달하는 방법이어야 할 음악은, 즉 그 예술성은 눈을 씻고 찾아보려야 찾아볼 수 없었다. 음악적 의미에서 전혀 이해되지 않는 것뿐이었다. 음악적으로 항상 희망이 느껴지다가 곧바로 환멸로 이어지는 것이 마치 악상이 시작되었다가 곧바로 뚝 끊기는 것만 같았다. 뭔가 서곡 같은 것이 시작되는 듯하다가도 너무나 짧고 복잡다단한 화음과 협음, 대조 효과들로 가로막히고 끝맺음이 없이 모호해졌다. 게다가 무대에서 진행되는 가식적인 장면들은 공감과 감염을 일으키기는커녕 제대로 알아보기조차 힘들었다. 그러나 가장 핵심적인 문제는 처음부터 끝까지, 모든 음조 하나하나에서 보이고 들리는 것은 작가의 의도뿐이라는 점이다. 그리하여 관객은 지크프리트나 새가 아니라 아주 편협하고 오만하고 둔탁한 독일인의 음조와 취향을 보고 들을 수 있을 뿐이다. 작가는 시에 대한 몹시 그릇된 생각을 지니고 그것을 가장 조잡하고 원시적인 방법으로 내게 전달하려는 것이다.

작가가 노골적으로 자신의 의도를 드러내게 되면 누구나 거부감을 느끼게 된다. 만일 화자를 통해 웃거나 울 준비를 하라고 미리 말한다면 독자나 관객은 결코 울거나 웃지 않을 것이다. 작가가 감동적이지도 않고 우스꽝스럽고 역겹기까지 한 장면에 대해 감동을 요구하고, 그러면서 관객을 사로잡았다고 자신만만해하면 관객은 괴롭고 답답한 감정에 싸일 뿐이다. 그것은 마치 늙고 추한 여인이 화려하게 무도복을 차려입고 여러분의 마음을 얻고 있다고 확신하며 여러분 앞을 맴돌며 미소를 흘리는 모습을 볼 때의 느낌과 같을 것이다. 말도 되지 않는 이 황당한 공연을 얌전하게 구경하고 있을 뿐만 아니라 경탄을 보내는 것을 의무로 여기는 3000여

명의 관객들을 보면서 나의 이런 인상은 더욱 굳어졌다.

어쨌든 나는 어떻게든 꾹 참고 눌러앉아 있었다. 다음 장면에서는 지크프리트의 주제음과 뒤섞인 베이스 음조와 함께 괴물이 등장했다. 괴물과의 격투, 포효, 화염, 칼날의 번뜩임. 하지만 나는 이제 더 이상 참지 못하고 극장을 뛰쳐나왔다. 그때 느낀 역겨운 감정은 지금도 잊을 수가 없다.

이 오페라를 보면서 나는 존경스럽고 지혜로우며 글도 깨친 시골의 한 노동자를, 내가 알고 있는 민중 출신의 몹시 지혜롭고 진정으로 종교적인 사람 중의 한 사람을 떠올려 보았다. 만일 그 사람이 오늘 밤 내가 보았던 이 공연을 관람하였다면 얼마나 끔찍하게 당혹감을 느꼈을 것인지 차마 상상이 되지 않았다.

만일 그 사람이 이 공연에 얼마나 많은 노동이 소요되었는지 알게 된다면, 그리고 평소 그가 존경해 마지않던 이 세계의 권력자들, 머리가 희끗희끗하고 벗겨진, 나이 지긋한 사람들이 장장 여섯 시간 동안 말없이 앉아서 이 터무니없는 짓거리를 구경하고 있는 모습을 보았다면, 과연 그는 무슨 생각을 할 것인가. 아니, 어른 노동자는 차치하고 일곱 살짜리 어린애도 이런 터무니없는 횡설수설에 빠져들리라고는 상상하기조차 힘들다.

그런데도 어마어마한 관중들, 상류계층 최고 교양인이라는 자들은 이 미친 공연을 여섯 시간 내내 앉아 구경하고, 그 멍청한 짓의 대가로 마치 진보적이고 계몽된 문화인이라는 새로운 권리라도 얻은 양 의기양양해서 극장 문을 나선다.

나는 모스크바 관객에 대해 말하는 것이다. 대체 모스크바 관객이란 어떤 자들인가? 그들은 자신을 가장 계몽된 자로 여기는 관객의 1퍼센트에 해당하는 자들로 예술에 감염될 능력은 전혀 상실한 채, 아무런 감동 없이도 이런 터무니없는 거짓 예술에 참여할 뿐만 아니라 그를 찬탄해 마지않는 그런 자들이다.

이 공연이 바이로이트 극장에서 처음 공연되었을 때, 이 공연을 보겠다고 1인당 1000루블이나 되는 입장료를 지불하면서 세련된 교양인으로 자처하는 사람들이 전 세계에서 몰려들었다. 그리고 사흘 내내 매일 여섯 시간씩 진행되는 이 터무니없는 난센스를 보러 다녔다.

도대체 이 사람들은 무얼 위해 그렇게 이 공연에 몰려들고 지금도 몰려다니며 그렇게 감탄을 늘어놓고 있는 것인가. 바그녀의 작품이 이렇게 대대적인 성공을 거둔 이유를 대체 어떻게 설명할 수 있을까. 어쩔 수 없이 이런 의문이 머리를 떠나지 않았다.

이 공연의 성공을 나는 스스로에게 이렇게 설명해본다. 바그녀는 오랫동안 왕의 재정을 마음껏 이용할 수 있는 독점적 지위를 누리며 모조 예술품을 만드는 온갖 수단을 동원하여 전형적인 모조 예술품을 만들어낼 수 있었다. 내가 비그니의 작품을 하나의 본보기로 삼은 것도 이 때문이다. 이제까지 내가 알고 있던 그 어떤 작품도 예술을 모조하는 모든 기법,

즉 차용, 모방, 효과성, 흥미 끌기 등을 이처럼 능숙하고 강렬하게 결합해내지는 못했다.

고대로부터 가져온 사건 서사로 시작하여 안개와 월출, 일출에 이르기까지 바그너는 시적이라고 여겨지는 모든 것을 활용하였다. 잠자는 미녀, 물의 요정 루살카, 지하의 화염, 지하의 난쟁이 귀신, 전투, 칼, 사랑, 근친상간, 괴물, 새들의 노래 등등 시적인 온갖 장치들이 가득 들어차 있는 것이다.

하지만 이 모든 것들은 모방이다. 무대장식과 의상도 모방한 것이다. 이 모든 것은 고고학적 자료에 비추어 고대에 있었을 법한 형태로 만들어졌고, 심지어 그 음향들도 모방적이다. 음악적 재능이 없지 않았던 바그너는 망치질 소리, 벌건 쇳물의 쉭쉭 거림, 새들의 노래 따위를 모방하는 그런 음향을 잘도 고안해냈던 것이다.

또한 이 작품의 모든 것은 최대의 충격적 효과를 거두고 있다. 괴물이라든지 마법의 불꽃, 수중 활극, 그리고 관객석의 어둠, 시야에 보이지 않게 배치된 오케스트라 등등 이전에는 결코 사용된 바 없는 새로운 요소들을 적절히 결합해낸 것은 사람들에게 충격적인 놀라움을 주고 남음이 있었다.

그런데다가 모든 것이 흥미롭다. 누가 누구를 죽이고 누가 누구와 결혼하는지, 누가 누구의 아들이고 다음엔 무슨 일이 벌어질 것인지 흥미로울 뿐만 아니라 이야기 대본이 음악으로 어떻게 표현되는지도 흥미롭다. 파도치며 흘러가는 라인강은 음악으로 어떻게 표현되는가? 사악한 난쟁이가 등장할 때 그 사악한 난쟁이는 어떻게 음악으로 표현되는가? 음악은 그 난쟁이의 욕정을 어떻게 표현하는가? 용기, 불꽃은 어떻게 음악으로 표현되는가, 또 사과는? 말하는 인물의 라이트모티프는 그 말의 대상이 되는 인물이나 사물들의 라이트모티프와 어떻게 교직되는가? 게다가 음악 자체도 흥미롭다. 음악은 이전의 모든 원칙에서 벗어나 전혀 예상치 못한 새로운 음 결합을 보여준다(내적 법칙성을 가지지 않는 음악에서 사실 이건 아주 간단하고 용이한 일이다). 새로운 불협화음들이 새로운 방식으로 처리되며 이 또한 흥미롭다.

바그너는 바로 이런 식의 시적이라는 것들, 모방, 충격성과 흥미 본위 등을 최대한 작품에 도입하여 극도의 완성의 경지까지 끌어올리고 있다. 그것은 바그너의 재능 덕분이기도 하지만 그가 처한 유리한 지위 덕택인 것은 물론이다. 그리하여 관객은 아주 빼어난 웅변술로 위장된 미친 사람의 헛소리를 몇 시간씩이나 듣고 있는 최면술에 걸린 사람이 되어버렸다.

당신은 바이로이트 극장의 어둠 속에서 오케스트라가 무대 아래에 숨어 보이지 않는 가운데 최고의 경지에서 이루어진 공연을 보지 않고서는 이 작품에 대해 제대로 평가할 수 없다, 이렇게 말하는 사람들도 있을 것이다. 하지만 바로 그러한 사실이 그것이 예술이 아니라 최면술의 문제임을 증명한다. 심령술사들이 하는 말도 바로 그렇지 않은가. 심령술사들은 자신들의 환각을 진실로 믿게 만들려고 이렇게들 말한다. 당신은 아직 제대로 판단할 수 없다, 우선 몇 번이라도 직접 모임에 참석하여 느껴보라, 몇 시간 동안 반미치광이들과 함께 어둠 속에 앉아 있어보라, 한 열 번쯤 그걸 반복하면 당신도 우리가 보는 것을 모두 보게 될 것이다.

그렇고 말고, 어찌 안 보이겠는가? 그런 상태에 몸을 맡기면 바라는 것을 무엇이든 보게 될 것이다. 포도주를 한잔 마시거나 아편을 피운다면 훨씬 더 효과적으로 그런 상태에 도달할 것이다. 바그너 오페라를 감상하는 것도 이와 마찬가지다. 캄캄한 어둠 속에서 사흘 내내 완전히 정상이랄 수 없는 사람들 틈에 끼어 앉아 뇌수를 자극하고 청각신경에 강력한 영향을 미치는 음향에 몸을 맡기고 있다면 누구라도 비정상 상태가 되고 터무니없는 것에도 넋을 잃고 황홀해지지 않겠는가. 아니, 거기엔 사흘도 필요 없고 모스크바 공연처럼 단하루 다섯 시간이면 충분하다. 아니, 예술이 어떠해야 하는지 뚜렷한 개념도 없고, 그저 이제부터 내가 보는 것은 지극히 아름다운 것으로 거기에 무관심하거나 불만을 가지면 교양 없고 후진적인 사람이라는 선입견을 품은 사람들에게는 다섯 시간이 아니라 단 한 시간이면 족할 것이다.

나는 참석한 공연에서 관객들을 관찰해보았다. 분위기를 이끌며 전체 관객을 주도하는 자들은 사전에 이미 최면에 걸려 있고 그 익숙한 최면에 다시금 빠져드는 사람들이었다. 그렇게 최면에 걸려 비정상 상태에 처한 자들은 완전히 황홀경에 빠져 있었다. 게다가 예술 감염력 따위는 내다 버리고 예술의 모든 것을 지성의 문제로 사고하는 예술비평가라는 자들은 바그너 오페라가 지적인 생각거리를 풍부하게 제공한다며 심오한 의미를 부여하고 상찬해댄다. 이런 두 부류의 사람들에게 끌려다니는 것은 고관대작과 벼락부자들, 메세나라는 자들을 필두로 왜곡되고 다소 퇴화한 예술 감염력을 가진, 예술에 무관심한 도시의 거대한 대중이다. 이들은 솜씨 없는 사냥개들처럼 항상 목소리만 더 크고 사납게 내지른다.

"오오, 정말 대단한 시 아니오! 놀랍소! 특히 그 새들 말이오!"

"그렇소, 그렇소, 정말 압도적이오!"

그들은 이렇게 온갖 말들을 늘어놓지만, 실상은 자기들이 믿을 만하다고 여기는 자들의 견해를 귀에 들리는 대로 되뇌고 있을 뿐이다.

혹여 말도 안 되는 난센스와 거짓스러움에 화가 난 사람이 있다 하더라도 그들은 술 취한 자들 사이에서 멀쩡한 사람이 입을 다물고 움츠러들 듯 그저 얌전히 침묵을 지킬 뿐이다.

이리하여 예술과는 아무런 공통점이 없는 무의미하고 조잡하고 거짓된 작품이 모조 예술을 만드는 기술력 하나 덕분에 온 세상을 횡행하고 다니며 막대한 돈을 벌어들이고, 상류계급 사람들의 취향과 예술 개념을 갈수록 더욱 타락시키게 된다.

14.   참된 예술적 감동

가장 어렵다는 과학이나 수학, 철학적 문제를 이해할 능력이 있고, 똑똑하다고 인정받으며 실제로 매우 똑똑한 많은 사람이 자신의 판단이 잘못된 것일 수 있다는 아주 단순 명백한 사실을 인정하지 못하는 경우가 많다는 것을 나는 알고 있다. 자신들이 평생 전력을 기울여 구축한 판단이, 남에게 가르치며 자랑스러워하는 판단이 잘못되었다는 것을 어떻게 상상할 수나 있을 것인가. 따라서 나는 우리 사회의 예술과 왜곡된 취향에 대한 나의 결론이 그들에게 수용되거나 진지하게 검토될 것이라고는 거의 기대하지 않는다. 그러나 그러함에도 불구하고, 나는 예술 연구를 통해 도달할 수밖에 없는 불가피한 나의 결론을 더욱 철저하게 밝혀두지 않을 수 없다. 나는 거듭된 연구를 통해 우리 사회에서 예술, 혹은 좋은 예술로 여겨지는 거의 모든 것이 실제로는 진정한 예술도 좋은 예술도 되지 못하며 예술이기는커녕 모조 예술에 지나지 않는다는 확신에 도달하였다. 이러한 입장이 아주 괴팍하고 역설적으로 보일 수 있다는 점도 알고 있다. 하지만 예술이란 자신의 감정을 다른 사람에게 전달하는 그런 인간적 활동이지, 미나 이념 따위의 발현에 복무하는 것이 아님을 제대로 인정하기만 한다면, 사람들은 나의 이런 결론을 결코 부정할 수 없을 것이다. 예술이 어떤 사람이 어떤 감정을 체험하고 그것을 다른 사람에게 의식적으로 전달하는 활동임에도 불구하고, 상류계급의 예술로 불리는, 즉 훌륭한 예술작품이라 불리는 모든 중단편 소설, 드라마, 코미디, 회화, 조각, 니벨룽, 오페라, 오페레타, 발레 등등에서 작가가 체험한 감정으로부터 창작된 것은 10만분의 1도 채 되지 못할 것이다. 그 나머지는 감정의 감염을 차용과 모방, 효과 내기, 흥미 끌기로 대체한 모조 예술품, 공장에서 찍어낸 물건들에 지나지 않는다. 이런 모조 예술품 중 진정한 예술작품은 10만분의 1, 아니 그보다 훨씬 적다는 점은 다음과 같은 계산으로 확인할 수 있을 것이다. 한 통계에 따르면, 파리라는 한 도시에만 화가가 3만 명 정도 된다고 한다. 영국이나 독일에서도 그 정도 될 것이고, 군소 국가들까지 포함하여 러시아와 이탈리아에서도 그 정도 될 것이다. 그렇다면 유럽 전체에 대략 12만 명의 화가들이 있을 것이고, 음악가나 작가 역시 그 정도 수가 될 것이다. 대략 이런 30만여 명의 예술가들이 매년 세 작품씩 생산한다면(사실 대다수는 10편 이상을 생산한다), 적어도 매년 100만 편 이상의 예술작품이 세상에 나오는 셈이다. 그렇다면 최근 10년 동안 얼마나 많은 작품이 나왔겠는가? 상류계급 예술이 전 민중의 예술에서 분리된 이후 전 기간을 고려하면 또 얼마나 많은 작품이 생산되었겠는가? 적어도 분명 수백만 편에 이를 것이다. 최고의 예술 전문가 중 얼마나 되는 사람이 그 많은 사이비 예술작품에서 진정으로 예술적 감동을 받았을 것인가. 아니 그 존재라도 아는 사람이 과연 얼마나 될 것인가. 이런 작품들에 대해 아무런 생각도 없는 일반 노동자야 차치하고 상류계급 사람들조차 그 1000분의 1도 알지 못할 것이며 설령 안다 해도 기억조차 하지 못할 것이다. 그러함에도 이런 것들이 예술이란 이름으로 출현하여 아무런 감동도 남기지 못하고 어쩌다 한가로운 부자들의 관심을 잠시 끌었다가 흔적도 없이 사라진다. 이 막대한 양의 실패한 작품들이 없었다면 진정한 예술작품도 나올 수 없었을 것이라고들 흔히 말한다. 그러나 그런 판단은 마치, 너희 집 빵은 도무지 먹을 수가 없다는 비난에 대해 빵 굽는 이가 잘못 구운 빵 수백 개가 없다면 잘 구운 빵 하나가 나올 수 없다고 응수하는 것과 같다. 물론 금이 있는 곳에 모래도 많다는 것은 사실이다. 그러나 그렇다고 해서 지혜로운 말 한마디를 위해 수많은 어리석은 말을 내뱉어야 한다고 말할 수는 없다.

우리는 예술작품이라고 간주되는 수많은 작품에 둘러싸여

있다. 수천 편의 서정시와 서사시, 수천 편의 장편소설과 드라마, 수천 점의 그림, 수천 곡의 음악극이 우리 주변에서 출판되고 있다. 그 모든 시들이 사랑과 자연을 묘사하거나 저자의 심경을 그리고 있고, 저마다 운율과 각운을 준수하고 있다. 모든 드라마와 코미디는 멋지게 무대에 올려지고 잘 훈련된 배우들에 의해 공연된다. 모든 장편소설은 장별로 구분되고 모든 장마다 사랑이 묘사되고 효과성이 충만한 장면들과 세세한 삶의 모습이 충실하게 그려져 있다. 모든 교향곡은 알레그로, 안단테, 스케르초, 피날레를 담고 있고 변음과 화음으로 구성되고 잘 훈련된 음악가에 의해 꼼꼼하게 연주된다. 모든 그림은 황금빛 액자에 끼워져 인물과 배경을 도드라지게 표현해낸다. 한편 다양한 장르의 수천의 그런 작품 중 그저 그렇게 조금 나은 정도가 아니라 다이아몬드와 유리의 차이만큼 다른 것과 확연하게 구별되는 작품이 하나 정도는 있을 수 있다. 그런 작품은 돈으로 살 수 없으리만큼 고귀하다. 하지만 그 외 다른 것들은 전혀 아무런 가치를 지니지 못할 뿐만 아니라 취향을 기만하고 왜곡하는 것으로 부정적인 특성만을 지니고 있다고 말할 수 있다. 그러함에도 불구하고 왜곡되거나 퇴화된 예술 감수성을 지닌 사람에게 그런 작품들은 겉으로 보기에 다 똑같아 보인다.

오늘날 제대로 된 예술작품을 알아보기가 한층 어려워진 것은 가짜 예술작품의 외형적 가치가 진짜 작품만 못하지 않을뿐더러 때로는 오히려 더 뛰어나 보이기 때문이다. 즉 모조 예술작품이 진정한 예술작품보다 더 깊은 충격을 주기도 하고 내용도 더욱 흥미로운 경우가 적지 않은 것이다. 어떻게 선별할 것인가? 겉보기에 진짜 작품과 구별되지 않는, 아주 똑같은 수십만의 모조품들 속에서 참다운 하나를 어떻게 찾아낸단 말인가? 왜곡되지 않은 취향을 가진 사람에게, 도시민이 아니라 일반 노동자에게 그것은 마치 건강한 감각을 지닌 동물이 숲이나 들판에서 수천의 흔적 중에서 자기에게 필요한 하나의 흔적을 찾아내는 것만큼이나 아주 쉬운 일이다. 동물은 조금의 잘못도 없이 제게 필요한 것을 찾아낸다. 사람도 만일 왜곡되지 않은 자연스러운 본성을 지니고 있기만 하다면, 예술가가 체험한 감정에 감염되면서 수천의 모조 예술품 중에서 자기에게 필요한 진정한 예술품을 골라낼 수 있다. 하지만 왜곡된 교육과 생활로 인해 왜곡된 취향을 지닌 사람들에겐 그렇지 못하다. 예술을 수용하는 감각이 퇴화된 이런 사람들은 예술작품을 평가하면서 늘 머리로 따지고 파고들지 않고는 못 견디며, 또 그러한 판단과 연구로 인해 결국 혼란에 빠져들고 만다. 사정이 이러하니 오늘날 대다수 사람은 가장 조잡한 모조 예술품과 진정한 예술작품을 구별하는 역량을 전혀 지니고 있지 못하다. 그들은 꼼짝도 하지 않고 공연장에 앉아 새로운 작곡가의 음악을 듣고, 유명한 신진 소설가의 소설을 빼놓지 않고 읽고, 이해할 수 없는 걸 그려놓거나 혹은 천편일률적인(차라리 현실의 것이 훨씬 더 나을 법한) 것을 그려놓은 그림을 관람하는 것을 자신들의 의

무로 여긴다. 그들은 그런 것이야말로 예술품이라고 상상하며 의무적으로 찬사를 늘어놓는다. 그리하여 그들은 진정한 예술작품에는 전혀 관심을 기울이지 않을 뿐만 아니라 경멸을 보내기까지 한다. 진정한 작품들은 그들 사회에서는 예술품에 포함되지 않기 때문이다.

며칠 전 나는 침울한 기분으로 산책에서 돌아오고 있었다. 집에 가까이 왔을 무렵 농가 아낙네들의 커다란 합창이 들려왔다. 시집을 갔다가 친정을 방문한 내 딸을 환영하며 축하하는 것이었다. 고함을 지르고 낫을 두드리며 부르는 그들의 노래에는 기쁨과 활력의 감정이 담겨 있었다. 나는 나도 모르게 그 감정에 감염되어 활력에 가득 차 집으로 향했고, 완전히 즐겁고 활력에 넘치는 상태로 집 안에 들어섰다. 그 노래를 듣고 있던 집안사람들 모두가 바로 그런 들뜬 기분에 싸여 있었다. 그날 저녁 고전음악, 특히 베토벤 연주로 명성이 자자한 음악가가 우리 집에 들러 베토벤 소나타 101번을 쳐주었다.

여기서 베토벤의 이 소나타에 대한 내 판단이 무지의 소치라고 여기는 사람들을 위해 미리 한마디 해두고 싶은 말은, 나는 음악에 대한 감수성이 꽤 높은 편이며 베토벤의 이 소나타나 그 외의 다른 모든 후기 작품들에 대해서도 다른 사람들이 아는 만큼은 알고 있다는 것이다. 나는 오랫동안 베토벤의 후기 작품의 내용을 구성하고 있는 그런 무형식적 즉흥곡을 좋아한다고 생각해왔지만, 예술의 문제에 대해 진지하게 생각하면서부터, 즉 베토벤의 후기 작품에서 받은 인상을 밝고 즐거우며 힘찬 음악적 인상, 이를테면 복잡하지 않고 장식성이 많지 않은 바흐의 아리아나 하이든, 모차르트, 쇼팽의 멜로디, 베토벤의 초기 작품, 그리고 특히 이탈리아나 노르웨이, 러시아 민요나 헝가리 무곡 등과 같은 담백하고 밝고 힘찬 작품에서 받은 인상과 비교해보면서부터, 후기 베토벤 작품에서 내가 인위적으로 스스로 불러일으킨 그런 애매하고 거의 병적인 자극을 주는 흥분은 이내 사라져 버렸다.

연주가 끝나자 그 자리에 참석했던 사람들은 분명 모두 지루해하는 것 같았지만, 응당 그래야 한다는 듯 모두 열심히 베토벤의 심오한 사상이 담긴 작품이라고 열심히 칭송해댔다. 그리고 전에는 이 말년의 작품을 잘 이해하지 못했지만 이젠 가장 훌륭한 작품이라는 것을 알게 되었다고 덧붙이는 것을 잊지 않았다. 아낙네들의 노래에서 받은 인상, 그리고 그 노래를 들었던 모든 사람이 받았던 인상과 이 소나타에서 받은 인상을 비교하며 내가 한마디 했을 때, 베토벤 찬미자들은 참 이상한 말도 다 한다는 투로 대꾸할 필요조차 없다고 생각하며 경멸적인 미소만 지어 보였다.

그러나 아낙네들의 노래는 어떤 강렬한 감정을 전달하는 진정한 예술이었다. 반면 베토벤의 소나타 101번은 아무런 감정도 담지 못한, 그리하여 아무런 감염도 일으키지 못하는 실패한 예술적 시도일 뿐이다.

나는 예술에 관한 이 저작을 준비하면서 이번 겨울에 전 유럽에서 호평받는 졸라나 부르제, 위스망스, 키플링 등의 중장편 소설을 열심히 공을 들여 읽어보았다. 그리고 바로 그즈음 우연히 아동잡지에서 눈에 띈, 전혀 알려지지 않은 작가의 작품을 읽게 되었다. 가난한 과부의 가정에서 부활절을 준비하는 내용의 단편소설이었는데, 줄거리는 다음과 같았다. 가난한 살림에 어렵사리 흰 밀가루를 구한 어머니가 반죽을 하기 위해 식탁 위에 밀가루를 펼쳐놓았다. 그리고 아이들에게 집을 비우지 말고 밀가루를 잘 지키라고 이른 후 효모를 얻으러 외출하였다. 어머니가 집을 나간 뒤 동네 아이들이 몰려와 놀러 나오라고 창밖에서 아이들을 불러댔다. 아이들은 어머니의 당부를 잊어버리고 밖으로 달려 나가 정신없이 놀았다. 어머니가 효모를 가지고 돌아왔을 때, 식탁 위에는 어미 닭이 밀가루를 바닥에 흩뿌려대고 병아리들은 바닥에서 먼지를 헤집으며 밀가루를 쪼아먹고 있었다. 낙심한 어머니는 아이들을 꾸짖었고 아이들은 엉엉 울어댔다. 그 모습을 보고 어머니는 아이들이 안쓰러웠다. 하지만 흰 밀가루는 더 이상 없었다. 어머니는 아이들을 달래기 위해 검은 호밀가루로 부활절 빵을 굽고 달걀 흰자위를 옆에 바르고 달걀을 옆에 세워놓아야겠다고 마음먹었다. 그러면서 어머니는 "흑빵은 흰 빵의 할아버지란다"라고 말해주었다. 흰 밀가루로 부활절 빵을 구울 수 없을 때 위로하는 속담이었다. 그러자 풀이 죽어 있던 아이들이 기쁨의 환호성을 지르며 저마다 속담을 되풀이하며 즐거운 마음으로 빵을 기다렸다.

자, 어떤가. 졸라나 부르제, 위스망스, 키플링 등의 중장편 소설들은 사건이나 주제는 참으로 도발적이지만 나는 그걸 읽으며 조금도 감동을 느끼지 못했고 읽는 내내 오히려 작가에 대한 어떤 분노가 치밀어오르곤 했다. 그런 작가들은 독자를 얼마나 어리숙하고 순진하게 여기는지 독자를 사로잡기 위해 속임수를 쓰면서 그 속임수 기법조차 숨기려 들지 않는다. 첫 줄만 읽어도 글을 쓰는 의도가 뻔히 들여다보이니 이어지는 세세한 묘사들은 지루하기만 할 뿐 읽을 필요조차 없게 된다. 문제의 핵심은 이 작가들에게는 무슨 작품 하나 써보겠다는 욕망 외에 다른 어떤 감정도 존재하지 않는다는 것이다. 그러니 예술적 인상 같은 것이 나올 턱이 없다. 하지만 아이들과 병아리들에 대한 무명 작가의 단편을 읽으며 나는 한순간도 눈을 떼지 못했다. 그만큼 작가가 체험하고 느끼고 전달하고자 하는 감정에 온전히 감염되었던 것이다.

러시아에 바스네초프[89]라는 화가가 있다. 키예프 사원의 성상을 그린 화가로 최고 수준의 무슨 새로운 그리스도교 예술의 토대를 만들었다고 만인의 칭찬을 받는 사람이다. 그는 수십 년에 걸쳐 키예프 사원의 성상을 그려냈고 그 대가로

---

89 바스네초프Victor Vasnetsov(1848~1926). 러시아 화가. 신화 역사적 주제의 그림을 많이 그렸고 러시아 민속화와 낭만주의적 민족적 화풍으로 유명하다.

수만 루블의 돈을 받았다. 하지만 그 성상들은 모방의 모방을 모방한 졸렬한 작품인데다 예술적 감정의 불꽃이라곤 하나도 담아내지 못한 작품에 불과하다. 하지만 바로 이 바스네초프가 투르게네프의 단편 〈메추라기〉(아버지가 아들 앞에서 메추라기를 죽이고 이를 미안해하는 내용)의 삽화를 그렸는데, 윗입술을 내밀고 잠든 어린아이와 그 위에 마치 꿈처럼 메추라기가 그려진 이 삽화는 진정한 예술작품이다.

영국의 《아카데미 화집》(1879)에는 두 개의 그림이 나란히 실려 있는데, 그중 하나는 돌먼[90]의 〈성 안토니의 유혹〉이다. 성자는 무릎을 꿇고 기도하고 있고, 그 뒤에 벌거벗은 여인이 서 있고 또 그 뒤에는 여러 짐승이 지켜보고 있다. 분명히 화가가 집중하고 있는 것은 벌거벗은 여인이고 성 안토니에 대해서는 아무런 관심도 없다. 화가에겐 유혹이 무서운 일이 아닐 뿐만 아니라 오히려 아주 유쾌한 일인 듯하다. 만일 이 그림에 어떤 예술적 요소가 있다 하더라도 그것은 아주 졸렬하고 거짓된 것이다. 이 화집에는 나란히 또 하나의 작은 그림이 실려 있는데, 지나가던 가난한 거지 아이를 불쌍히 여긴 여주인이 집 안으로 불러들인 장면을 그린 랭글리[91]의 작품이었다. 거지 아이는 기다란 의자에 앉아 맨발의 다리를 안쓰

90 돌먼John Charles Dollman(1851~1934). 영국 왕립아카데미 회원이었던 화가이자 일러스트레이터. 초기 작품이 반 고흐에게 영향을 준 것으로 알려져 있다.
91 랭글리Walter Langley(1852~1922). 영국 슬럼가에서 태어나 노동자 계급의 가혹한 실상에 대한 연민을 담은 그림들로 유명하다.

럽게 움츠린 채 음식을 먹고 있다. 안주인은 뭐가 더 필요하지 않을까 걱정스러운 눈초리로 아이를 바라본다. 그리고 일곱 살쯤 되어 보이는 한 여자아이는 가난이 무엇이며 불평등이 무엇인지 처음으로 목격하고 심각한 표정으로 소년을 쳐다보고 있다. 그러면서 소녀는 우리 집에는 무엇이든 다 있는데 저 아이는 왜 저렇게 맨발이고 먹을 것도 없지라는 질문을 처음으로 품어보는 것 같다. 소녀는 안쓰러우면서도 기쁜 표정이다. 소녀는 소년도 사랑하고 선량함도 사랑한다. 화가가 이 소녀를 사랑하고 소녀가 사랑하는 것을 사랑하고 있다는 것이 분명하게 느껴진다. 그리 유명하지 않은 화가의 이 그림은 참으로 아름답고 진정한 예술작품이다.

여기서 로시[92]의 《햄릿》 공연이 떠오른다. 햄릿 역을 맡은 배우의 연기가 극예술의 극치를 보여주는 최고의 비극 공연이라고 많은 비평가가 입을 모아 떠들어 대던 공연이었다. 하지만 나는 작품의 내용에서도 그렇고 공연 자체에서도 내내 거짓된 모조 예술을 접할 때의 그런 특별한 고통스러움을 느꼈을 뿐이다. 또한 나는 얼마 전 야만적인 보굴족의 연극을 묘사한 글을 읽은 바 있다. 공연을 직접 관람한 사람 중 하나가 공연을 묘사한 것이었다. 그 내용은 대체로 다음과 같았다.

몸집이 커다란 어른과 소년이 사슴 가죽을 걸치고 각각 암

---

92 로시Ernesto Rossi(1827~1896). 셰익스피어 극으로 유명했던 이탈리아 배우.

사슴과 아기 사슴 역을 맡는다. 제3의 보굴인은 활을 들고 스키를 탄 사냥꾼이고, 제4의 보굴인은 사슴에게 위험을 알리는 새 역할을 맡고 있다. 사냥꾼이 어미 사슴과 아기 사슴의 흔적을 쫓는다. 사슴들은 무대 밖으로 도망쳤다가 다시 등장하곤 한다. 공연의 무대는 작은 유목민 천막이다. 사냥꾼이 차츰 사슴들에게 접근해간다. 아기 사슴은 지쳐서 어미에게 달라붙는다. 어미는 한숨 돌리기 위해 멈춰 선다. 드디어 따라붙은 사냥꾼이 활을 조준한다. 그 순간 새가 찍찍거리며 위험을 알린다. 사슴들이 다시 도망친다. 또다시 추적이 시작되고 다시 따라잡은 사냥꾼이 화살을 쏜다. 화살이 아기 사슴에게 적중한다. 더 이상 도망칠 수 없는 아기 사슴은 어미에게 몸을 기대고 어미는 아기 사슴의 상처를 핥아준다. 사냥꾼이 다시 화살을 당긴다. 관람한 사람의 묘사에 따르면, 이때 관객들은 숨을 죽이고 무거운 한숨을 내쉬며 심지어 흐느끼기까지 한다. 나 역시, 간접적인 묘사를 통해서지만, 이것이야말로 진정한 예술작품이라고 느꼈다.

나의 이런 말이 미친 사람의 역설이라며 아연실색하는 사람들이 있을 것이다. 하지만 그러함에도 불구하고 나는 나의 이런 생각을 밝혀두지 않을 수 없다. 우리 계층에는 시인이나 소설가, 오페라나 심포니, 소나타를 작곡하는 음악가, 온갖 장르의 그림을 그리고 조각상을 만드는 예술가, 그걸 보고 듣는 관객, 이 모든 것을 평가하고 비평하고 논쟁하고 비난하는 자들이 있을 것이다. 이들은 서로 추켜세우고, 서로에게 기념비를 세워 바치며 수 세대에 걸쳐 자기 일을 이어 간다. 그러나 예외 없이 이런 예술가와 관객과 비평가들은, 아직 예술에 대한 어떤 판단도 접하지 못했던 아주 어린 시절이나 청년기를 제외하고, 진정한 예술의 감정을, 아주 평범한 사람과 심지어 어린아이도 느낄 수 있는 타인의 감정에의 감염을, 남의 기쁨에 같이 기뻐하고 남의 슬픔에 함께 슬퍼하는, 그리하여 예술의 본질인 타인의 영혼과 하나가 되는 감정을 체험한 바가 없는 사람들이다. 따라서 이런 사람들은 진정한 예술과 모조 예술을 구별할 수 없을 뿐만 아니라 가장 조악한 모조품을 진정으로 아름다운 예술품으로 항상 오인하기 마련이다. 모조품은 훨씬 화려하고 진정한 예술품은 담백하기 때문이고, 그리하여 진정한 예술작품은 눈에 잘 보이지 않기 때문이다.

15. 예술은 감염이다

나쁜 예술이 좋은 예술로 여겨질 뿐만 아니라 예술이 무엇인가에 대한 개념 자체가 실종될 정도로 우리 사회의 예술은 왜곡된 상태에 처해 있다. 따라서 우리 사회의 예술에 대해 말하려면 무엇보다 우선 진정한 참된 예술과 모조 예술을 구분할 필요가 있다.

참된 예술과 모조 예술을 구별하는 의심의 여지 없는 하나의 특징이라면, 그것은 감염력이다. 만일 어떤 사람이 스스로 어떤 활동을 보태거나 자기 입장을 변경하지 않은 채 다른 사람의 작품을 읽거나 보고 들으면서, 그 작가와, 그리고 그 작품을 감상한 다른 사람들과 일체가 되는 영혼의 상태를 체험한다면, 그런 상태를 불러일으키는 그 작품은 진정한 예술작품이다. 하지만 아무리 시적이고 진짜와 유사하고 효과적이고 흥미롭다 할지라도 그 작품이 모든 다른 감정과 다른 아주 특별한 기쁨의 감정, 저자와 하나가 되는 감정, 또 그것을 받아들이는 다른 사람들(청중이나 관객)과 하나가 되는 감정을 불러일으키지 못한다면, 그것은 예술작품이 아니다.

사실 이런 특징은 내적인 것으로, 진정한 예술의 효과를 망각하고 예술에서 전혀 다른 무언가를 고대하는 우리 사회의 대다수 사람은 모조 예술품에서 느껴지는 어떤 유희나 흥분 같은 것을 미학적 감정이라고 생각하기 쉽다. 색맹 환자에게 초록색이 붉은색이 아니라고 납득시킬 수 없듯이 이런 자들을 설득하고 이해시키기란 불가능하다. 그러나 예술에 대해 왜곡되지 않고 퇴화되지 않은 감정을 지닌 사람들에게 이런 특징은 다른 어떤 감정과도 다른 감정, 예술에 의해 야기되는 명약관화한 감정이다.

이런 감정의 가장 중요한 핵심은 예술을 수용하는 자가 다른 누가 아니라 바로 자기 자신이 그 작품을 만들어낸 것 같은 느낌, 자신이 오랫동안 표현하고 싶어 했던 바로 그것을 표현하고 있다는 느낌, 한 마디로 예술가와 혼연일체가 되는 느낌이다. 진정한 예술작품에서는 수용하는 사람의 의식에서 수용자와 예술가 사이의 구별이, 그리고 그 작품을 수용하는 다른 사람들과의 구별이 사라진다. 한 개인이 자신의 고독에서 벗어나 다른 사람들과 구별되지 않는 이런 해방감, 개인과 다른 개인들의 혼연일체가 바로 예술의 매력이자 본성이다.

어떤 사람이 이런 감정을 체험한다면, 즉 작가가 체험하는 영혼의 상태에 감염되고 다른 사람들과 하나가 되는 느낌을 받는다면, 이런 상태를 불러일으키는 작품은 예술작품이지만, 이런 감염력도 없고 작가나 다른 수용자들과 하나가 되는 느낌을 주지 못한다면, 그것은 예술이 아니다. 감염력은 의심의 여지 없이 예술의 명백한 특징이며, 그 감염력의 수준이 예술의 가치를 측정하는 유일한 척도이다.

예술은 그 감염력이 높을수록 더 훌륭한 예술이다. 그 내용이야 차치하고, 다시 말해 전달하고자 하는 감정의 가치와는 무관하게 감염력이 높은 예술이 훌륭한 예술이다.

예술의 감염력은 다음 세 가지 조건에 따라 결정된다. 1) 전달되는 감정의 독특성, 2) 감정 전달의 명료성, 3) 예술가의 진실성, 즉 전달하는 감정을 얼마나 강렬하게 예술가 자신이 체험하였는가 등이다.

전달되는 감정이 독특하고 특수할수록 그 작품은 수용자에게 더 강하게 작용한다. 수용자는 체험하는 영혼의 상태가 독특할수록 더욱 커다란 쾌를 체험하고, 따라서 더욱 흔쾌하고 강하게 젖어 든다.

감정 표현의 명료함도 감염력에 영향을 미친다. 감정이 명료하게 표현될수록 수용자는 마치 그 감정이 이미 오래전부터 알고 있던 것이지만 이제야 제대로 표현되었다고 여기면서 작가와 혼연일체가 되는 만족감을 느끼기 때문이다.

예술 감염력을 증대시키는 것은 무엇보다도 예술가의 진실성이다. 관객이나 청중, 독자는 예술가 자신이 자기 작품에 감염되어 있고 다른 사람이 아니라 예술가 자신을 위해 글을 쓰고 노래하며 연주한다고 느낄 때, 비로소 예술가의 영혼의 상태에 감염된다. 반대로, 작가가 자기만족이 아니라 그저 그것을 받아들이는 수용자를 위해 글을 쓰고 노래하고 연주할 뿐 표현하려는 감정 자체를 느끼지 못하고 있다고 느낀다면, 독자나 관객이나 청중은 반감을 느끼게 되어 작가가 아무리 특별하고 새로운 감정에 교묘한 기술을 보여준다 하더라도 그것은 그 어떤 인상도 불러내지 못하고 거부감만 일으킬 것이다.

나는 이렇게 예술의 감염력과 가치에 대해 세 가지 조건을 언급하였으나, 그중 본질적인 것은 마지막 조건, 즉 예술가가 전달되는 감정을 표현해낼 수밖에 없는 그런 내적 필요성을 얼마나 직접 체험하고 있는가이다. 예술가가 진실하다면, 자신이 체험한 대로 감정을 표현할 것이므로, 이 세 번째 조건 속에는 첫 번째 조건이 포함되어 있다고 볼 수 있다. 모든 사람은 서로 다르고 감정이란 것도 저마다 독특하기 때문에, 예술가가 더 깊은 내면으로 천착하여 더 내밀하고 더 진솔한 감정을 뿜어낼수록 그 감정은 더욱더 독특하고 특수한 것이 된다.

그러므로 이 세 번째 조건, 진실성이야말로 세 조건 중에서 가장 중요하다. 민중 예술은 항상 이러한 진실성을 지니고 있으며 그로 인해 강한 감염력을 발휘한다. 그러나 예술가들이 자기 개인의 이익이나 허영을 위해 끊임없이 모조품을 가공해내는 우리 시대 상류계급의 예술에는 그런 진실성이라곤 거의 전적으로 결여되어 있다.

이상이 진정한 예술과 모조 예술을 구별하고 내용과 관계 없이 예술작품의 가치를 규정해주는 세 가지 조건이다.

이러한 조건 중 하나만 결여되어도 그 작품은 예술이 아니라 모조품에 속하게 된다. 어떤 작품이 예술가의 개별적인 독특한 감정을 전달하지 못한다면, 따라서 독특하지 못하다면, 그리고 애매하게 표현되거나 작가의 내적 필요성에서 발원하는 것이 아니라면, 그것은 예술작품이 되지 못한다. 하지만 아주 약간일망정 위의 세 조건을 충족하고 있다면 그 작품은 비록 허약하긴 해도 예술작품이라 할 수 있다.

독특성, 명료성, 진실성의 수준은 정도의 차이가 있을 수 있고, 그 정도에 따라 예술작품은 그 내용과 무관하게 예술 적 가치가 정해진다. 모든 예술작품은 제각각 세 조건을 얼마나 어떻게 구현하는가에 따라 그 가치가 정해지는 것이다. 어떤 작품에는 전달되는 감정의 독특성이 돋보이는 반면, 다른 어떤 작품에는 표현의 명료성이, 또 어떤 작품에는 진실성이, 또 다른 작품에는 진실성과 독특성이 돋보이지만 명료성이 부족하고, 또 어떤 작품에는 독특성과 명료성이 돋보이지만 진실성이 부족하다, 등등 실제 작품에 이 세 조건이 결합되어 나타나는 정도는 몹시 다양하다.

이렇듯 예술과 비예술은 구별되며, 예술은 그 내용과 무관하게, 즉 그것이 전달하는 감정이 좋으냐 나쁘냐와 무관하게 위와 같은 세 조건에 따라 그 가치가 규정된다.

16.   좋은 예술의 내용

그렇다면 내용이 좋은 예술과 내용이 나쁜 예술은 무엇으로 정의할 수 있는가?

예술은 언어와 더불어 소통의 수단이며, 따라서 완성을 향해 나아가는 인류의 전진 운동, 즉 진보의 한 수단이다. 동시대의 가장 앞서가는 사람들은 앞선 세대의 사유와 경험을 통해 모든 것을 인식하게 되는데, 언어는 그 모든 것을 다시 다음 세대가 알 수 있게 해준다. 예술 역시 지금 살아가는 사람들이 그들 이전 사람들이 지금까지 경험한 모든 감정, 그리고 현재의 가장 앞서가는 훌륭한 사람들이 경험하는 모든 감정을 체험할 수 있게 해준다. 지식이 진화하듯이, 즉 더 참되고 더 필요한 지식이 잘못되고 불필요한 지식을 몰아내고 대체하듯이, 마찬가지로 감정 역시 예술을 수단으로 하여 진화해간다. 즉 저급한 감정들, 덜 필요하고 덜 선량한 감정들이 인간의 행복을 위해 더욱 필요하고 선한 감정들로 대체되어 간다. 예술의 사명은 바로 여기에 있다. 따라서 이러한 사명을 더욱 충실하게 수행할수록 예술은 그 내용상 더 훌륭한 예술이며, 그 사명을 수행하지 못할수록 더 나쁜 예술이 되는 것이다.

감정에 대한 가치평가, 즉 어떤 감정이 인간의 행복을 위해 필요하고 좋은 것인가 하는 문제는 그 시대의 종교의식에 따라 이루어진다.

역사상 어느 시대 어느 사회에나 그 사회 사람들이 도달한 삶의 의미에 대한 최고의 이해가 존재하고, 그것이 그 사회가 지향하는 최고의 행복을 규정한다. 삶의 의미에 대한 그러한 최고의 이해는 바로 그 시대, 그 사회의 종교의식이다. 그리고 이 종교의식은 항상 그 사회의 선지자들에 의해 분명하게 표현되고 만인에 의해 어느 정도 생생하게 감지되는 것으로, 표현이야 다를 수 있지만, 어느 사회에나 늘 존재한다. 어느 사회에 그러한 종교의식이 존재하지 않는 것으로 보인다면, 그것은 그 종교의식이 실제로 존재하지 않아서가 아니라 우리가 그것을 보고 싶어 하지 않기 때문에 그렇게 보일 뿐이다. 우리가 종종 그러한 종교의식을 보고 싶어 하지 않는 까닭은 그 종교의식이 그에 일치하지 않는 우리의 삶을 폭로하기 때문이다. 한 사회의 종교의식은 흐르는 강물의 방향과도 같다. 만일 강이 흐르고 있다면 흐르는 방향이 있는 법이다. 마찬가지로 사회가 살아 있다면, 그 사회에는 그 사회가 나아갈 방향을 가리키는 종교의식이 있고, 그 사회 모든 사람은 어느 정도 의식적으로 그 방향을 따라 나아가고 있다는 것을 의미한다.

이와 같이 항상 종교의식은 어떤 사회에나 존재했고 지금도 마찬가지다. 그리고 예술에 의해 전달되는 감정은 언제나 이 종교의식에 의해 평가되어왔다. 바로 이러한 종교의식에 근거할 때에만 우리는 수없이 다종다기한 예술 속에서 그 시대 종교의식을 구현하는 감정을 전달하는 예술을 구별해 낼 수 있다. 그리고 그런 예술은 항상 고귀하게 평가되고 장려되어왔다. 반면 이전 시대의 종교의식에서 흘러나온 감정을 전달하는 예술은 이미 낡거나 수명이 다한 예술로서 항상 비난과 경멸의 대상이었다. 물론 나머지 모든 예술도, 즉 그저 사람들 사이의 소통의 수단으로 활용되는 온갖 다양한 감정을 전달하는 모든 예술도, 만일 그것이 그 시대 종교의식에 반하는 것만 아니라면, 최소한 비난받지 않고 허용될 수 있었던 것은 사실이다. 그리하여 이를테면, 그리스인에게는 미와 힘, 용기 따위의 감정을 전달하는 예술(헤시오도스, 호메로스, 페이디아스의 작품들)이 특별히 인정받고 장려되었으며, 야비한 정욕과 우울, 나약함 따위의 감정을 전달하는 예술은 비난과 경멸의 대상이었다. 유대인에게는 유대 신과 계율에 대한 헌신과 복종의 감정을 전달하는 예술(창세기의 일부, 일부 예언서와 시편)이 대접받고 장려되었으며, 우상숭배의 감정을 전달하는 예술('황금 송아지')은 비난과 경멸을 받았다. 하지만 나머지 모든 예술 즉 단편소설이나 노래, 춤, 건축이나 가구나 의복 장식 따위는 종교의식에 반하지만 않는다면 특별히 인정을 받지도, 비난을 받지도 않았다. 바로 이렇게 예술은 언제 어디서나 그 내용에 따라 평가되어왔는 바, 마땅히 그래야만 했던 이유는 예술에 대한 그러한 태도가 인간 본성에서 기원한 것이며 그 본성은 전혀 변하지 않았기 때문이다.

종교란 인류가 극복해낸 일종의 미신에 지나지 않으며, 따라서 우리 시대 사람들에게 공통적으로 예술을 평가해낼 만한 종교의식이란 상정할 수 없다는 견해가 오늘날 널리 유포되어 있다는 사실을 나는 알고 있다. 그리고 우리 사회의 자칭 교양인이라는 자들에게 그러한 견해가 널리 확산되어 있다는 사실도 알고 있다. 진정한 의미에서 그리스도교를 인정하지 않는 자들, 따라서 온갖 철학과 미학론을 꾸며내어 자기들 삶의 무의미와 배덕함을 감추려는 자들이 달리 어떻게 생각할 수 있을 것인가. 이런 사람들은 고의적으로, 아니 때로는 무심결에 종교 의례와 종교의식을 개념적으로 혼동함으로써, 종교 의례를 거부한다고 생각하면서 종교의식마저 거부해버리곤 한다. 그러나 오히려, 종교에 대한 이러한 공격과 우리 시대 종교의식에 반하는 세계관을 구축하려는 모든 시도는, 종교의식이 분명히 존재하여 사람들의 반종교적 삶을 폭로하고 있다는 점을 무엇보다 명백하게 반증하는 것이다.

만일 인류가 진보한다면, 즉 앞으로 나아가는 운동을 한다면, 이 운동의 방향을 가리키는 지표가 반드시 존재하기 마련이다. 그 지표가 바로 종교다. 모든 역사가 보여주는 바와 같이, 인류의 진보는 바로 이 종교의 지도하에 이루어졌다. 만일 종교의 지도력 없이는 인류의 진보가 이루어질 수 없는 것이라면(하지만 인류는 항상 진보하고 있고, 우리 시대에서도 그것은 마찬가지다), 우리 시대에도 종교는 필수불가결한 것이다. 우리 시대 소위 교양인이라는 사람들이 이러한 사실을 인정하든 인정하지 않든, 그들 역시 종교의 존재 자체는 인정하지 않을 수 없다. 물론 이때의 종교는 가톨릭이냐 프로테스탄트냐 하는 의례로서의 종교가 아니라, 우리 시대에서도 진보의 지표로서 필수불가결한 그런 종교의식을 말한다. 만일 우리에게 그러한 종교의식이 존재한다면, 우리 시대 예술도 바로 그 종교의식에 근거하여 평가되지 않으면 안 된다. 언제 어디서나 그래왔듯, 저 수많은 예술 중에서 우리 시대 종교의식에 기원하는 감정을 전달하는 예술이 특별히 고귀하게 평가받고 장려되고, 그에 반하는 예술은 비난과 경멸을 받아야 하고, 대수롭지 않은 나머지 모든 예술은 특별히 인정받거나 장려될 필요도 없는 것이다.

가장 일반적인 실천적 의미에서 우리 시대 종교의식이라는 것은, 우리의 행복이 물질적인 것이든 정신적인 것이든, 개별적인 것이든 일반적인 것이든, 또 일시적인 것이든 영원한 것이든 우리 모두를 사랑으로 결합해주는 만인의 형제애적 삶에 함축되어 있다는 의식이다. 이런 의식은 그리스도와 이전 시대 모든 훌륭한 사람들에 의해 표명된 것이며, 우리 시대 훌륭한 사람들에 의해서도 너무나도 다양한 형태와 방법으로 되풀이되고 있다. 그뿐만 아니라 그것은 인류의 모든 복잡한 활동을 이끌어가는 일종의 실타래로서, 한편으로는 사람들을 하나가 되지 못하게 만드는 온갖 육체적·정신적 장애물을 제거하고, 다른 한편으로는 모든 사람을 하나의 전 세계적 형제애로 결합할 수 있고 해야만 하는 만인 공동의 원리를 확립하는 역할을 하고 있다. 이런 의식에 기반하여 우리는 우리 삶의 모든 현상과 예술을 평가해야 하고, 온갖 예술 중에서 이러한 종교의식에 기원하는 감정을 전달하는 예술을 가려내 높이 평가하고 장려하고, 그에 반하는 예술을 부정하고, 나머지 예술에는 그에 합당하지 않는 의미를 부여하지 않도록 해야 한다.

이른바 르네상스 시대 상류계급 사람들이 저지른 커다란 과오, 오늘날 우리가 여전히 계속하고 있는 과오는 종교예술에 의미를 부여하지 않았다는 점이 아니라(그 시대 사람들은 우리 시대 상류계급 사람들과 마찬가지로 대다수가 종교로 여기는 것을 신뢰할 수가 없었다), 퇴조하는 종교예술의 자리에 오로지 쾌락만을 목적으로 하는 하찮은 예술을 가져다 놓았나는 점이다. 즉 그들은 어떻게 보아도 결코 평가하거나 장려할 수 없는 그런 예술을 종교예술이라며 추켜세우고 장려하였던 것이다.

어떤 교부의 말에 따르면, 사람들의 커다란 불행은 신을 알지 못하는 것이 아니라 신의 자리에 신 아닌 것을 가져다 세우는 것이다. 우리 시대 상류계급 사람들의 가장 커다란 불행, 그것은 그들에게 종교예술이 없다는 점에 있다기보다, 특히 중요하고 가치 있는 예술로서 여타의 모든 예술 중에서 가려낸 최고의 종교예술이 있어야 할 자리에 가장 하찮고 해로운 예술, 일부 소수의 쾌락만을 목적으로 하는 예술, 그 배타성 하나만으로도 우리 시대 종교의식을 구성하는 전 세계인의 형제애적 결합이라는 그리스도교 원리에 반하는 그런 예술을 가져다 놓았다는 점에 있다. 공허하고, 때로는 혐오스러운 예술이 종교예술의 자리에 대체됨으로써 삶을 개선하기 위해 존재해야만 하는 진정한 종교예술에 대한 필요성은 어디론지 은폐되어버린 것이다.

우리 시대 종교의식의 요구를 충족하는 예술은 이전 예술과 완전히 다른 것은 사실이지만, 그런 상이함에도 불구하고 고의적으로 자기 자신에게 진리를 숨기지 않는 사람이라면 누구나 우리 시대 종교예술을 구성하는 것이 무엇인지 매우 분명하게 알 수 있다. 옛날에는 최고의 종교의식이 특정한 사회 집단만을, 즉 비록 그 단위가 크다 해도 사회의 일부분이었을 뿐인 유대인, 아테네인, 로마 시민들과 같은 한 집단을 결합하는 것이었다. 따라서 그 시대 예술에서 전달되는 감정은 그 사회의 권력, 위대함, 영광과 안녕에 대한 욕망에서 나온 감정이었고, 힘과 간계, 책략, 잔인성으로 그러한 욕망을 실현하려는 인물이 주인공(오디세우스, 야곱, 다윗, 삼손, 헤라클레스 및 그 밖의 영웅들)이 될 수 있었다. 하지만 우리 시대 종교의식은 어느 하나의 사회 집단을 특정하지 않고, 그 반대로, 어느 하나 예외 없이 모든 사람을 결합할 것을 요구하며, 다른 어느 덕목보다 만인에 대한 형제애를 높이 내세우는 것이다. 따라서 우리 시대 예술에 의해 전달되는 감정은 이전 시대 예술에 의해 전달되는 감정과 일치할 수 없을뿐더러 오히려 그에 대립되는 것일 수밖에 없다.

진정한 그리스도교 예술은 오랫동안 확립되지 못한 상태였고 오늘날에도 아직 확립되어 있지 못하다. 그리스도교 종교의식은 인류가 일정하게 움직여가는 작은 발걸음 중 하나가 아니라 삶에 대한 모든 이해와 그 모든 내적 구조를, 비록 지금 당장 완전히는 아니라 할지라도, 장차 반드시 바꾸어 놓고야 말 거대한 변혁이기 때문이다. 개별적인 인간의 삶과 마찬가지로 인류의 삶은 일정하게 움직여가는 것이지만, 그 일정한 움직임 가운데 이전의 삶과 이후의 삶을 현격하게 구분하는 전환점 같은 것이 존재한다. 인류에게 이러한 전환점이 바로 그리스도교다. 적어도 그리스도교 종교의식으로 살아가는 우리는 그렇게 생각하지 않으면 안 될 것이다. 그리스도교 의식은 사람들의 감정에 전과는 다른 새로운 방향을 부여하였고, 그에 따라 예술의 내용과 의미도 전혀 다른 것으로 일변하였다. 그리스인이 페르시아 예술을, 로마인이 그리스 예술을, 유대인이 이집트 예술을 활용할 수 있었던 것은 그들의 근본적인 이상이 같은 것이었기 때문이다. 페르시아인이나 그리스인, 로마인에게 이상은 똑같이 그들의 위대함과 행복이었다. 따라서 동일한 예술이 서로 다른 조건에서 새로운 민족에게 적용될 수 있었던 것이다. 그러나 그리스도교 이상은, "사람들 사이에 위대했던 것이 하느님 앞에서 천한 것이 되었느니라"라는 복음서의 말처럼 일체를 바꾸고 뒤집어 놓았다. 이제 파라오와 로마 황제의 위대함, 그리스의 아름다움이나 페니키아의 부가 아니라, 오로지 온유함과 순결함, 연민과 사랑만이 이상이었다. 주인공은 부자가 아니라 가난한 나사로였다. 아름다운 시절이 아니라 회개한 이후의 이집트의 마리아, 부를 긁어모은 자가 아니라 나누어준 자, 궁전이 아니라 무덤이나 오두막에 사는 자, 다른 사람에게 권력을 휘두르지 않는 자, 신 외의 어떤 권세도 인정하는 않는 자, 이런 사람들이 주인공이 되었던 것이다. 그리하여 최고의 예술작품은 승자의 동상이 세워진 승리의 전당이 아니라 고통받고 죽임을 당하는 자가 오히려 박해자를 동정하고 사랑하는, 오로지 사랑을 구현하는 인간 영혼의 표현이었다.

이러한 이유로 그리스도교 세계의 사람들도 그들의 삶이 자라 나온 이교도 예술의 타성에서 벗어나기가 힘들었다. 그리스도교 예술의 내용은 그들에게 너무나 새롭고, 그들이 예술로 여겨왔던 이전의 예술 내용과 너무나 달랐기 때문에, 그리스도교 예술은 예술을 부정하는 것이라 여겨졌다. 그리하여 그들은 절망적으로 낡은 구예술을 붙잡고자 매달렸다.

하지만 이 구예술은 우리 시대에 이르러 더 이상 종교의식에 뿌리를 두지 않고 있으며 그 의미를 모두 상실한 것으로, 싫든 좋든 우리는 그것을 거부해야만 한다.

그리스도교 의식의 본질은 복음서(요한복음 17:21)에 나오듯이, 모든 인간이 신의 자식이고 인간과 신, 인간과 인간이 하나임을 인정하는 것이다. 따라서 그리스도교 예술의 내용은 인간과 인간, 인간과 신의 결합을 도모하는 감정을 담아내는 것이어야 한다.

인간과 인간, 인간과 신의 결합이라는 것은, 온갖 곳에서 잘못 사용되고 있는 것에 길들여진 사람들에겐 모호하게 들릴 수 있겠지만, 매우 명료한 의미를 지닌 말이다. 이 말은 부분적이고 예외적인 일부가 아니라 단 하나도 빠짐없는 만인의 결합을 뜻한다.

예술은 그 어떤 예술이라도 나름대로 사람들을 결합시키는 능력을 지니고 있다. 어떤 예술이든, 예술가에 의해 전달되는 감정을 수용하는 사람들이 첫째, 예술가와 둘째, 똑같은 인상을 받은 모든 사람과 영혼으로 결합하게 해준다. 그러나 비그리스도교 예술은 일부 사람만을 결합함으로써 다른 사람들과 그들을 분리시키고, 이 부분적 결합으로 인해 사람들을 서로 분리시킬 뿐만 아니라 적대적으로 만들기까지 한다. 국가나 송시, 기념비 따위와 같은 모든 애국적 예술이 그러하며, 성상이나 성상화, 종교행진, 예배, 예배당과 같은 우상을 숭배하는 교회 예술 역시 그러하며, 모든 전쟁 예술, 그리고 다른 사람을 억압하는 사람, 부유한 유한계급에만 허용되는 고급 예술, 본질적으로 음탕할 뿐인 예술이 모두 그러하다. 그러한 예술은 낡은 예술로서 사람들을 더욱 현격하게 구분 짓고 심지어 적대적으로 만드는 예술, 일부의 사람만을 결합하는 비그리스도교 예술이다. 그리스도교 예술은 신 앞에서 모두가 동등하다는 의식을 사람들 마음속에 불러일으키거나, 그리스도교 정신에 반하지 않으면서 가장 담백하지만 예외 없이 만인에게 고유한 그런 감정을 불러일으킴으로써 어떤 예외도 없이 만인을 결합하는 예술이다.

우리 시대 훌륭한 그리스도교 예술은 그 형식의 결함이나 혹은 그에 대한 사람들의 몰이해로 인해 사람들에게 이해되지 않을 수도 있지만, 그러나 사람들이 그 예술에 의해 전달되는 감정을 그대로 체험할 수 있는 그러한 예술이 되어야만 한다. 그것은 어떤 한 집단이나 계층, 하나의 민족이나 종교 집단의 예술이어서는 안 된다. 즉 소위 교양인이나 귀족, 상인에게만, 혹은 러시아인이나 일본인에게만, 가톨릭교도나 불교도에게만 다가가는 감정이 아니라 만인에게 공통으로 다가가는 감정을 전달하는 것이어야 한다. 바로 그러한 예술만이 우리 시대의 훌륭한 예술로 인정될 수 있고 다른 모든 구 예술과 구별하여 장려되어야 한다.

그리스도교 예술, 우리 시대 예술은 '가톨릭적catholic' 즉 말뜻 그대로 전 세계적인 예술이어야 하며, 따라서 만인을 결합하는 예술이어야 한다. 만인을 결합하는 것은 단 두 가지 종류의 감정이다. 모두가 신의 자식이며 형제애로 결합되어 있다는 의식에서 나오는 감정, 그리고 가장 담백한 일상의 것이지만 예외 없이 모든 사람에게 공유되는 명랑함과 온유함, 용기, 평온함 등과 같은 감정이 바로 그것이다. 바로 이 두 종류의 감정이 우리 시대 훌륭한 예술의 내용을 구성하는 것이다.

겉보기에 서로 달라 보이는 이 두 가지 예술 활동이 가져오는 효과는 동일하다. 신의 자식이며 만인이 형제라는 의식에서 나온 감정, 즉 그리스도교 의식에서 연원하는 진리에 대한 군건한 믿음, 신의 의지에 대한 복종, 헌신, 인간에 대한 존경과 사랑의 감정과, 만인에게 이해되는 재미난 농담이나 노래, 감동적 이야기나 그림, 인형극 따위에서 받을 수 있는 가장 담백한, 온유하거나 명랑한 감정, 이 두 감정이 야기하는 효과는 단 하나, 사람들을 사랑으로 결합하는 것이다. 사람들은 함께 있으면서 적대적이지는 않더라도 서로 낯설다는 기분이나 감정을 느낄 수가 있는데, 그런 경우 갑자기 어떤 이야기나 공연, 그림, 심지어 건축, 그리고 무엇보다 음악 따위가 전기 불꽃처럼 그들을 자극하여 모두를 하나가 되게 만들 수 있다. 그러면 이 사람들은 이전의 고립성이나 적대감에서 벗어나 서로가 사랑으로 하니 됨을 느끼게 된다. 사람들은 누구나 다른 사람이 똑같은 것을 느끼고 있다는 사실에 기뻐하고, 함께 있는 그들뿐만 아니라 그 시대를 살아가며 동일한 인상을 받는 사람들 사이에 이루어지는 그러한 소통에 대해 기뻐하게 된다. 그뿐만 아니라 그들은 같은 감정을 느끼는 과거의 모든 사람과, 그리고 같은 감정을 체험하게 될 미래의 사람들과 무덤을 초월하여 교감하는 내밀한 기쁨도 맛보게 된다. 바로 이처럼, 신과 만인에 대한 사랑의 감정이 만들어내는 예술과 만인에게 공통적인 가장 담백한 감정을 담은 일상의 예술은 동일한 하나의 효과를 만들어낸다.

우리 시대의 예술과 이전의 예술은 주로 어디에서 차이가 나는가. 우리 시대 예술, 즉 그리스도교 예술은 사람들의 결합을 요구하는 종교의식에 기반하여 사람들을 결합하기보다 분리하는 감정을 전달하는 모든 예술을 나쁜 예술의 범주에 넣고 좋은 예술의 범주에서 배제한다. 그리고 이와 반대로 이전에 특별히 존중받지 못했던 예술, 아주 의미심장한 감정은 아닐지라도 예외 없이 만인에게 다가가고 만인을 결합해주는 그런 감정을 전달하는 전 세계적 의미의 예술을 내용상 훌륭한 예술로 산정한다.

그러한 예술은 우리 시대 그리스도교 의식이 인류 앞에 제시하고 있는 바로 그 목적을 달성하고 있기 때문에 훌륭한 예술로 인정되지 않을 수 없다.

그리스도교 예술은 신과 이웃에 대한 사랑을 통해 사람들을 더욱 커다란 결합으로 이끌어가고 그러한 결합을 수행할 역량을 육성하는 감정을 불러일으키거나, 혹은 사람들이 이

미 일상의 기쁨과 슬픔으로 하나로 결합되어 있다는 감정을 불러일으킨다. 따라서 우리 시대의 그리스도교 예술은 두 종류가 가능하다. 첫째, 이 세계 속에서 신과 이웃에 대해 인간이 처해 있는 지위가 어떠한가 하는 종교의식에서 연원하는 감정을 전달하는 예술 즉 종교예술, 둘째, 세상 만인이 다가갈 수 있는 가장 담백한 일상적 감정들을 전달하는 예술 즉 전 세계적 예술이다. 이 두 가지 종류의 예술이 우리 시대 훌륭한 좋은 예술로 간주될 수 있다.

첫 번째 종류의 예술, 즉 신과 이웃에 대한 사랑과 같은 긍정적 감정과 마찬가지로 사랑의 침해에 대한 분노와 공포와 같은 부정적 감정을 전달하는 종교예술은 주로 언어의 형식으로, 그리고 부분적으로 회화와 조각의 분야에서 구현된다. 두 번째 종류의 예술, 즉 만인에게 다가가는 감정을 전달하는 전 세계적인 예술은 언어나 회화, 조각, 춤, 건축, 그리고 주로 음악에서 구현된다.

만일 근대 예술에서 이 두 종류의 예술 각각의 예를 제시하라면, 나는 신과 이웃에 대한 사랑에서 나온 최고의 종교예술의 전범으로 문학 분야에서 실러의《군도》를 꼽을 수 있고, 더 최근의 작품을 들라면 빅토르 위고의 〈가난한 사람들 *Les pauvres gens*〉과 《레미제라블》, 디킨스의 소설 《두 도시 이야기》,《종소리: 묵은해를 보내고 새해를 맞이하는 종들의 유령 이야기》, 스토 부인의《톰 아저씨의 오두막》,《죽음의 집의 기록》과 같은 도스토옙스키의 작품, 조지 엘리엇의《아담

비드》같은 작품 등을 꼽을 수 있다.

　근대 회화에서는, 이상하게 들릴지 몰라도, 신과 이웃에 대한 사랑이라는 그리스도교의 감정을 직접적으로 전달하는 작품은 거의 찾아볼 수 없다. 특히 저명한 화가 중에서는 더욱 그러하다. 복음서의 내용을 그린 장면들이 많이 있긴 하지만 그런 것들은 대단히 정밀하게 역사적 사건을 전달하고 있을 뿐 종교적 감정은 전달하지도 전달할 수도 없다. 애초에 작가들에게 그런 감정이 존재하지 않기 때문이다. 다양한 사람들의 개인적 감정을 묘사한 그림도 많이 있지만 자기 헌신과 그리스도교의 사랑을 전달하는 그림은 매우 적다. 그런 그림들은 주로 그다지 알려지지 않은 화가들이 그려냈지만, 그나마 대체로 스케치 형태의 미완성 작품인 경우가 많다. 크람스코이[93]의 스케치 하나가 바로 그러한데 다른 많은 그의 완성된 그림들에 필적할 만하다. 발코니가 있는 응접실, 저 밖으로는 개선하는 군대가 당당하게 귀환하고 있다. 발코니에는 아이를 안은 유모와 어린 소년이 서 있다. 그들은 군대 행렬에 넋이 빠져 있다. 하지만 어머니는 소파 등받이에 몸을 기대고 수건으로 얼굴을 가린 채 흐느끼고 있다. 앞서 언급했던, 영국 노동자들을 그린 랭글리의 그림도 그렇고, 난파선을 구조하기 위해 폭풍우를 뚫고 달려가는 구명정

93　크람스코이Ivan Kramskoy(1837~1887). 러시아 리얼리즘 화가로 아카데미 화풍을 벗어나 일상의 현실로 나아간, 이른바 이동파 화가의 대표주자.

을 그린 프랑스 화가 모를롱[94]의 그림도 그러하다. 일하는 노동자에 대한 존경과 사랑을 담아 이런 예술에 아주 근접한 작품들도 있다. 밀레의 그림, 특히 〈괭이 옆에서 휴식하는 일꾼〉이 그러하고, 쥘 브르통, 레르미트, 데프레거의 그림도 이런 종류의 예술에 속한다. 신과 이웃에 대한 사랑을 훼손하는 것에 대한 분노와 공포를 불러일으키는 그림의 전범이라면 니콜라이 게[95]의 〈심판〉과 리젠메이어[96]의 〈사형 선고의 서명〉을 꼽을 수 있다. 그러나 이러한 종류의 그림들 역시 매우 적고 기교와 미에 대한 집착이 과하여 제대로 감정을 담아내지 못하는 경우가 많다. 이를테면 제롬[97]의 〈패배자에게 죽음을〉이라는 그림은 사태에 대한 공포의 감정보다 구경거리 자체에 대한 탐닉에 더 빠져 있다.

근대 상류계급에서 훌륭한 전 세계적 일상의 예술이라는 두 번째 종류의 예술적 전범을 꼽는 일은 훨씬 어렵다. 특히 문학과 음악에서 그러하다. 만일 내적인 내용으로만 본다면, 세르반테스의 《돈키호테》, 몰리에르의 희극, 디킨스의 《데이비드 코퍼필드》《픽윅 보고서》, 고골과 푸시킨의 중편들, 혹은 모파상의 일부 작품들이 이런 종류에 속한다고 볼 수 있겠으나, 전달하는 감정이 매우 한정되고 있고, 특정한 시간

---

94 모를롱Paul Emile Antony Morlon(1834~1905). 프랑스 화가.
95 게Nikolai Ge(1831~1894). 러시아 리얼리즘 화가.
96 리젠메이어Sándor Liezen-Mayer(1839~1898). 헝가리 출신 독일 화가.
97 제롬Jean-Leon Gerome(1824~1904). 프랑스 화가.

과 장소에 대한 세부 묘사가 너무 과도하다. 이런 작품들은, 특히 고대의 전 세계적 예술, 이를테면 성 요셉에 대한 이야기와 비교해보면, 그 내용이 빈약하여 자기가 속한 특정 집단이나 민족에게나 다가갈 법한 것들이다. 아버지가 요셉을 귀여워하는 것을 시기하여 형제들이 요셉을 상인에게 팔아넘긴 것, 포티파르의 아내가 요셉을 유혹하려 한 것, 요셉이 높은 지위에 올라 사랑하는 아우 벤야민과 모든 다른 형제들을 동정한 것, 이런 모든 것들은 러시아 농민에게도, 중국인이나 아프리카 사람에게도, 아이나 노인에게도, 교양 있는 자나 교양이 없는 자에게도 다 같이 받아들여질 수 있는 감정이다. 더구나 이 모든 것은 지나친 세부 묘사에 빠지지 않고 아주 절제 있게 표현되어 어떤 다른 환경에 옮겨놓더라도 모두에게 쉽게 이해되고 감동을 준다. 그러나 몰리에르의 주인공이나 돈키호테의 감정은 그러하지 못하며(물론 몰리에르는 빼어난 근대 예술가이자 아주 친민중적인 작가다), 픽윅과 그 친구들의 감정은 더욱 그러하지 못하다. 이런 감정들은 매우 예외적이고 배타적이며 범인류적이지 못하기 때문에 그 전염력을 높이기 위해 작가들은 시간과 장소에 대한 과도한 세부 묘사를 늘어놓기 마련이다. 그렇게 과도한 세부 묘사로 인해 그런 작품들은 더욱 배타적인 작품이 되어 작가가 속한 환경 너머에 사는 사람들로선 더욱 납득하기 어려운 것이 된다.

요셉의 이야기에서는 피투성이가 된 요셉의 옷이나 야곱

의 집과 옷, 포티파르 아내의 자태와 의상, 그녀가 왼손의 팔찌를 매만지며 "이리 들어오세요" 하고 말하는 대목 따위를 요즘 작가들처럼 상세하게 늘어놓을 필요가 없었다. 이 이야기에서 다루는 감정의 내용은 무척이나 강렬한 것이어서, 이를테면 요셉이 울기 위해 다른 방으로 간다는 것과 같은 가장 필수적인 장면을 제외한 나머지 세부 묘사는 감정 전달에 방해가 되는 쓸데없는 것일 뿐이다. 그리하여 이 이야기는 남녀노소를 가리지 않고 모든 민족 모든 계층에게 감동을 주며 오늘날까지 이어져 왔고 앞으로도 수천 년 동안 전해질 것이다. 그러나 오늘날 우리 시대 훌륭하다고 손꼽히는 소설들에서 세부 묘사를 제거해버린다면 대체 무엇이 남겠는가?

이처럼 근대문학에서 전 세계성이라는 요구를 완전히 충족한 작품을 꼽기란 불가능하다. 심지어 그 비슷한 것이 있다 하더라도 대부분 소위 리얼리즘이라는 것, 더 정확히 말하자면 예술에서의 지방주의 같은 것으로 훼손되어 있다.

음악에서도 문학에서와 마찬가지의 동일한 원인으로 똑같은 일이 벌어지고 있다. 내용의 빈곤, 감정의 빈곤으로 인해 근대 음악가들의 멜로디는 놀라우리만치 무의미하다. 무의미한 멜로디가 만들어내는 인상을 개선하기 위해 근대 음악가들은 전혀 보잘것없는 하나의 멜로디에다 자기 민족의 민속적 요소뿐만 아니라 자기들 일부 집단이나 일부 음익 유파에만 고유한 요소들을 복잡하게 가미한 변주음을 중첩하여 덧대기 일쑤다. 모든 멜로디는 자유롭고 만인에게 이해되기 마련이다. 그러나 특정한 화음이 중첩되고 덧대어지면 그 화음 형식에 익숙하지 않은 다른 민족이나 다른 집단 사람들에게 그 멜로디는 전혀 이질적이고 낯선 것이 되어버린다. 그리하여 음악은 시와 마찬가지로 거짓된 위선적 궤도를 맴돌게 된다. 보잘것없고 배타적인 멜로디는 매력적으로 보이기 위해 복잡다단한 화음이나 리듬, 관현악으로 거듭 가미됨으로써 더욱더 배타적인 것이 되어, 전 세계적이기는 고사하고 자기가 속한 민족에게도 제대로 이해되지 못한다. 즉 전 민중이 아니라 일부 사람들에게만 수용 가능한 음악이 되는 것이다.

일부 작곡가의 행진곡과 춤곡을 제외하고 전 세계적 예술이라는 요구에 근접하는 음악으로 꼽을 수 있는 것은 러시아에서부터 시작하여 중국에 이르는 다양한 민족들의 민요뿐이다. 전문적인 음악에서는 아주 일부 작품들만이 그러하다. 바흐의 유명한 바이올린 아리아, 쇼팽의 야상곡, 그리고 어쩌면 하이든과 모차르트, 슈베르트, 베토벤, 쇼팽의 작품 중에서 10여 편 정도, 그것도 전곡이 아니라 부분 부분을 그런 음악의 전범으로 꼽을 만하다.[98]

___

98 (원주) 내가 훌륭하다고 여기는 예술의 전범을 제시하면서, 나는 내가 선별한 것이 특별하다고는 생각하지 않는다. 나는 모든 예술 영역에 대한 정통한 견해를 가지고 있지 않을뿐더러 여러모로 왜곡되고 거짓된 취향으로 교육을 받은 계층에 속하는 사람이기 때문에, 몸에 밴 낡은 습관에 젖어 젊은 시절 받았던 인상을 절대적으로 좋은 것이라고 생각하는 오류를 저지르고 있는지도 모른다. 그러나 그럼에도 불구하고 내가 두 종류의 예술의 전범을 이렇게 제시하는 이유

회화에서도, 시나 음악에서처럼, 빈약한 의미의 작품을 더욱 흥미롭게 보이기 위해 일시적이고 지엽적인 흥미를 줄 수 있는 꼼꼼히 연구된 시공간적 부속물들을 세부 묘사로 동원하는 일이 반복되고 있다. 그러나 그럴수록 그런 작품들은 더욱더 전 세계적인 보편적 작품이 되지 못할 뿐이다. 그러나 그럼에도 불구하고 회화에는 전 세계적 그리스도교 예술의 요구를 충족하는 작품들, 즉 모든 사람에게 다가갈 수 있는 감정을 표현하는 작품들이 다른 예술보다 많은 것이 사실이다.

회화나 조각의 영역에서 내용상 전 세계적인 작품들은, 이를테면 동물화, 그리고 풍경화, 모두에게 내용이 이해될 수 있는 풍자화, 그리고 장식 예술품 등이 있다. 회화와 조각(도자기 인형들) 분야에서 그런 작품들은 매우 많지만, 온갖 장식 예술과 마찬가지로 그런 작품들 대다수는 예술로 취급되지 않거나 저급한 예술 정도로 간주된다. 하지만 사실은, 만일 예술가의 진실한 감정(아무리 하찮은 것으로 보일지라도)을 전달하고 만인에게 이해되는 것이라면, 그와 같은 작품들도 진정으로 훌륭한 그리스도교 예술이 될 수 있다.

는 오로지 나의 생각을 더욱 분명히 하고 지금 나의 시각에서 내용상 예술의 가치를 어떻게 이해하고 있는가를 보여주기 위함이다. 여기에 덧붙여 나는, 첫 번째 종류 예술에 포함시켰으면 하는 〈신은 진리를 보고 계시다〉와 두 번째 종류 예술에 포함시킬 만한 〈코카서스의 포로〉를 제외하고, 나 자신이 집필한 나머지 예술작품들을 나쁜 예술의 영역에 포함시키고 있다는 점을 밝혀두고 싶다.

이렇게 말하면 혹시, 내가 미의 개념이 예술의 대상이라는 것을 부정하면서 장식품들을 훌륭한 예술의 대상이라고 인정하고 있으니 모순이 아니냐고 비난하는 사람이 있을지 모른다. 그러나 그런 비난은 합당치 않다. 모든 장식 예술의 내용은 미 자체가 아니라, 예술가가 체험하고 전하는 선과 색의 배합에 대한 찬탄과 매혹의 감정이기 때문이다. 예술이란, 예나 지금이나, 한 사람이 어떤 감정을 체험하고 이를 다른 사람에게 전달하여 감염시키는 것 이외의 다른 것일 수 없다. 보기에 좋은 것에 대한 매혹의 감정도 이런 감정 중 하나다. 그러나 눈을 즐겁게 하더라도, 소수의 사람에게 즐거운 것이 있고, 혹은 더 많은 사람, 혹은 만인에게 즐거운 것이 있을 수 있다. 모든 장식품은 주로 후자에 속한다. 몹시 특수한 지역성을 띠는, 즉 아주 특수한 장르의 풍경화는 모든 사람의 마음에 들 수는 없지만, 장식품들은 야쿠트족으로부터 그리스인에 이르기까지 누구에게나 인정되고 누구에게나 동일한 매혹을 불러일으킨다. 따라서 그리스도교 사회에서 경시되고 있는 이런 종류의 예술품들도 배타적이고 허식에 가득한 그림이나 조각상 따위보다 훨씬 높게 평가되지 않으면 안 될 것이다.

훌륭한 그리스도교 예술에는 이 두 종류의 예술만이 있을 뿐으로, 이 두 종류에 속하지 않는 나머지 다른 모든 것은 나쁜 예술로 간주되고 장려되어서는 안 될 것이다. 뿐만 아니라 사람들을 결합하는 것이 아니라 분열하게 만드는 예술로서 마땅히 추방되고 거부되고 경멸받아야 한다. 교회 숭배의 감정이나 애국적 감정, 그리고 절대다수의 사람에겐 결코 이해되지 못하고 오로지 부유한 유한계급에게만 속하는 배타적 감정들 즉 귀족적 명예나 권태, 우수, 비관, 성적 욕망에서 나온 세련된 방탕한 감정을 전달하는 모든 드라마와 소설, 시 따위가 모두 그러한 것들이다.

회화에서 배타적인 부유하고 나태한 생활의 즐거움과 매력을 그린 그림들, 거짓된 종교적 애국적인 그림들, 상징하는 의미가 특정한 범주의 사람들에게만 통하는 이른바 상징주의적 그림들, 특히 관능적 주제를 담은, 온갖 전시회나 화랑을 가득 채우고 있는 저 망측한 여성 나체화 따위들도 그와 마찬가지다. 우리 시대 실내악이나 오페라 따위의 음악도 거의 모두 이런 범주에 속한다. 베토벤에서 시작하여 슈만, 베를리오즈, 리스트, 바그너 등의 음악적 내용은 인위적이고 배타적인 복잡한 음악을 통해 신경증적 흥분을 자극받으며 즐기는 사람들에게나 이해될 수 있는 것들에 지나지 않는다.

"뭐라고, 베토벤의 9번 교향곡이 나쁜 예술에 속한다고?!" 이런 분노한 목소리가 내게 들려올 듯하다.

"한 치의 의심도 없이 그렇소."

나는 이렇게 답할 것이다.

내가 이렇게 거듭 반복하여 설명하는 것은 모두 예술작품의 가치를 판단할 수 있는 명확하고 합리적인 기준을 찾기 위해서였다. 명백한 상식에 일치하는 그 기준은 의심의 여지 없이 베토벤의 9번 교향곡이 훌륭한 예술작품이 아니라는 것을 보여준다. 물론, 어떤 작품과 작가를 숭배해온 사람들, 그리고 그런 숭배의 결과 왜곡된 취향에 젖은 사람들에게 그런 저명한 작품을 나쁜 예술이라고 규정하는 것은 너무나 놀랍고 이상한 일일 것이다. 그러나 이성과 건전한 상식이 그렇다는 것을 어쩌란 말인가.

베토벤의 9번 교향곡이 위대한 예술작품이라고들 한다. 이런 확신을 다시 검증하기 위해 나는 무엇보다 먼저 이렇게 자문해본다. 과연 이 작품은 최고의 종교적 감정을 전달하고 있는가? 나의 대답은 부정적이다. 음악이란 그 자체로 그런 감정을 전달하는 것이 아니기 때문이다. 그렇다면 더 나아가 이렇게 자문한다. 만일 이 작품이 최고의 종교예술에 속하는 것이 아니라면, 우리 시대 훌륭한 예술이 지니고 있는 다른 속성이라도 지니고 있는가? 아니면 전 세계적 일상적 그리스도교 예술에 속하기라도 하는가? 이에 대해서도 부정적으로 답하지 않을 도리가 없다. 왜냐하면 이 작품에 의해 전달되는 감정이 특별한 훈련을 받지 않은 사람들을 그 복잡한 최면술에 빠지게 하여 하나로 결합해줄 것이라고는 결코 생각할 수 없고, 정상적인 사람들이 이 길고 착종된 작품에서 불가해의 바다에 빠져 있는 일부 짤막한 대목들 이외에 대체 그 무엇을 이해할 수 있을 것인지 도저히 상상할 수 없기 때문이다. 따라서 나는 어쩔 수 없이 이 작품은 나쁜 예술에 속한다고 결론을 내릴 수밖에 없다. 이 교향곡의 마지막 부분에 실러의 시가 차용되어, 명확하진 않지만, 감정이 사람들을 결합하고 사람들 속에 사랑을 불러일으킨다(실러는 환희라는 하나의 감정에 대해 말한 바 있다)는 생각을 표현하고 있다는 점은 주목할 만하다. 실러에게서 차용된 환희의 송가가 교향곡 마지막에 합창으로 울려 퍼지긴 하지만, 음악은 이 시의 사상에 부합하지 않는다. 그 음악 자체는 만인을 결합하지 못하고 다른 사람들과 분리된 단지 일부의 사람만을 결합하는 배타적인 것이기 때문이다.

우리 사회 상류계급에서 위대하다고 간주되는 저 많고 많은 예술작품도 마찬가지로 이와 같은 평가를 받을 수밖에 없다. 문학에서 단테의《신곡》과 타소의《해방된 예루살렘》, 셰익스피어나 괴테의 대부분의 작품들, 라파엘로의《승천》등과 같이 기적을 그리는 그림들도 바로 이러한 확고부동한 단일한 기준에서 평가되어야 한다. 그 어떤 것을 예술작품이라고 내세운다 해도, 아무리 입에 발린 칭찬을 늘어놓는다 해도, 그 가치를 제대로 알기 위해서는 그 작품이 진정한 예술에 속하는가, 모조품에 지나지 않는가 하는 질문을 던질 필요가 있는 것이다. 비록 일부 소수의 사람에게라도 어떤 작품이 감염력을 지니고 있어 나름대로 예술의 영역에 속한다는 판단을 했다면, 보편성이라는 관점에서 다음과 같은 질문을 던져보아야 한다. 이 작품은 우리 시대 종교의식에 바하는 배타적이고 나쁜 예술에 속하는가, 아니면 사람들을 결합해주는 그리스도교 예술에 속하는가? 그리하여 그 작품이 진정한 그리스도교 예술에 속한다는 판단이 들면, 다음에는, 그 작품이 전달하는 감정이 신과 이웃에 대한 사랑에서 연원하는 감정인가, 혹은 만인을 결합하는 담백한 감정인가에 근거하여, 그 작품을 종교적 예술에 속하는지, 일상적 전 세계적 예술에 속하는지 분류해야 하는 것이다.

이와 같은 재검토를 바탕으로 우리는 비로소, 우리 사회에서 예술이라 불리는 것들의 산더미 속에서, 우리를 둘러싸고 있는 백해무익한 예술과 그 모조품들 속에서 진정으로 중요하고 절실한 정신의 양식을 가려낼 수 있을 것이다. 그러한 재검증을 통해서만 우리는 유해한 예술의 치명적 영향에서 벗어나 인간과 인류의 정신적 삶에 필수적이고 유익한 예술작품을 활용하고 진실하고 훌륭한 예술작품의 감화를 받을 수 있다. 그것이 바로 예술의 사명이다.

17.   왜곡된 예술의 치명적 결과

　예술은 인류의 진보를 이루는 두 기관 중 하나다. 인간은 말을 통해 생각을 교류하고 예술 형상을 통해 현재뿐만 아니라 과거와 미래의 모든 사람과 감정을 교류한다. 이러한 소통의 두 기관을 활용하는 것은 인류의 본성으로 그중 하나라도 손상된다면 그 손상이 발생한 사회에 해로운 결과가 초래되지 않을 수 없다. 그 해로운 결과는 두 가지 측면에서 나타나는데, 첫째, 그 기관에 의해 수행되어야 할 활동이 그 사회에 부재함으로써 빚어지는 해로움, 둘째, 왜곡된 기관의 활동 자체가 초래하는 해로움이 그것이다.

　우리 사회에서도 이 아주 해로운 결과들이 여실히 나타나 있다. 예술기관이 왜곡되고 손상되었기 때문에 상류계급 사회는 이 예술기관이 수행했어야만 하는 그런 활동이 대단히 부족한 상태가 되었다. 우리 사회에는 오로지 오락과 타락에만 봉사하는 모조 예술과, 최고의 것으로 보이지만 보잘것없는 배타적인 예술이 넘쳐나고 있다. 그리하여 그런 예술이 진실한 예술작품에 감염될 수 있는 대다수 사람의 능력을 왜곡하고, 지금까지 인류가 성취한 최고의 감정들, 오로지 예술에 의해서만 인간에게 전달될 수 있는 그런 최고의 감정들을 인식할 가능성마저 박탈해버렸다.

인류가 예술에서 이룩한 최선의 훌륭한 성과도, 예술에 감염될 능력을 박탈당한 사람들에겐 남의 것일 뿐이고, 거짓된 모조 예술품이나 보잘것없는 예술품들이 그것을 대체해 버린다. 우리 시대 우리 사회의 사람들은 시에서는 보들레르나 베를렌, 모레아스, 입센, 마테를링크, 회화에서는 모네나 마네, 퓌뷔 드 샤반, 번 존스, 프란츠 폰 슈투크, 아르놀트 뵈클린, 음악에서는 바그너나 리스트, 리하르트 슈트라우스 따위 등에 넋을 잃어 이제 가장 고귀한 예술도, 가장 담백한 예술도 이해할 수가 없게 되었다.

예술작품에 대한 감염 능력을 상실한 결과 상류계급 사람들은 예술의 온후하고 비옥한 영향을 받지 못한 채 성장하고 교육받으며 살아간다. 그리하여 그들은 완성이나 개선으로 나아가지 않을 뿐만 아니라, 오히려 그 반대로, 온갖 외적 수단들의 높은 발달에도 불구하고 더욱 야만적이고 거칠고 잔혹하게 변해가고 있다.

우리 사회에서 예술이라는 필수 기관의 활동이 결여된 결과가 바로 이러하다. 나아가 그 기관의 왜곡된 활동 결과는 더더욱 유해하고 많다.

눈에 먼저 들어오는 그 첫 번째 결과는 무익할 뿐만 아니라 대부분 해롭기 짝이 없는 일에 너무나 많은 노동력이 소모되고, 게다가 그 불필요하고 어리석은 일에 귀중한 사람들의 생명까지 희생되고 있다는 점이다. 수백만의 사람들이 제몸, 제 가족을 돌볼 겨를도 없이, 퇴폐적 기풍을 전파하는 사이비 서적을 만들기 위해 10시간, 12시간, 14시간씩 밤을 새워가며 조판을 하고, 역시 그따위 퇴폐를 조장하는 극장이나 음악회, 전시회, 화랑 따위에서 일하고 있다. 그들이 얼마나 궁핍하고 긴장된 노동을 하고 있는지 생각만 해도 끔찍하다. 그러나 더더욱 끔찍한 것은 생기발랄하고 얼마든지 좋은 일을 할 수 있는 착한 아이들이 아주 어릴 때부터 10년, 15년 동안 하루에 6시간, 8시간, 10시간씩 악기 연습을 하거나, 몸을 비틀고 발끝으로 걷고 발을 머리보다 높이 쳐들어대거나, 연습곡을 불러 대고, 온갖 가성을 꾸며가며 시를 낭송하거나, 반신상이나 나신을 앞에 두고 스케치 연습을 하고, 이상한 문장 규칙에 따라 글을 짓는 일에 매달리곤 한다는 점이다. 인간으로서 할 짓이 못 되는 이러한 일에 때로 어른이 되어서까지도 계속해서 매달리는 동안 사람의 몸과 마음은 피폐해지고 인생의 모든 의미는 사라져버린다. 어린 곡예사가 발을 목뒤로 젖혀 올리는 모습을 보면 무섭고도 안쓰럽다고들 말하지만, 열 살짜리 아이들이 콘서트를 여는 모습은 그 못지않게 안쓰럽고, 열 살짜리 아이들이 라틴어 문법의 예외 사항들을 암기하는 모습은 더더욱 안쓰러울 뿐이다. 이런 아이들은 육체적으로나 정신적으로 불구가 될 뿐만 아니라 도덕적으로도 불구가 되어 정말로 사람에게 필요한 일에 대해서는 무감각한 무능력자가 되어버린다. 이들은 그들이 속한 사회에서 부자들의 노리개 역할이나 하면서 인간의 존엄성을 상실하고 오로지 대중의 찬사만을 갈망하고, 병적일 정도로 부풀어 오른 채워지지 않는 허영심으로 평생 고통을 받고, 그 욕망을 채우기 위해 온 정신력을 쏟아붓는다. 그런데 무엇보다 비극적인 것은, 예술을 위해 자신을 희생한다는 이런 사람들이 실상 그 예술에 아무런 공헌도 하지 못할 뿐더러 오히려 커다란 해악만 끼친다는 사실이다.

무슨무슨 아카데미나 전문학교, 음악원 같은 곳에서 가르치는 것은 모조 예술을 만들어내는 방법뿐이고, 그런 것을 배우고 익히면서 왜곡되어버린 사람들은 진정한 예술을 생산하는 능력을 완전히 상실한 채, 오늘날 이 세계를 가득 채우고 있는 무의미하고 타락한 모조 예술품을 조달하는 업자가 되어버린다. 예술기관의 타락이 가져온 결과 중 첫눈에 들어오는 것이 바로 이러하다.

두 번째 결과는, 예술작품, 즉 직업 예술가 집단에 의해 끔찍할 정도로 양산되고 있는 오락물들이 부유한 자들로 하여금 자연스럽지 못할 뿐만 아니라 그들 자신이 공언하는 인간성의 원리에도 반하는 그런 삶을 살아가게 만든다는 점이다.

부유한 유한계층 사람들이, 특히 여성들이 어떤 근육은 퇴화되고 어떤 근육은 체조를 통해 기형적으로 발달된 상태로 생명력은 연약해진 채, 자연이나 생물적 상태로부터 멀어진 인위적 조건 속에서 살아가는 것은 예술이라 불리는 것이 없다면 불가능한 일일 것이다. 소위 예술이라는 오락이나 기분풀이가 없었더라면 그들은 그 삶의 무의미함과 질식할 듯한 무료함에서 벗어나지 못했을 것이기 때문이다. 그들은 극장이나 콘서트, 전시회, 피아노 연주, 연애소설, 장편소설 따위에 빠지는 것을 매우 세련되고 미학적이며 좋은 일이라고 확신하며 살아간다. 예술 메세나들은 그림을 사들이고 음악가를 후원하며 작가들과 교류하는 것을 자랑으로 여긴다. 그런 그들에게서 그것을 빼앗아보라. 그러면 그들은 더 이상 자신의 삶을 지속할 수 없는 상태에 빠져 삶의 무의미함과 무가치함, 지루함과 따분함으로 죽어 나갈 것이다. 그들은 삶의 모든 자연적 조건들을 파괴하고 자기 삶의 무의미함과 잔혹함에 눈감은 채, 그들 사이에 예술로 여겨지는 것들에 매달려 그저 그렇게 살아갈 수 있을 뿐이다. 이처럼 부유한 자들의 위선적 삶을 지탱하도록 해주는 것, 바로 이것이 예술 왜곡의 두 번째, 결코 작지 않은 중대한 결과다.

왜곡된 예술의 세 번째 결과는 아이들과 민중에게 불러일으키는 사상적 혼란이다. 우리 사회의 위선적 이론에 의해 왜곡되지 않은 사람들, 노동자와 아이들은 무엇 때문에 사람을 존경하고 찬미해야 하는지 아주 뚜렷한 관념을 가지고 있다. 민중이나 아이들이 예찬하고 숭배하는 것은 헤라클레스나 전설의 용사, 정복자같이 육체적 힘이 막강한 사람들, 혹은 사람들을 구원하기 위해 아름다운 아내와 왕위를 내던진 석가모니나 진리를 위해 십자가에 못 박힌 그리스도, 모든 순교자와 성인들과 같이 도덕적·정신적 힘이 강력한 사람들이다. 이 두 가지 경우 모두 아이들이나 민중에게 쉽게 이해될 수 있다. 육체적 힘은 존경을 하도록 강제하는 것이기 때문에 존경하지 않을 도리가 없고, 선의 도덕적 힘은 순결한 사람이라면 그의 정신적인 전 존재가 그에 이끌리기 때문에 존경하지 않을 수 없는 것이다. 그런데 바로 이런 사람들이, 아이들과 민중이 갑자기, 육체적 힘과 도덕적 힘 때문에 예찬되고 존경받고 보상받는 사람들 외에 또 다른 사람들이, 단지 노래를 잘하고 시를 잘 짓고 춤을 잘 춘다는 이유 때문에 예찬되고 숭배되고 보상받는다는 것을, 그것도 힘과 선의 영웅들보다 훨씬 더 큰 규모로 보상받는다는 것을 알게 된다. 그들은 가수나 작가나 화가, 무용수들이 성자들보다 훨씬 더 존경을 받고 훨씬 더 많은 돈을 벌어들인다는 사실을 보고 혼란에 빠진다.

푸시킨 사후 50년을 맞이하여 값싼 작품집이 널리 보급되고 모스크바에 기념비가 세워졌을 때, 나는 여러 농민으로부터 왜 그렇게 푸시킨을 찬양하는지 묻는 편지를 열 통 이상 받았다. 얼마 전에는 사라토프에 사는 한 소시민이 '나를 찾아온 적이 있었는데, 글을 읽을 줄 아는 그는 분명 이 문제로 격분하여 제정신이 아니었고, 성직자들마저 푸시킨 씨의 기념비를 세우는 일에 협조하였다며 이를 폭로하겠다고 모스크바로 가는 중이라고 했다.

정말로 이런 민중의 한 사람 입장에서 생각해볼 필요가 있다. 손에 잡히는 신문이나 들려오는 소문마다, 러시아의 모든 성직자나 정부 관리나 훌륭하다는 모든 사람들마다, 그로서는 이제까지 전혀 들어본 적도 없는 푸시킨이라는 사람에 대해, 위대한 인물이라느니, 은인이라느니, 러시아의 영광이라느니 하면서 성대하게 기념비를 제막하는 모습이 그에겐 어떻게 보이겠는가. 주위 어디서나 그런 말을 듣거나 읽으면서 그는, 만일 그런 존경을 받는 사람이라면 그건 분명 힘이 세거나 선하거나 뭔가 특별한 사람일 것이라고 생각할 것이다. 그리하여 그는 푸시킨이 어떤 사람인지 알아보려고 애를 쓴다. 그리고 마침내 그는 푸시킨이 영웅적 용사도 대단한 장수도 아니고 그저 평범한 한 인간이자 작가라는 사실을 알아내고는, 그렇다면 푸시킨은 분명 성자이거나 선을 가르치는 스승에 틀림없을 것이라고 결론을 내린다. 그는 서둘러 그의 삶을 알아보고 작품을 읽어보려고 한다. 그러나 푸시킨이 다른 사람을 죽일 수도 있는 결투를 벌이다가 목숨을 잃은 경박한 사람에 지나지 않으며, 기껏해야 사랑에 관한 시를 쓴, 그것도 아주 껄쩍지 못한 시를 많이 쓴 시인에 불과하다는 것을 알게 되었을 때, 그는 도대체 그것을 어떻게 이해할 것인지 도저히 알 수가 없다.

전설의 용사나 마케도니아의 알렉산드로스 대왕, 칭기즈 칸, 나폴레옹이 위대하다는 것을 그는 이해할 수 있다. 그들 중 어떤 한 사람이라도 그나 그 비슷한 사람들 수천 명을 압살해버릴 수 있기 때문이다. 그는 또한 부처, 소크라테스, 그리스도가 위대하다는 것도 이해할 수 있다. 그들이 그를 비롯한 모든 이에게 필요한 사람들이라는 것을 알며 느끼기 때문이다. 그러나 여성에 대한 사랑의 시를 쓴 사람이 어떻게 위대하다는 것인지, 그는 도대체 이해할 수가 없다.

브르타뉴와 노르망디 농부가 보들레르의 기념비를 세운다는 소식을 듣고, 그것도 마치 성모상처럼 떠받드는 모습을 보고, 《악의 꽃》을 읽어보거나 그 내용에 대해 듣게 된다면 그의 머릿속에도 틀림없이 똑같은 의문이 떠오를 것이다. 나아가 베를렌의 기념비 운운할 때, 그 사람이 살아간 방탕하고 가련한 삶에 대해 알게 되고 그의 시를 읽어보게 되면 그는 더더욱 놀라 넘어갈 것이다. 게다가 파티[99]나 탈리오니[100] 같은 오페라 가수나 무용수가 한 시즌에 10억씩 받고, 어떤 화가가 그림 한 장으로 그 못지않게 벌어들이며, 연애소설을 쓰는 작가들이 그보다 더 벌어들이기도 한다는 것을 알게 되면 일반 민중 출신 사람들의 머릿속은 얼마나 혼란스러울 것인가.

---

99 파티Adelina Patti(1843~1919). 이탈리아 소프라노 가수.
100 탈리오니Marie Taglioni(1804~1884). 이탈리아 발레리나.

아이들에게도 마찬가지일 것이다. 나 자신 역시 전설의 용사들과 도덕적 영웅들과 나란히 예술가들을 예찬하는 그런 모습을 보면서 놀라움과 당혹감을 느꼈던 기억이 있다. 그때 나는 마음속에 도덕적 가치의 의미를 낮추고 예술작품들에 대한 그런 위선적이고 억지스러운 의미 부여를 인정함으로써만 어떻게든 받아들일 수밖에 없었다. 예술가들에게 주어지는 기이한 영예와 보상에 대해 알게 될 때 어떤 민중이나 어떤 아이의 마음속에도 그와 똑같은 생각이 떠오를 것이다. 이것이 예술에 대한 우리 사회의 그릇된 위선적 태도가 빚어내는 세 번째 결과이다.

그런 태도의 네 번째 결과는 갈수록 미와 선의 모순에 더욱 자주 직면하는 상류계급의 사람들이 미의 이상을 최고의 이상으로 모시면서 도덕성의 요구로부터는 더욱 멀어진다는 점이다. 이런 자들은 예술을 있는 그대로가 아니라 그 역할을 왜곡하여 그들이 떠받드는 예술이 부차적임을 모르고 오히려 도덕성을 부차적인 것이라고 인정하려 든다. 그들은 자신들이 이미 높은 발전 수준에 처해 있다고 여기면서 그런 사람들에겐 도덕성이란 아무런 의미가 없는 것이라 여기는 것이다.

예술에 대한 이런 그릇된 태도의 결과는 이미 오래전에 우리 사회에 니디니 있는 비이지만, 최근 들어 일종이 선지자처럼 대우받는 니체나 그 추종자들, 그리고 그와 유사한 데카당이나 영국의 유미주의자들에게 특히 노골적으로 드러난다. 데카당이나 유미주의자들은 오스카 와일드 같이 도덕성을 거부하고 퇴폐를 찬미하는 것을 작품의 주제로 삼는다.

이런 예술은 그 비슷한 철학 유파와 발맞추거나 그런 철학 유파를 낳기도 한다. 얼마 전 나는 미국으로부터 래그너 레드비어드의 《적자생존: 힘의 철학》[101]이라는 제목의 책을 받아보았다. 발행인의 서문에 나타나 있는 바와 같이, 이 책의 취지는 유대 예언자들과 '흐느끼는 메시아Weeping Messiah'의 거짓 철학으로 선을 평가하는 것은 미친 짓이라는 것이다. 그에 따르면 의로움은 어떤 가르침이 아니라 권력으로부터 나오는 것이다. 너에게 행해지기를 원치 않는 것을 남에게 행하지 말라는 모든 계율이나 설교, 교리 따위는 그 자체로 아무런 의미가 없으며, 그것은 오직 몽둥이나 감옥, 칼로써만 이루어질 수 있다. 참으로 자유로운 인간은 인간의 것이든 신의 것이든 그 어떤 명령에도 복종할 의무가 없다. 복종은 퇴락의 징표고, 저항은 영웅의 징표다. 사람들은 적들이 꾸며낸 그 어떤 전설적 도덕률에 얽매여서는 안 된다. 온 세상은 위험한 전쟁터다. 패배자는 착취와 박해를 당하고 경멸받아 마땅하다는 것이 이상적인 정의다. 자유롭고 용맹한 자가 모든 세상을 정복할 수 있다. 따라서 삶을 위한, 땅을 위한, 사랑을 위한, 여자를 위한, 황금을 위한 영원한 전쟁이 계속되는 것은 당연하다(몇 년 전, 고상한 아카데미 회원

---

101   Ragnar Redbeard, *The survival of the fittest. Philosophy of Power*, 1896.

인 보귀에[102]도 이 비슷한 견해를 표명한 바 있다). 땅과 재보는 '용맹한 자의 전리품'일 뿐이다. 내가 받은 책의 저자는 니체와 별도로 분명 독자적으로, 자기도 모르게 무의식적으로 요즘 예술가들이 공언하는 그런 결론에 도달하고 있다.

학설의 형식으로 제시된 이런 주장은 우리를 경악하게 만든다. 하지만 미를 떠받드는 예술의 이상 속에 이런 입장들은 본질적으로 이미 함축되어 있다. 우리 상류계급의 예술은 사람들 마음속에 이런 초인超人의 이상을 불어넣고 있다. 그것은 본질적으로 네로나 스텐카 라진, 칭기즈 칸, 로베르 마케르, 나폴레옹과 같은, 혹은 그 계승자나 한통속인 자들, 요설가들의 낡아빠진 이상일 뿐인데도, 예술은 전력을 기울여 그것을 사람들 속에 굳건하게 심어놓으려 하는 것이다.

바로 이처럼 도덕의 이상이 미의 이상, 즉 쾌락의 이상으로 대체되는 것이 우리 사회 예술 왜곡의 네 번째 무서운 결과이다. 만일 그런 예술이 인민대중 속에 널리 확산된다면 인류가 도대체 어찌 될 것인지 생각만으로도 참으로 두렵지 않을 수 없다. 하지만 그런 예술의 확산은 이미 시작되어 있다.

다섯 번째이자 마지막으로 가장 심각한 결과는, 유럽 사회의 우리 상류계급에서 번창하는 예술이 인류에게 가장 어리석고 해로운 미신과도 같은 애국심의 감정을, 그리고 특히

---

102 보귀에Eugène-Melchior, vicomte de Vogüé(1848~1910). 프랑스 아카데미 회원, 외교관이자 작가, 여행가, 고고학자, 문학사가이자 예술 후원자.

음란함의 감정을 전파함으로써 직접적으로 사람들을 타락시킨다는 것이다.

일반 민중 대중의 무지함의 원인을 주의 깊게 살펴보라. 그 주요한 원인은, 우리가 보통 생각하듯이, 학교나 도서관의 부족이 결코 아니라, 교회적 미신이나 애국적 미신 같은 것에 있다는 것을 알게 될 것이다. 민중 대중은 그런 미신과도 같은 감정에 흠뻑 젖어 있고 그런 감정은 예술의 온갖 수단을 통해 거듭 재생산되고 있다. 교회 미신은 기도와 찬송의 시, 성화와 성상, 조각, 노래, 오르간, 음악, 건축, 그리고 심지어 종교의식에서의 극예술을 통해 확산된다. 애국적 미신은 학교에서 배우는 시와 소설을 통해, 음악과 노래, 개선 행진, 국왕 영접, 전쟁 그림과 기념비를 통해 전파된다.

민중을 어리석게 만들고 악한 마음에 젖어 들게 만드는 이런 교회적 애국적 미신을 모든 분야 예술이 그렇게 끊임없이 지지해오지 않았다면, 민중은 이미 오래전에 참다운 계몽의 상태에 도달하였을 것이다.

그러나 예술이 획책한 것은 교회적 애국적 타락에만 그치지 않는다. 예술은 우리 사회의 공동체적 삶의 가장 중요한 문제인 성적 태도에서 사람들을 타락시키는 중요한 원인이 되어왔다. 우리는 이미 우리 자신을 통해서, 그리고 아버지와 어머니들은 그들의 자식을 통해서, 방종한 성욕으로 인하여 얼마나 끔찍한 정신적·육체적 고통을 겪고 얼마나 헛된 힘을 낭비하는지 모두 잘 알고 있지 않은가. 세상이 시작된 이래, 성적 방탕함에서 야기된 트로이 전쟁에서부터 오늘날 거의 날마다 신문 지상에 오르내리는 사랑에 빠진 사람들의 자살과 살인에 이르기까지, 인류의 고뇌의 대부분은 이러한 방종으로부터 발생하고 있다.

그런데도 어떠한가? 진정한 예술이든 모조 예술이든 온갖 형태의 모든 예술이 극히 드문 예외를 제외하고 여전히 오로지 그것에만, 온갖 종류의 성적 사랑을 그리고 표현하고 자극하는 일에만 매달리고 있지 않은가. 성욕을 자극하는 사랑 묘사에 매달리는, 세련된 것이든 조잡한 것이든 우리 사회 문학을 가득 채우고 있는 그런 연애 소설들을 상기해보면 쉽게 납득이 갈 것이다. 여성의 벌거벗은 육체를 표현하는 온갖 그림과 조각들, 삽화와 광고로 전락해버린 온갖 역겨운 것들을 떠올려보라. 또한 세상에 우글대는 온갖 저열한 오페라, 오페레타, 가요, 로망스를 떠올려보라. 그러면 어쩔 수 없이, 현존하는 예술은 오직 한 가지 목적만을, 어떻게 하면 방탕함을 더욱더 널리 확산할 수 있을 것인가 하는 목적만을 가지고 있다는 생각이 들 것이다.

이러한 것들이 비록 우리 사회에서 이루어진 예술 타락의 모든 결과는 아닐지라도, 가장 분명한 결과임은 분명하다. 우리 사회에서 예술이라 불리는 것이 인류의 진보 운동에 도움이 되지 못할 뿐만 아니라, 오히려 다른 그 무엇보다도 우리 삶에서 선의 실현에 저해가 되는 것이다.

따라서 우리는, 예술 활동과 무관한 모든 자유로운 사람에게, 현존 예술과 아무런 이해관계가 없는 사람에게 자연스럽게 떠오르는 질문에, 즉 내가 이 책의 서두에서 제기했던, 오로지 사회의 작은 부류에게만 가치 있는 소위 예술이라는 것에 사람들이 그 많은 희생과 노동을, 목숨까지, 그 도덕성까지 모두 가져다 바칠 필요가 있느냐 하는 그 질문에 대해 이제 "아니오, 그건 옳지 못하오. 그럴 수는 없소"라고 자연스럽게 답을 얻을 수 있을 것이다. 왜곡되지 않은 도덕적 감정, 건전한 상식도, "그래서는 안 됩니다. 우리 사이에 예술이라 인정되는 그런 것에 그 어떤 희생도 바쳐서는 결코 안 될 뿐만 아니라, 그 반대로, 선한 삶을 살고자 하는 사람들은, 그런 예술은 우리 인류를 짓누르는 가장 잔혹한 악 중 하나이기 때문에 그런 예술을 박멸하는 방향으로 모든 힘을 기울여야만 합니다"라고 답할 것이다.

우리 그리스도교 세계를 위해 무엇이 나은가? 거짓되고 위선적인 것과 더불어 그 속에 있는 모든 훌륭한 것까지 지금 예술로 여겨지는 모든 것을 제거할 것인가, 아니면 지금 존재하는 예술을 계속해서 허용하고 장려할 것인가? 만일 이런 질문을 받는다면, 이성적이고 도덕적인 사람이라면, 플라톤이 자신의 공화국을 위해 답한 바와 같이, 그리스도교 교회와 이슬람의 교사들이 답한 바와 같이, 다시금 똑같이, "지금 있는 바와 같은 타락한 예술이나 그 모조 예술들이 그대로 존속되기보다는 차라리 그 모든 예술이 존재하지 않는 편이 낫다"라고 대답할 것이라고 나는 생각한다. 다행히 누구도 아직 그런 질문에 직면하지 않았고, 그 누구도 어떤 식으로든 그에 대해 즉답을 해야 할 필요는 없다. 사람이라면 해야 할 모든 것, 즉 우리 삶의 여러 현상을 이해할 가능성이 있는 소위 교육을 받았다는 우리가 할 수 있고 해야만 하는 모든 것은, 우리가 처해 있는 혼돈을 깨닫고 그를 고집하지 않고 그 출구를 찾아 나아가는 것이다.

18.   종교의식에 기초한 참된 예술

우리 사회의 예술이 거짓에 빠져드는 원인은 상류계급 사람들이 그리스도교라 불리는 교회 가르침의 진리에 대한 믿음을 상실하고, 진정으로 중요한 그 의미, 즉 우리 모두가 신의 자식이고 모두가 형제라는 진실한 그리스도교 교리를 받아들이기를 주저하는 데 있다. 그들은 아무런 신앙도 없이 그저 살아가고 있다. 어떤 자들은 무의미한 교회의 신앙을 여전히 믿는 척 위선을 부리고, 어떤 자들은 무신앙을 대담하게 선언하고, 어떤 자들은 세련된 회의주의를 취하고, 또 어떤 자들은 미에 대한 그리스풍의 숭배로 회귀하여 에고이즘의 정당성을 강변하며 종교적 교리로까지 떠받들며 살아간다.

질병의 원인은 그리스도를 그 진정한, 즉 완전한 의미에서 받아들이지 않는 데 있다. 이러한 질병을 온전히 치유하기 위해서는 오로지 한 가지, 그리스도의 가르침을 온전하게 승인하는 방법밖에 없다. 우리 시대에 이러한 승인은 가능할 뿐만 아니라 불가피하다. 우리 시대의 지식 수준에 이른 사람에게는 가톨릭교도든 개신교도든, 삼위일체론이나 그리스도 신성론, 대속론 등과 같은 교회 교리를 믿는다는 것이 이제 더 이상 불가능한 일이 되어버렸다. 그렇다고 무신앙이나 회의주의를 선언하거나, 아니면 미에 대한 숭배나 에고이즘으로 회귀한다고 해서 만족스러울 수도 없다. 그런데 여기서 중요한 것은, 우리가 그리스도의 가르침의 참된 의미를 알지 못한다고 말할 수 없다는 점이다. 그리스도의 가르침의 의미는 우리 시대 누구도 모르는 사람이 없을 뿐만 아니라, 우리 시대 모든 이들의 삶은 이 가르침의 기본 정신에 세례를 받고, 의식하든 의식하지 못하든 그것의 인도를 받고 있기 때문이다.

우리 그리스도교 세계의 사람들이 인간의 사명을 정의하는 형식이 아무리 다르더라도, 즉 어떤 의미에서든 인류를 진보시켜야 한다, 사회주의 국가나 코뮌으로 만인을 하나로 결합해야 한다, 전 세계 연방을 구성해야 한다, 교회의 단일 지도 아래 인류를 결합해야 한다, 환상의 그리스도와 결합해야 한다 등등, 인간의 삶의 의미를 정의하는 형식이 아무리 다종다양하다 해도, 인간의 사명이란 행복이라는 것을 우리 시대 모든 사람은 이미 알고 있다. 우리 세계에서 모든 사람의 삶의 최고의 행복은 그들 서로 간의 결합에 의해서만 성취될 수 있다는 것을 모두가 인정하고 있는 것이다.

상류계급 사람들은 부유하고 학식 있는 자신들을 가난하고 못 배운 자들, 노동자들과 구별해야 한다고 느끼며 어떻게든 자신들의 우월성을 지킬 수 있는 새로운 세계관을 고안해내려고 한다. 그리하여 그들은 구시대로의 복고나 신비주의, 헬레니즘(그리스주의), 초인설 따위의 이상을 꾸며내곤 한다. 그러나 아무리 그 어떤 세계관을 이상으로 꾸며내더라도, 그들 역시 우리의 행복이란 만인의 결합과 형제애에 있다는 진리를 싫든 좋든 삶의 모든 측면에서 인정할 수밖에 없다. 그러한 진리는 삶 속에서 의식적으로든 무의식적으로든 스스로를 확립해가고 있기 때문이다.

이러한 진리의 확립은 전신·전화·통신수단, 인쇄매체의 발달에 의해, 그리고 이 세상의 행복이 만인에게 점점 더 많이 성취되어감에 따라 무의식적으로, 그리고 사람들을 현혹하고 있던 미신의 타파와 과학적 지식의 보급, 만인의 형제애를 표현하는 우리 시대 훌륭한 예술작품들의 창조에 의해 의식적으로 이루어지고 있다.

예술은 인간 삶의 정신적 기관으로서 그것을 제거하는 것은 불가능하다. 따라서 상류계급 사람들이 인류의 삶을 이끌어가는 종교적 이상을 숨기려고 아무리 애를 쓰더라도, 그 이상은 갈수록 더욱 많은 사람에 의해 인지되고, 퇴폐한 우리 사회 속에서일지라도 과학과 예술에 의해 부분부분 더욱

더 자주 표현되기 마련이다. 20세기에 접어들어 문학에서도, 회화에서도 진정한 그리스도 정신에 충만한 최고의 종교예술 작품들이, 그리고 만인이 접근할 수 있는 전 민중적인 생활예술 작품들이 점점 더 자주 등장하고 있다. 그것은 예술 자체가 우리 시대의 진정한 이상을 알고 있고 그에 다가가기 위해 분투하고 있다는 것을 말해준다. 우리 시대 최고의 예술작품은 만인의 형제애적 결합으로 이끄는 감정을 전달하고 있는데, 이를테면 문학에서 디킨스와 위고, 도스토옙스키의 작품들, 회화에서 밀레와 바스티앙르파주, 쥘 브르통, 레르미트 등의 작품들이 그러하다. 다른 한편, 상류계층 사람들에게만 독점되는 감정이 아니라 차별 없이 만인을 결합할 수 있는 감정을 전달하기 위해 노력하는 작품들이 있다. 그러한 작품은 아직 그 수가 적지만 그 필요성은 이미 인식되고 있다. 게다가 최근에는 대중용 서적이나 그림의 출판, 대중을 상대로 하는 연주회와 연극이 더욱더 자주 시도되고 있다. 이 모든 것은 아직 바람직하고 마땅한 수준에는 까마득한 것이지만, 예술이 본래의 길로 나아가기 위해 분투하고 있다는 점에서 그 방향만은 분명하다.

공동생활에서든 개인생활에서든 삶의 목적은 사람들의 결합이라는 우리 시대 종교의식은 너무나도 분명한 것으로, 이제 쾌락을 예술의 목적이라고 하는 거짓된 예술이론을 내다버리기만 하면 자연스럽게 종교의식이 우리 시대 예술을 이끌어가는 방향타가 될 것이다.

우리 시대 사람들의 삶을 무의식적으로 이끌어가는 종교 의식이 사람들에 의해 의식적으로 인식되기만 하면, 하층계급 예술이라든지 상층계급 예술이라든지 하는 구별도 저절로 사라져버릴 것이다. 그리하여 형제애에 기초한 보편적 예술이 형성되면, 우리 시대 종교의식에 어긋나는, 즉 사람들을 결합하기보다 분열시키는 감정을 전하는 예술은 저절로 폐기될 것이고, 나아가 현재 당치도 않은 지위를 차지하고 있는 무의미하고 배타적인 예술도 저절로 사라져버릴 것이다.

이렇게 되기만 한다면 예술은, 최근까지 예술이 그래왔던 바와 같은, 인간을 야만화하고 타락시키는 수단으로서의 예술이기를 멈추고, 종래 그러했고 마땅히 그래야 했던 바와 같은, 만인의 결합과 행복을 향해 나아가는 인류의 운동 수단이 될 것이다.

입에 담기 차마 두려운 말이지만, 우리 계층과 우리 시대 예술은, 여성이 모성을 위해 주어진 자신의 매력적 속성들을 쾌락을 좇는 탕자들에게 팔아넘긴 것과 같은 상황에 빠져 있다.

우리 시대, 우리 계층의 예술은 매춘부가 되어버린 것이다. 이러한 비교는 조금도 틀림없이 정확하다. 시도 때도 없이 항상 분단장을 곱게 하고 언제든 팔려 갈 준비를 하고 있는 예술은 매춘부 못지않게 유혹적이고 파멸적이다.

진정한 예술작품은 모든 이전의 삶의 결과로서, 마치 어머니가 아이를 가지듯 예술가의 영혼 속에 아주 드물게만 나타나는 법이다. 하지만 모조 예술은 수요자가 있기만 하면 기술자나 직공들에 의해 끝없이 생산된다.

진정한 예술은 사랑하는 남편의 아내처럼 꾸밈이 필요치 않지만, 모조 예술은 매춘처럼 항상 분단장을 필요로 한다. 진정한 예술은 어머니가 수태하기 위해 사랑이 필요하듯 축적된 감정의 표현이라는 내적 요구를 필요로 한다. 하지만 모조 예술은 매춘과 마찬가지로 이익을 추구할 뿐이다.

진정한 예술은 여성의 사랑이 이 세상에 새로운 인간을 탄생시키듯 일상의 삶에 새로운 감정을 이끌어 들인다. 반면 모조 예술은 인간의 타락과 쾌락에의 탐닉, 인간 정신력의 쇠약을 초래한다.

우리 시대, 우리 계층 사람들은 우리를 덮치고 있는 이러한 위협적이고 혼란스러운 예술의 탁류에서 헤어나기 위해 이러한 사실을 분명하게 인식하지 않으면 안 된다.

19. 미래의 예술과 예술 활동

  사람들은 미래의 예술에 대해 말하기를, 그것은 오늘날 최고의 예술로 여겨지는 어느 한 계급의 예술에서 발달하여 완성될, 특히 세련된 새로운 예술일 것이라고들 말한다. 그러나 미래의 그런 새로운 예술이란 있을 리가 없다. 우리 그리스도교 세계의 상류계급의 배타적 예술은 막다른 골목에 처해 있다. 그 예술이 걷고 있는 그 길에서는 한 걸음도 더 나아갈 데가 없다. 예술의 가장 중요한 점(예술이 종교의식에 의해 지도되어왔다는 것)으로부터 한 걸음 비켜선 뒤, 그 예술은 갈수록 더욱더 배타적이고, 그럼으로써 더욱더 타락하여 아무것도 아닌 것이 되어버렸다. 정말로 도래할 미래의 예술은 오늘날 예술의 연장이 아니라, 오늘날 우리 상류계급 예술을 주도하고 있는 그런 것들과는 아무런 공통점도 없는 전혀 다른 새로운 기초 위에서 탄생할 것이다.

　미래의 예술, 즉 사람들 사이에 널리 퍼져 있는 모든 예술에서 구별되어 나오게 될 예술은, 오늘날처럼 유한계급 사람들 일부에게만 통용되는 그런 감정의 전달과는 무관하며, 우리 시대 사람들의 최고의 종교의식을 구현해내는 그런 예술이 될 것이다. 그리하여 사람들을 형제애적 결합으로 이끄는 감정, 만인을 결합하는 범인류적 감정을 전하는 그런 작품만이 바로 미래의 예술이 되고, 이런 예술만이 선별되고 허용되고 장려되고 널리 보급될 것이다. 퇴행적이고 진부한 종교적 교리에서 흘러나오는 감정을 전하는 예술들, 즉 교회 예술, 애국 예술, 관능적 예술은 미신적 공포, 오만, 허영, 영웅에 대한 찬미의 감정을 전하는 예술이고, 자기 민족에 대한 배타적인 사랑이나 정서를 일깨우는 예술일 뿐이다. 그런 예술은 어리석고 유해한 예술로 간주될 것이며 여론에 의해 비난받고 경멸받게 될 것이다. 오로지 일부 사람들에게만 이해되는 감정을 전달하는 여타의 나머지 예술은 별로 중요치 않게 취급되어 비난을 받지도 장려되지도 않을 것이다. 예술의 가치를 평가하는 것도 오늘날처럼 유한계급의 일부가 아니라 전 민중의 몫이 될 것이다. 따라서 훌륭한 작품으로 인정받고 장려되고 널리 보급되기 위해서는 고립되고 종종 부자연스러운 조선들에 처해 있는 일부 사람들의 요구를 충족하는 것이 아니라, 자연스러운 노동의 조건에 놓여 있는 더 많은 사람들, 만인의 요구에 부합해야만 할 것이다.

예술을 생산할 수 있는 예술가들도, 오늘날처럼 대중의 일부에서 선별된 유한계급 출신이나 그에 가까운 극소수가 아니라 전체 민중에서 예술 활동을 지향하고 그 역량이 있는 재능을 타고난 모두가 될 것이다.

예술 활동은 그제서야 만인에게 가능해질 것이다. 예술 활동이 민중 전체에게 가능할 수 있는 것은, 첫째, 미래의 예술은, 우리 시대 예술작품을 일그러뜨리고 막대한 노동과 시간의 낭비를 요하는 복잡다단한 기술 따위가 아니라, 그 반대로, 담백함과 간단명료함을, 즉 기계적 훈련이 아니라 취향의 육성에 의해 획득될 수 있는 그런 조건들을 요구할 것이기 때문이다. 둘째, 예술 활동이 민중 출신의 모두에게 가능해질 수 있는 이유는, 지금과 같이 일부 소수에게만 가능한 전문적인 예술학교 대신에 모두가 초등학교에서부터 글을 배우듯 음악과 회화(노래와 그림그리기)를 배울 것이고, 회화와 음악의 기본 소양을 습득한 후 무엇이든 예술적 소양이나 능력이 있다고 느끼면 거기서 자신을 완성할 수 있을 것이기 때문이다. 셋째, 지금과 같이 거짓된 예술에 낭비되는 모든 노력이 전 민중에게 진정한 예술을 보급하는 데 쓰일 것이기 때문이다.

전문 예술학교가 없어진다면 예술의 기법이 쇠락할 것이라고 여기는 사람들도 있을 것이다. 하기야 기법을 현재 훌륭한 덕목으로 여겨지는 예술의 복잡성이라고 이해한다면 그런 기법은 당연히 약화될 것이다. 그러나 기법을 예술작품의 명료성, 아름다움, 담백성, 함축성으로 이해한다면, 그런 기법은 모든 민중 예술이 보여주는 바와 같이 전혀 약화되지 않을 뿐만 아니라, 전문학교가 사라지고 심지어 일반 학교에서 음악과 그리기의 기초를 가르치지 않는다 하더라도 오히려 백배는 더 향상될 것이다. 지금 민중 속에 숨어 있는 모든 천재적인 예술가들이 예술의 참여자가 되어, 지금과 같이 복잡한 기술적 훈련을 필요로 하지 않고 진실한 예술을 전범으로 삼아 진정한 예술의 전범을 보여줄 것이고, 언제나처럼 그것이 예술가를 위한 가장 훌륭한 학교가 될 것이기 때문이다. 모든 진실한 예술가는 지금도 학교가 아니라 삶에서, 위대한 대가를 전범으로 하여 배우고 있다. 전 민중 속에서 가장 재능있는 사람들이 예술에 참여하고, 그런 전범이 더욱 많아지고 모두에게 더 가까이 다가갈 수 있게 될 때, 학교에서 학습을 받지 않은 미래의 예술가들은 사회에 널리 보급되어 있는 훌륭한 예술의 수많은 전범에서 백배는 더 많은 학습을 받을 수 있을 것이다.

이상이 미래의 예술과 현재의 예술의 한 가지 차이점이다. 또 다른 차이점은 미래의 예술은 전문적인 예술가에 의해, 즉 다른 아무 일도 하지 않고 오로지 자기 예술에만 매달리고 그에 대해 보상을 받는 그런 예술가에 의해 이루어지지 않으리라는 것이다. 미래의 예술은 민중들 속에서 예술 활동의 필요를 느끼는 모두에 의해 창조될 것이다.

우리 사회에서는 물질적으로 보장될 때 예술가가 좋은 작품을 창작할 수 있고 작품도 더 많이 만들 수 있다고 여긴다. 이런 생각은 재삼 반박할 필요가 없겠지만, 우리 사이에서 예술로 여겨지는 것이 예술이 아니라 그 모조품에 지나지 않는다는 것을 너무나 명백하게 증명해준다. 구두나 빵의 생산에서 노동 분업이 매우 유용하다는 것은 전적으로 타당하다. 스스로 식사와 땔감을 준비하지 않아도 되는 제화공이나 제빵공이 그렇지 않은 경우보다 더 많은 구두와 빵을 만들 수 있다는 것은 자명하다. 그러나 예술은 기술적 생산이 아니라 예술가가 체험한 감정을 전달하는 일이다. 감정은 인간이 자연스러운 인간 고유의 삶을 전면적으로 살아낼 때에만 솟아난다. 바로 그렇기 때문에 예술가에게 물질적 필요를 보장하는 것은 오히려 예술가의 생산성에 치명적인 조건이다. 모든 사람은 자신과 타인의 삶을 유지하기 위해 자연과 투쟁하는 법인데, 예술가가 인간에게 고유한 이러한 조건에서 벗어난다는 것은 인간의 가장 중요하고 고유한 감정을 체험할 기회와 가능성을 상실한다는 것을 의미한다. 따라서 우리 사회의 예술가가 보통 누리는 그런 전적인 보장과 호사스러운 상태만큼 예술가의 생산성에 치명적인 것은 없다.

미래의 예술가는 무엇이든 자신의 노동을 통해 자신의 생존을 이어가며 보통 사람들과 마찬가지의 평범한 삶을 살아가게 될 것이다. 그리고 그 과정에서 얻어지는 최고의 정신력의 결과를 최대 다수에게 전하려고 노력할 것이다. 그의 마음속에 발생한 감정을 가장 많은 사람에게 전하는 것이 그의 기쁨이자 보상이기 때문이다. 미래의 예술가에게는 심지어, 작품이 가장 널리 퍼져나가는 것을 가장 중요한 기쁨으로 여기는 예술가가 상당한 돈을 받아야만 작품을 내어준다는 점이 도대체 이해되지 못할 것이다.

장사치들이 추방되지 않는 한 예술의 신전은 신전이 아니다. 미래의 예술은 그들을 추방할 것이다.

그러므로 상상컨대, 미래 예술의 내용은 현재의 것과 전혀 닮은 점이 없을 것이다. 미래 예술은 온갖 형태의 허영, 권태, 포만, 관능과 같은 배타적 감정, 모든 사람에게 고유한 노동으로부터 억지로 벗어난 사람에게만 흥미로운 그런 감정이 아니라, 인간에게 고유한 삶을 살아가는 사람이 체험한 감정, 우리 시대의 종교적 의식에서 흘러나오는 감정, 혹은 예외 없이 만인에게 다가갈 수 있는 감정을 그 내용으로 할 것이다.

미래 예술의 내용을 구성하게 될 이런 감정들을 알지 못하고 알 수도 없고 알고 싶지도 않은 우리 계층 사람들에게는 이와 같은 미래 예술의 내용은, 그들이 현재 매달리고 있는 배타적 예술의 섬세함과 비교하여 퍽이나 빈약해 보일 것이다. 그들은, "이웃에 대한 사랑이라는 그리스도교 감정의 영역에서 무슨 새로운 것을 표현할 수 있단 말인가? 만인에게 다가가는 감정이란 아무것도 아닌 천편일률적인 것에 지나지 않는다"라고 생각한다. 하지만 아무리 그렇더라도 우리 시대 진정으로 새로운 감정은 만인에게 다가가는 종교적인 감정, 그리스도교 감정뿐이다. 우리 시대 종교의식에서 흘러 나온 감정들, 그리스도교 감정들은 영원히 새롭고 다양하다. 그러나 그것은, 일부 사람들이 생각하는 것처럼, 그리스도나 성서 이야기를 묘사하거나 화합, 형제애, 평등, 사랑과 같은 그리스도교 진리를 새로운 형식으로 되풀이한다는 의미에서 가 아니라, 가장 오래되고 평범한, 모든 측면에서 다 알려져 있는 모든 삶의 현상들도 그리스도교 관점에서 대하게 되면 곧바로 새롭고도 예기치 못한 감동적인 감정을 불러일으킬 수 있다는 의미에서 그러하다.

부부 사이의 관계나 부모와 자식 관계, 동족이나 이민족에 대한 관계, 공격이나 방어, 재산이나 토지, 동물에 대한 관계만큼 오래된 것이 무엇이겠는가? 그러나 사람이 그리스도교 관점으로 이러한 현상을 바라보게 되면 곧바로 무한히 다양한, 가장 새롭고 가장 복잡하고 감동적인 감정들이 솟아나지 않는가.

가장 평범하고 모두에게 이해되는 생활의 감정을 전달하는 미래 예술에서 그 내용은 좁아지기는커녕 더욱 확대될 것이다. 이제까지 우리 예술에서는 일부 배타적 지위를 가진 사람들에게 고유한 감정의 표현이, 그것도 다수에게는 이해될 수 없는 가장 섬세한 방법으로의 표현이 예술의 덕목으로 여겨졌다. 민중에게 거대한 영역을 차지하는 아동용 예술, 농담이나 속담, 수수께끼, 노래, 춤, 놀이, 흉내내기 따위는 예술의 가치 있는 대상으로 인정되지 못했던 것이다.

미래의 예술가는 감동적인 민담이나 노래, 재미있는 만담이나 수수께끼, 배꼽을 쥐게 하는 농담을 지어내고 수십 세대 사람들이나 수백만의 아이들과 어른들을 즐겁게 하는 그림을 그리는 것이, 잠시 유한계급의 일부 사람들의 시선을 끌었다가 영원히 잊히고 마는 소설이나 교향곡, 회화에 매달리는 것보다 비할 바 없이 더욱 소중하고 유익하다는 것을 이해할 것이다. 만인에게 이해되는 담백한 감정을 다루는 이런 예술 영역은 매우 광대하지만 아직은 거의 미개척지이다.

이처럼 미래의 예술은 빈약하지 않을 뿐만 아니라, 그 반대로 내용적으로 무한히 풍성할 것이다. 미래 예술 형식도 마찬가지로 지금의 예술 형식보다 결코 그 수준이 낮지 않을 뿐만 아니라 비교 불가할 정도로 더 높을 것이다. 물론 그것은 복잡하게 세련된 기교의 차원에서 그렇다는 것이 아니라, 예술가가 체험하고 전하고자 하는 감정을 아무런 군더더기 없이 간단명료하고 담백하게 전달하는 역량에서 그러하다는 것이다.

이와 관련하여 한 가지 생각나는 일이 있다. 은하수 별들의 스펙트럼 분석에 대해 강의를 한 저명한 천문학자와 이야기를 나누는 자리였다. 나는 그에게, 당신처럼 높은 지식과 강의 능력을 지닌 분께서 지구의 자전에 대한 것만이라도 좋으니 그런 전체불리에 대해 알기 쉬운 내용 강연을 해주시면 얼마나 좋겠습니까 하고 말했다. 왜냐하면 특히 여성들이 많았던 청중 가운데에는 왜 낮과 밤이 있고 여름과 겨울이 있는지조차 잘 알지 못하는 사람들이 많았기 때문이었다. 그 박학한 천문학자는 빙그레 미소를 지으며 이렇게 답했다. "예, 그러면 좋겠지요. 하지만 그건 아주 어렵습니다. 은하수 별들의 스펙트럼 분석에 대해 강의하는 것이 훨씬 더 쉽지요."

이 말은 예술에서도 마찬가지다. 클레오파트라 시대의 장편 운문 서사시를 쓰거나, 로마를 불태운 네로 황제를 그리거나, 브람스와 리하르트 슈트라우스 풍의 교향곡이나 바그너 풍의 오페라를 작곡하는 쪽이, 군더더기를 일체 배제하면서도 화자의 감정이 전달되도록 단순한 이야기를 지어내거나, 보는 사람을 웃거나 감동하도록 소묘를 그리거나, 청중에게 분위기를 전하고 오래 기억될 수 있도록 간단명료하게, 아무런 반주 없이 4박자 멜로디로 작곡하는 것보다 훨씬 용이할 것이다.

우리 시대 예술가들은 이렇게 말할 것이다. "이렇게 발전된 우리가 원시로 돌아간다는 것은 불가능합니다. 새삼스레 우리더러 미남 요셉의 이야기나 《오디세이아》 같은 이야기를 쓴다든지, 밀로의 비너스와 같은 조각상을 만든다든지, 민요와 같은 그런 음악을 작곡하란 말입니까? 그것은 불가능합니다."

실제로 우리 시대 예술가에게 이건 불가능한 일이지만, 그러나 미래의 예술가에겐 경우가 다르다. 미래의 예술가는, 내용 부재를 은폐하기 위한 기술적 완성도만을 추구하는 그 어떤 타락을 알지 못하고, 직업적 예술가도 아니어서 자기 활동에 대한 보수도 받지 않으며, 오로지 참을 수 없는 내적 요구를 느낄 때만 예술 활동에 임할 것이기 때문이다.

이처럼 미래의 예술은 그 내용과 형식에서, 지금 예술로 불리는 것과 전혀 다를 것이다. 미래 예술의 내용은 사람들을 결합으로 이끌어가는 감정, 혹은 실제로 결합해주는 감정일 것이며, 그 형식 또한 만인에게 쉽게 다가가는 그런 것일 것이다. 따라서 미래 예술에서는 일부 소수에게만 이해되는 감정의 배타성이 아니라 반대로 그 보편성이 예술적 완성의 이상이 될 것이다. 또한 오늘날과 같은 형식의 모호함과 복잡함, 난해함이 아니라, 그와 반대로 표현의 간명성, 담백성이 그 이상이 될 것이다. 예술이 비로소 그렇게 될 때, 지금과 같이 사람들의 쾌락을 자극하고 방탕하게 만드는 일에 모든 훌륭한 힘을 낭비하지 않게 될 때, 그때가 되어서야 예술은 마땅히 그래야 할 예술로서 그리스도교 종교의식을 이성과 판단의 영역에서 감정의 영역으로 이전하는 도구가 될 것이며, 그로써 사람들을 실제 현실에서, 삶 자체에서 종교의식이 가리키는 바와 같은 그러한 완성과 결합으로 다가가도록 할 것이다.

20.　　결론: 위대한 예술이 나아갈 길

　나는 나와 밀접한 관련이 있는 예술이라는 문제에 관하여 지난 15년 동안 매달려왔던 있던 일을 이제 겨우 전심을 다 하여 완성했다. 15년을 이 일에 매달렸다고 하여 15년 내내 이 책을 집필하고 있었다는 말은 아니다. 15년 전 예술에 관해 집필을 시작하면서 나는 시작하기만 하면 멈추지 않고 곧 장 끝낼 수 있으리라 생각했지만, 그러나 당시 이 문제에 관한 나의 생각은 그리 명확한 것이 아니어서 도저히 스스로 만족할 만큼 그것을 풀어낼 수가 없었다. 그때부터 끊임없이 생각을 거듭하며 예닐곱 번이나 다시 펜을 들었지만, 그때마 다 매번 상당한 분량을 쓰고 나서도 내가 이 문제에 관한 결론을 이끌어낼 상태가 아니라는 느낌을 받으며 중도에 멈추고 말았다. 이제 이 작업을 끝내면서, 비록 결과가 졸렬한 것이긴 하지만, 최소한 나는 우리 사회 예술이 잘못된 길을 걷고 있다는 나의 생각, 예술의 진정한 사명이 어디에 있는가에 대한 나의 생각은 정당한 것이라고 믿는다. 따라서 나는, 이 저술이 결코 완전하달 수 없고 더 많은 설명과 보완이 필요하겠지만 결코 헛수고는 아니기를, 조만간 예술이 지금 서있는 그 그릇된 길에서 벗어나도록 하는 데 조금이나마 도움이 될 수 있기를 바랄 뿐이다. 그러나 그렇게 되어 예술이 새로운 방향을 취하기 위해서는 또 하나의 몹시 중요한 인간의 정신 활동, 즉 예술이 항상 긴밀하게 의존하고 있는 학문 또한 지금 놓여 있는 그 거짓된 길에서 벗어날 필요가 있다.

학문과 예술은 인간의 폐와 심장처럼 긴밀한 상호관계를 지니고 있다. 어느 한 기관이 잘못되면 다른 기관 역시 제대로 작동할 수 없다.

참된 학문은 어느 시대와 사회에서 가장 중요하다고 여겨지는 진리와 지식을 탐구하여 그를 사람들의 의식으로 도입하고, 예술은 이 진리를 지식의 영역에서 감정의 영역으로 옮겨놓는다. 따라서 학문이 걸어가는 길이 그릇되면 예술의 길 역시 그릇되게 된다. 학문과 예술은 강을 거슬러 오르기 위한 예인용 닻을 가진 배와 같다. 학문은 그 배처럼 앞으로 먼저 올라가 닻을 내려 끌어올릴 준비를 하는데, 그 방향은 종교에 의해 주어진다. 예술은 그 배의 권양기와 같은 것으로 닻을 끌어당겨 이동을 완수하게 한다. 따라서 학문의 그릇된 활동은 불가피하게 예술의 그릇된 활동을 초래하기 마런이다.

예술은 대체로 모든 감정을 전달하는 것이지만, 좁은 의미에서는 우리가 중요하게 여기는 감정만을 전달하는 것을 예술이라 일컫는다. 마찬가지로 학문 역시 일반적으로 모든 가능한 지식을 전달하는 것이지만, 좁은 의미에서는 우리가 중요하다고 여기는 지식을 전달하는 것만을 일컫는다.

예술에 의해 전달되는 감정이든 학문에 의해 전달되는 지식이든, 그 중요성의 수준은 해당 시대와 사회의 종교의식, 즉 그 시대와 사회 사람들이 인생의 목적을 이해하는 방식에 달려 있다.

이러한 목적 달성에 기여하는 것은 더 많이 연구하고 더 중요한 학문으로 여기며, 기여하는 바가 적은 것은 덜 중요한 학문으로 여긴다. 인생의 목적 달성에 전혀 기여하는 바가 없는 것은 전혀 연구하지 않거나, 연구한다 하더라도 학문으로 여겨지지 않는다. 인간의 지식과 인간의 삶의 속성은 바로 이와 같다. 그것은 늘 그래왔고 지금도 분명히 그러하다. 그러나 우리 시대 상류계급의 학문은 그 어떤 종교도 인정하지 않을 뿐만 아니라 모든 종교를 미신으로 간주했기 때문에, 그렇게 할 수 없었고 지금도 그러지 못하고 있다.

우리 시대 학문을 한다는 이들은 모든 것을 균등하게 연구한다고 주장하지만, 모든 것이란 양적으로 무한하기 때문에, 모든 것을 균등하게 연구한다는 것은 불가능한 일이다. 그것은 그저 이론적인 주장일 뿐이다. 실제로 모든 것이 연구되지 않고 결코 균등하게 연구되지도 않으며, 한편으로 더 필요한 것, 다른 한편으로 학문하는 자들이 더 선호하는 것이 연구될 뿐이다. 상류계급에 속하는 학자들에게 더 필요한 것, 그것은 그 계급이 특권을 누릴 수 있는 제도를 유지하는 것이며, 그들이 선호하는 것은 한가한 호기심을 충족시키되 그리 힘든 커다란 지적 노력을 요하지 않으면서도 실제적 적용이 가능한 것들뿐이다.

바로 이러한 이유로 인해, 현존 제도에 적용된 신학이나 철학을 포함하는 학문 분야, 그리고 그와 같은 역사와 정치 경제학 등의 학문 분야는 주로, 현존 삶의 구조가 인간의 의지에 속하지 않는 불변의 법칙으로 마땅히 그렇게 될 수밖에 없고 그렇게 존속될 수밖에 없는 구조라는 것, 따라서 그것을 범하려는 어떠한 시도도 모두 불법적이고 무용하다는 것을 증명하는 일에 매달린다. 다음에 수학이나 화학, 물리학, 식물학, 천문학 등과 같은 모든 자연과학을 포함하는 실험에 기초한 학문 분야는 오로지, 인간의 삶과 직접적 관련이 없고 호기심이나 충족하거나 상류계급 사람들의 삶에 유리한 입장을 추론하기 좋은 분야에만 매달린다. 우리 시대 학자들은 자기 입장에 부합하는 연구 대상만을 선별하는 것을 정당화하기 위해 학문을 위한 학문이라는 이론을 꾸며내기도 하는데, 이는 예술을 위한 예술이라는 이론을 꾸며내는 것과 완전히 유사하다.

예술을 위한 예술 이론에 따르면 우리 마음에 드는 대상을 다루는 것, 그것이 예술이고, 마찬가지로 학문을 위한 학문 이론에 따르면 우리를 흥미롭게 하는 대상들을 연구하면 그 것이 학문이 된다.

한 학문 분야는 사람들이 자신의 목적을 이루기 위해 마땅히 살아가야 하는 것을 연구하는 대신 어리석고 거짓된 현존 삶의 구조를 정당하고 불변하는 것으로 증명하고자 하고, 다른 한 분야는 단순한 호기심이나 기술적 개선에 관한 문제들에나 매달린다.

첫 번째 분야는 사람들의 생각을 어지럽히고 그릇된 해결책을 제공한다는 점에서 유해할 뿐만 아니라 진정한 학문이 차지해야 할 자리를 대신 차지하고 있다는 점에서 더욱 해롭다. 그런 학문이 수 세기에 걸쳐 엄청난 지력에 의해 축적되고 삶의 가장 핵심적인 문제들 곳곳에 그릇된 구조를 뒷받침하고 있어, 가장 중요한 삶의 문제를 연구하려는 사람이라면 그 해결에 앞서 무엇보다 먼저 그런 것들을 반박해야만 하기 때문에 그만큼 해로운 것이다.

현대 학문이 특히 자랑스러워하고 많은 사람이 진짜 학문이라 여기는 두 번째 분야가 해로운 것은, 사람들의 관심을 실제로 중요한 대상으로부터 하찮은 대상으로 돌려버리기 때문이다. 게다가 첫 번째 학문 분야가 정당화하고 지지하는 거짓된 사물의 질서 속에서 이 실험 학문 분야의 대다수 기술적 발명들은 인류에게 이익보다는 해로움을 가져오는 방향으로 나아간다는 점에서 직접적으로 유해하다.

대체로 자연과학의 영역에서 이루어진 모든 발견은 그 연구에 평생을 바친 사람들에게나 몹시 중요하고 유용한 것처럼 보일 뿐이다. 그러나 그들에게 그렇게 보이는 것은 자기 주변을 돌아보지 않고 실제로 중요한 것을 바라보지 못하기 때문이다. 그들이 그 연구 대상을 들여다보는 심리학적 현미경에서 눈을 떼고 주변을 돌아본다면, 그들에게 순진한 자부심을 가져다주는 그런 모든 지식이 얼마나 부질없는 것인지 즉각 알아차릴 것이다. 상상의 산물인 기하학이나 은하수의 스펙트럼 분석이나 원자의 모양이나 석기 시대 사람들의 두개골 크기 따위에 대한 지식은 말할 것도 없고, 미생물이나 X선 따위에 관한 지식은 우리가 신학이나 법학, 정치경제학, 재정학 분야의 왜곡된 교수들에게 떠맡기고 내던져버린 지식에 비하면 얼마나 하찮은 것인가. 우리 주변을 한번 돌아보라. 그 즉시 우리는 진정한 학문 활동의 대상은 우연히 우리의 흥미를 끄는 것이 아니라 인간의 삶이 어떻게 굳건하게 기초를 갖추어야 하는가 하는 것, 즉 종교, 도덕성, 공동체적 삶의 문제들이라는 것을 알 수 있을 것이다. 그러한 문제의 해결 없이는 자연에 관한 우리의 모든 인식은 해롭거나 무용할 뿐이다.

우리는 우리의 과학이 우리에게 폭포의 에너지를 이용할 수 있게 하고, 그 힘으로 공장을 돌리거나 산에 터널을 뚫을 수 있도록 해준다며 대단히 기뻐하고 자랑스러워한다. 그러나 유감스럽게도 우리는 사람들의 이익을 위해서가 아니라 사치품이나 살인 무기를 생산하는 자본가들의 배를 불리기 위해서 이 폭포수의 힘을 활용하고 있다. 우리는 전쟁을 피하려 하지 않고 불가피하다고 여기며 끊임없이 그에 대비하면서, 터널을 뚫기 위해 산을 폭파하는 데 사용되는 다이너마이트를 전쟁의 무기로 사용하고 있지 않은가.

지금 우리는 디프테리아 예방접종을 실시하고, X선으로 몸속 바늘을 찾아내고, 꼽추 등을 교정하고, 매독을 치료하고, 경이로운 수술을 해내는 등 많은 일을 해내고 있다. 이러한 업적은 논박의 여지가 없는 것이긴 해도, 만일 우리가 진정한 과학의 실제 사명을 완전하게 이해한다면 그것을 마냥 자랑스러워할 수만은 없을 것이다. 만일 단순한 호기심과 실험의 대상에 지금 쏟아붓고 있는 힘을 그 10분의 1만이라도 인간 생명을 위한 진정한 과학에 바친다면, 지금 병원이나 진료소에서 거의 치료받지 못하는 환자의 절반 이상이 그런 질병에서 벗어날 수 있을 것이다. 공장지대에서 자라는 빈혈성 꼽추 아이들도 없을 것이고, 지금과 같이 50퍼센트에 달하는 아동 사망률도 줄어들 것이고, 세대간 퇴화도 없을 것이고, 매춘도 매독도, 전쟁에서 수십만 명이 살해되는 일도 없을 것이고, 광기와 고뇌라는 끔찍함도 없을 것이다. 하지만 오늘날 과학은 그와 같은 것들을 그저 인간 삶의 필수불가결한 조건이라며 외면하고 있다.

아동 사망률을 줄이고 매음과 매독을 없애고 세대간 퇴화와 대량 살상을 막는 일이 과학이라고 하면 이상하게 들릴

정도로 우리는 과학의 개념을 너무나 왜곡시켜 놓았다. 그리하여 과학이란 실험실에서 작은 유리병에 용액을 옮겨 담거나 개구리나 쥐를 해부하고 스펙트럼을 분석하는 것, 그리고 특수한 과학적 전문 용어로 현존하는 그대로가 마땅한 것이라고 증명하기 위해 자신도 반쯤밖에 모르는 신학, 철학, 역사학, 법학, 정치경제학의 모호한 용어들을 이리저리 늘어놓는 것이라고 여겨지게 된 것이다.

그러나 과학이란, 지금 전혀 중요하지도 않은 과학의 일부에 종사하는 자들이 요구하는 그런 존경을 진정으로 받을 만한 가치를 지닌 참된 과학이란 그런 것이 아니다. 진정한 과학은 무엇을 믿고 무엇을 믿지 않아야 하는지, 사람들의 총체적 삶을 어떻게 구축하고 어떻게 구축하지 않아야 하는지, 남녀 관계는 어떠해야 하고 아이는 어떻게 양육해야 하는지, 타인을 탄압하지 않고 어떻게 토지를 경작하고 이용할 것인지, 이민족은 어떻게 대해야 하는지, 동물은 어떻게 다루어야 하는지, 기타 인간의 삶에 중요한 것은 무엇인지를 아는 일이다.

참된 학문이란 항상 그래왔고 앞으로도 그래야만 한다. 우리 시대에도 그런 과학은 태어나고 있지만, 한편으로 그런 참된 학문은 삶의 현존 질서를 옹호하는 모든 학자에 의해 부정되고 반박되고, 다른 한편으로 그것은 실험과학에 매달리는 자들에 의해 공허하고 불필요하고 비학문적인 것으로 간주된다.

가령, 종교적 광신주의의 진부함과 터무니없음을 증명하고 시대에 맞는 이성적인 종교적 세계관을 수립할 필요성이 있다고 주장하는 저술이나 주장이 나왔다고 하자. 그러면 많은 신학자는 케케묵은 미신을 유지하고 옹호하기 위해 자신의 온갖 지성을 벼려가며 거듭거듭 이 저술을 반박하기 위해 매달린다. 또는 민중이 빈곤한 주요 원인 중 하나가 서구처럼 프롤레타리아가 토지를 소유하지 못해서라는 주장이 나왔다고 하자. 만일 참된 학문이라면 이런 주장을 환영하고 그런 입장으로부터 한 걸음 더 나아간 결론을 도출하고자 할 것이다. 그러나 우리 시대의 학문은 전혀 그 비슷한 일도 하지 않는다. 오히려 반대로, 이를테면 현대 마르크스주의자들이 확신하는 바와 같이, 정치경제학은 다른 모든 소유와 마찬가지로 토지 소유는 갈수록 소수의 소유자에게 집중되어야만 한다고 주장한다. 마찬가지로 전쟁이 불합리하고 무익하다는 것, 매춘이 비인간적이고 파멸적이라는 것, 마약이나 육식이 무의미하고 유해하며 비도덕적이라는 것, 광신적 애국주의가 몹시 유독하며 후진적이라는 것 등을 증명하는 것이 바로 참된 학문이 해야 할 일일 터이다. 물론 그런 저술이 있기는 있지만 그 모든 것은 비학문적인 것으로 취급된다. 학문적이라고 여겨지는 것은, 이런 모든 현상이 당연히 그럴 수밖에 없다고 논증하려는 저술, 혹은 그런 인간의 삶에는 아무런 관심도 두지 않는 한가한 호기심에나 매달리는 것들뿐이다. 우리 시대 학문이 참된 사명으로부터 얼마나 멀리

일탈해 있는가는 일부 학자들이 내세우고 많은 학자들이 부정하지 않고 인정하는 그들의 이상을 보면 놀랄 만큼 분명하게 나타난다.

그들이 이상이라고 말하는 것은 1000년, 3000년 뒤 세계를 묘사하는 통속적인 책자들에 많이 실리곤 하는데 자칭 진지하다고 생각하는 사회학자들도 그런 주장에 동조하고 나선다. 즉 미래에는 토지 경작이나 목축 대신에 실험실에서 화학적 방법으로 식량을 구하게 될 것이며, 인간의 노동은 거의 모두 자연력의 활용으로 대체되리라는 것이 그들의 이상이다.

그렇게 되면 인간은 지금과 같이 자신이 기른 닭이 낳은 달걀이나 자신의 땅에서 거둔 곡식, 몇 해에 걸쳐 자신이 기르고 자신의 눈앞에서 꽃을 피우고 열매 맺은 사과나무의 열매를 먹지 않고, 수많은 사람의 공동 노력에 의해(자신도 작은 역할을 맡고) 실험실에서 준비되는 영양가 높은 맛있는 음식을 먹게 된다는 것이다. 그리하여 인간 노동의 필요성은 거의 존재하지 않고 모든 사람이 지금 최고의 상류 지배 계급이 누리는 한가로움을 누리게 되리라는 것이다. 이러한 이상만큼 우리 시대 과학이 얼마나 참된 길에서 벗어나 있는지 분명하게 보여주는 것은 더 이상 없을 것이다.

우리 시대 사람들은 거의 대다수가 건강한 양식을 충분히 가지고 있지 못하다(주거와 의복, 기타 생필품에서도 마찬가지다). 게다가 그 대다수 사람들은 건강을 해치면서까지 끝없이 힘에 부친 노동을 강요당하고 있다. 사람들 상호간의 투쟁이나 사치, 부의 부당한 분배, 거짓되고 유해한 질서를 전반적으로 제거하고 합리적인 인간 생활을 수립한다면 이런 비참한 상황은 아주 쉽게 일소될 수 있다. 하지만 학문은 현존 제도가 천체의 움직임처럼 불변의 것으로 여기고, 학문의 임무란 이런 제도의 허구성을 밝히고 새로운 삶의 질서를 수립하는 것이 아니라 이 현존 질서 속에서 방탕한 삶을 영위하는 지금의 지배 계급처럼 만인을 똑같이 넉넉하게 먹여 살리는 것이라고 생각한다. 이러한 생각 속에는, 자신의 노동으로 땅에서 얻는 곡식이나 채소, 과일이 가장 맛있고 건강한 자연식이라는 사실, 그리고 자기 근육을 움직이는 노동이 호흡을 통한 혈액으로의 산소 공급처럼 생명의 필수불가결한 조건이라는 사실은 망각되어 있다.

사람들이 노동과 부의 이런 그릇된 분배조건 아래서 자신의 노동 대신에 자연력을 이용하고 화학적으로 제조한 음식으로 영양을 섭취하는 방법을 궁리하는 것은, 마치 공기가 나쁜 밀폐된 방 안에 있는 사람이 숨을 제대로 쉬기 위해서는 그 방을 열고 나가기만 하면 된다는 사실을 잊고 그저 어떻게 하면 사람의 폐에 산소를 공급할 것인지 궁리하는 것과 똑같다.

동식물 세계에는 어떤 교수가 설계해낸 것보다 훌륭한 음식물 제조실이 갖추어져 있고, 그 실험실에 참여하고 그 결실을 이용하기 위해 인간은 다만 즐거운 노동의 요구에 몸을 맡기기만 하면 된다. 그러한 노동이 없다면 인간의 삶이란 그저 고통스러운 일일 뿐이다. 그런데도 우리 시대에 학문을 한다는 자들은 인간을 위해 준비된 이 혜택을 누리지 못하게 하는 방해 요인을 제거하기 위해 전력을 기울이는 대신, 인간에게 이런 혜택을 빼앗긴 상태가 불변의 것이라고 인식할 뿐이다. 그리고 기꺼이 노동을 통해 땅으로부터 음식을 얻도록 삶을 구축하는 대신, 인간을 인공적 불구로 만들어낼 수단을 궁리해내고자 몰두한다. 이것이 어떻게, 숨 막히는 장소에서 신선한 바깥으로 사람을 끌어내는 대신, 숨 막히는 밀폐된 공간에서 그대로 살아가도록 어떻게든 필요한 산소를 주입할 수 있는 수단을 궁리하는 짓과 다르지 않다 할 것인가.

학문이 그릇된 길에 서 있지 않다면 이런 그릇된 이상은 존재조차 하지 못했을 것이다.

한편 예술에 의해 전달되는 감정은 그 시대 주어진 학문의 토대에서 발생한다. 하지만 그릇된 길에 서 있는 그런 학문이 불러일으키는 감정이란 대체 어떤 것이겠는가. 어떤 학문 분야는 낡고 퇴락한 인류의 감정, 그리하여 우리 시대에는 어리석고 배타적인 것이 되어버린 감정을 불러일으키곤 한다. 하지만 어떤 분야는 본질적으로 인간의 삶과 아무런 관련이 없는 대상을 연구하는네 몰두하여 예술에 이무런 토대도 제공하지 못한다.

따라서 우리 시대 예술이 마땅히 되어야 할 예술이 되기 위해서는, 학문을 떠나 제 스스로의 길을 열어가거나, 아니면 승인받지 못한, 즉 정통파에 의해 부정되는 학문의 가르침을 활용해야 할 것이다. 조금이라도 자신의 임무를 다하기 위해 예술이 해야 할 일이 바로 이것이다.

예술에 대한 나의 이 작업이 학문에 대해서도 이루어져, 부디 학문을 위한 학문이라는 이론이 부당하다는 것을 사람들이 이해하기를, 그리스도의 가르침을 그 진정한 의미로 인정해야만 한다는 것이 명백하게 밝혀지기를, 그리고 우리가 지니고 자랑스러워하는 그 모든 지식이 그리스도의 가르침에 비추어 재평가되기를, 실험과학의 지식이 헛되고 부차적이라는 것, 그리고 일차적으로 가장 중요한 지식은 종교적·도덕적·공동체적 지식이라는 것이 인식되기를, 이러한 지식들은 지금처럼 오로지 상류계급의 손아귀에 쥐어지지 않고 진리를 사랑하는 모든 자유로운 사람들, 상류계급과 항상 일치하기보다 그들과 완전히 절연하여 삶의 진정한 학문을 움직여가는 그런 사람들의 가장 중요한 것이 되기를, 내가 바라는 것은 오직 그뿐이다.

그렇게 되면 수학, 천문학, 물리학, 화학, 생물학 등은 공학과 의학과 마찬가지로 사람들이 종교적·법적·사회적 기만에서 해방되도록 도움이 되는 방향으로 연구를 진행할 것이고, 한 계급이 아니라 만인의 선을 위해 기여하는 학문이 될 것이다.

그러할 때 비로소 학문은 지금과 같이, 낡아빠진 삶의 질서를 유지하기 위한 궤변 체계이거나, 대부분 아니 전적으로 그 어디에도 쓸모가 없는 온갖 지식의 산더미가 아니라, 명확하고 누구에게나 이해될 수 있는 합리적인 목적, 즉 우리 시대 종교의식에서 연원하는 진리를 사람들의 의식 속에 가져온다는 목적을 지닌 질서정연한 유기적 전체가 될 것이다.

그러할 때 비로소 예술도, 항상 학문과 상관관계를 지닌 예술도 마땅히 되어야 할 그 모습으로, 학문과 마찬가지로 인류의 진보와 삶을 위한 매우 중요한 기관이 될 수 있을 것이다.

예술은 쾌락이나 위로, 오락이 아니다. 예술은 위대한 일이다. 예술은 사람들의 합리적 의식을 감정으로 전이할 수 있는, 인류의 삶의 기관이다. 오늘날 사람들의 보편적인 종교의식은 만인의 상호결합 속에서 만인의 행복과 형제애를 이루는 것이다. 참된 학문은 이런 의식을 삶에 적용할 때 나타나는 서로 다른 다양한 모습을 보여주어야만 하고, 예술은 이런 의식을 감정으로 옮겨놓아야 한다.

예술의 과제는 거대하다. 과학의 조력 아래 종교의 지도를 받는 참된 예술이 해야 할 일은, 오늘날 법과 경찰, 자선기관, 노동 감독 등과 같은 외부적 수단에 의해 유지되고 있는 인류의 평화로운 공동생활이 사람들의 자유롭고 즐거운 활동에 의해 이루어지도록 만드는 것이다. 예술은 강세성을 밀리해야만 한다.

오로지 예술만이 이를 해낼 수 있다.

오늘날 폭력과 처벌의 두려움(우리 시대 질서의 대부분은 여기에 기초해 있다)에 의하지 않고 사람들의 공동생활을 가능하게 만드는 모든 것, 그 모든 것은 예술에 의해 이루어진 것이다. 예술이, 종교적 대상에 대해서는 이렇게 예를 올리고, 부모와 자식과 아내, 친지와 다른 사람들, 이민족은 이렇게 대하고, 연장자와 귀한 분들, 수난받는 자들, 적과 동물은 또 이렇게 대하고 하는 모든 관습을 전해주고, 그것이 수백만 명의 사람들에 의해 누대에 걸쳐 그 어떤 조금의 강제도 없이 준수될 뿐만 아니라 예술 외에는 그 무엇에 의해서도 흔들리지 않는 것이라면, 만일 그렇다면 우리 시대 종교의식에 더 조응하는 다른 관습들도 바로 그 예술에 의해 형성될 수 있을 것이다. 만일 성상과 성찬, 왕의 초상에 대한 경건함, 동료에 대한 배신의 수치심, 국가의 깃발에 대한 충성심, 모욕에 대한 복수심, 사원 건립과 장식을 위한 헌신적 노동 의식, 자기 명예나 조국의 영광을 수호할 의무감 등이 예술에 의해 전달될 수 있었다면, 바로 그 예술은 모든 인간의 인격이나 모든 동물의 생명에 대한 존중심도 불러일으킬 수 있을 것이며, 또한 사치와 폭력, 복수, 타인에게 없어서는 안 될 물건들을 자기만족을 위해 사용하는 것에 대한 수치심도 불러일으킬 수 있을 것이다. 그리하여 예술은 사람들이 자유롭고 기쁜 마음으로 타인에게 봉사하고 이를 조금도 의식하지 않은 채 자신을 희생하는 마음을 지니게 만들 것이다.

예술은 지금 오로지 일부 상류층 사람들만이 지닌 형제애와 이웃 사랑의 감정을 만인의 원초적인 제1의 감정이 되도록 만들어야만 한다. 종교예술은 상상을 통해 사람들에게 형제애와 사랑의 감정을 불러일으킴으로써 현실의 동일한 조건 속에서 그런 감정들을 체험하도록 가르친다. 그리하여 예술로 양육된 사람들은 예술이 그들 영혼에 깔아놓은 궤도를 따라 자연스럽게 행동하며 살아가게 되는 것이다. 전 민중의 예술은 몹시 다양한 모든 사람을 하나의 감정으로 결합하고 분열을 제거해 나간다. 그리하여 사람들을 하나 되는 결합으로 양육하고 생활 속에 가로놓인 장벽을 넘어 모두가 하나 되는 기쁨을 이론적 사고가 아니라 삶 자체로써 보여주게 된다.

우리 시대에 예술의 사명은, 만인의 행복이란 만인의 하나 된 결합에 있다는 진리를 이성의 영역에서 감정의 영역으로 옮겨놓음으로써 지금 지배하고 있는 폭력의 자리에 신의 왕국을 세우는 것, 즉 우리 모두가 인류의 삶의 최고의 목적으로 여기고 있는 사랑의 왕국을 세우는 것이다.

어쩌면 앞으로 미래에 학문이 예술에게 훨씬 새롭고 고귀한 이상을 열어주고, 예술이 그것을 실현할지도 모르지만, 그러나 지금 우리 시대의 예술의 사명은 명확하다. 그리스도교 예술의 과제, 그것은 만인의 형제적 결합의 실현이다.

예술과 문화에 대한 준엄한 비판과 참된 예술을 향한 격정

  톨스토이의 글은 구체적이고 선명하다. 에둘러 가거나 모호하게 머뭇대지 않는다. 오로지 직진이다. 이 책《예술이란 무엇인가》도 마찬가지다. 톨스토이는 수많은 예술 현상과 미학 이론을 구체적이고 명확하게 분석하고 비판한다. 그리고 자신이 생각하는 위대한 예술의 미래를 대담하게 그려낸다. 그래서 예술에 대한 준엄한 비판과 참된 예술을 향한 격정이 생생하게 느껴진다.

  이 책을 번역하며 나는 이영광 시인의 '수정할 수 없는 직선' '나를 꿰뚫었던 길' '오늘 아침에도 누군가 이 길을 / 부들부들 떨면서 지나갔던 거다'*를 떠올렸다. 과연 톨스토이의 글은 수정할 수 없는 직선처럼 나를 꿰뚫고 지나간다. 예술이란 선에 대한 감동을 감염시키는 것이라는 그의 주장처럼 그의 글은 지독하게 나를 감염시킨다. 적어도 톨스토이의 글을 읽는 동안에는 절대로 그를 벗어날 수 없고, 톨스토이처럼 느끼고 생각하고 결기를 세우게 된다. 톨스토이의 글은

---

*   이영광, 《직선 위에서 떨다》, 창비, 2003.

그렇게 조금의 물렁함도 없이 단단하고 한 치의 틈도 없이 우리를 결박해 들어온다.

톨스토이Лев Николаевич Толстой(1828~1910)의 예술론은 보통 본질주의나 목적론적 예술론으로 분류되곤 한다. 예술의 본질을 정의하고 그에 부합하는 예술만을 참된 예술이라고 본다는 점에서 본질주의 예술론이고, 그 예술의 사명을 인간의 선한 감정(진정한 종교적 감정)의 전달과 감염이라고 본다는 점에서 목적론적 예술론이라는 것이다. 그리하여 톨스토이는 현대판 플라톤처럼 이해되기도 한다. 이상적인 국가는 세상의 본질인 이데아를 탐구하는 철인哲人이 통치해야 하며, 이차적 현상에 매달리는 시인은 추방해야 한다고 말한 플라톤은 본질주의적·목적론적 예술론의 원형이라 할 수 있기 때문이다. 톨스토이 역시 인간의 본성은 인류의 종교의식의 토대인 선에 대한 지향에 있고, 바로 그 선에 대한 체험과 공감을 담은 예술만이 진정한 참된 예술이라는 관점을 견지한다.

그러나 톨스토이의 예술론은 본질주의나 목적론으로 간단히 치부될 수 없다. 《예술이란 무엇인가》를 발표한 1897년, 톨스토이는 《안나 카레니나》《전쟁과 평화》등 불멸의 대작과 수많은 중단편을 집필한 세계적인 위대한 소설가였고, 철학·교육·종교에 관한 여러 논저를 통해 러시아와 유럽을 포함하여 세계의 정신적 스승으로 추앙받고 있었다. 그러나 작가로서 명성의 정점에 도달했던 톨스토이는 삶과 죽음의 문제를 앞두고 심각한 정신적 위기를 겪는다. 여기서 톨스토이는 자신이 매달려온 문학이 삶의 행복과 선을 실현하는 수단이 되지 못하며, 자신이 믿고 살아온 종교가 허구와 위선에 기반하고 있다는 판단에 직면한다. 문학 활동을 부정한 톨스토이는 문학을 포함한 예술 전반에 대해 자신의 태도를 분명하게 정립하고 제시해야 할 필요를 느꼈다. 그리하여 그의 본격 예술론은*1881년《예술잡지》편집자인 N. A. 알렉산드로프에게 보낸 편지 형식으로 시작된다. 하지만 이후 15년 동안 톨스토이는 종합적인 예술론을 완성할 수 없었다.

톨스토이는 예술론을 집필하기 위해 고대로부터 중세, 근대에 이르기까지 다양한 미학론과 예술적 주장들, 예술 현상과 종교론 등을 동서양에 걸쳐 두루 섭렵하고 분석하며 자신의 주장을 검증해나간다.《예술이란 무엇인가》에 언급되는 철학가와 미학자, 예술가 등의 이름만 해도 수백 명에 달하고 예술 작품과 현상들도 거의 전 세계를 포괄하고 있다. 정신적 위기를 초래한 위기의 한 축인 종교 문제에 대해서는 거의 즉각적으로《고백》(1880)을 통해 자신의 답을 제시했던 반면, 예술부정론에 대한 자신의 온전한 답을 내놓기 위해 더 많은 시간이 필요했던 이유다.

《예술이란 무엇인가》가 발표된 1897년은 여러모로 격동기였다. 사회적으로는 러시아 사회의 다양한 모순이 폭발하고 아래로부터의 저항이 꿈틀대면서 러시아 혁명이 본격적으로 준비되기 시작한 시기였고, 문화적으로는 다양한 근대적 모색과 실험이 개화되기 시작한 '은세기The Silver Age'로 불리는 시기였다. 톨스토이는 이미 예순의 나이에 접어들었지만 당대 러시아 사회와 지식인, 민중에게 미치는 그의 영향력은 더욱 커져가고 있었다. 1890년대 러시아 사회에 몰아닥친 사회문화적 격변을 목도하면서 톨스토이는 더욱 단호하게 자신의 신념을 토로해갔다. 장기간의 흉년에 기아 상태로 죽어가는 농민과 빈민을 구제하기 위해 전국에 빈민급식소를 운영하는가 하면, 당면한 사회문제에 대해 적극적으로 목소리를 높여갔던 것이다. 당대 상류층 중심의 예술에 대한 강력한 비판과 민중 예술에 대한 적극적 주장을 담은《예술이란 무엇인가》역시 이러한 분위기의 영향을 받지 않을 수 없었다. 물론 이것은 문학 활동을 부정해왔던 그 자신의 오랜 신념을 정식화하는 것이었다.

톨스토이는 구체적인 경험을 바탕으로 현실의 예술 현상을 분석하며 자신의 주장을 풀어간다. 책의 서두에서 그는 자신이 직접 목격한 무대 예술이 얼마나 많은 노동자들의 희생과 자본에 과도하게 의존하고 있는지, 그러면서도 노동자와 민중은 그 예술을 전혀 누리지도 이해하지도 못하고 있는지 분노한다. 이렇게 구체적 경험담과 현상 분석을 통해 명료하고 거부하기 힘든 논리를 쌓아가고, 그에 근거하여 그런 현상들의 본질을 폭로하는 것이다.

전 민중을 위한 교육에는 필요 재원의 1퍼센트도 제대로 쓰지 않는 러시아에서 미술아카데미, 음악학교, 연극학교에는 예술을 지원한다는 명목으로 수백만 루블의 정부지원금이 지급되고 있다. 프랑스에서는 예술 지원을 위해 800만 루블 정도에 달하는 지원금이 책정되고, 독일과 영국의 사정도 그와 비슷하다. 거의 모든 대도시마다 전시관이나 공연장, 음악학교와 미술학교, 연극학교를 위한 거대한 건물들이 속속 들어서고 있다. 수십만 명의 노동자들이, 목수, 석공, 페인트공, 가구공, 도배공, 재봉사, 미용사, 보석세공사, 주물공, 식자공이 예술에 필요한 것을 충족하기 위해 평생을 중노동에 바치고 있으니, 아마도 전쟁을 제외하고 이만큼 인간의 노동을 집어삼키는 인간 활동은 달리 어디에도 없을 것이다.(제1장에서)

톨스토이에 의하면 예술이란 인간이 도달한 최고의 감정을 전달하는 것이다. 그 최고의 감정이란 바로 어느 사회에나 존재해온 종교의식(선에 대한 지향)이다. 모든 민족, 모든 시대에 존재하던 그런 참된 예술은 종교의 타락에 의해, 특히 제도로서의 종교에 의해 특정 계급의 전유물로 변질된다.

(……) 유럽 사회 상류계급 사람들이 교회 교리에 대한 믿음을 상실하고 진실한 그리스도교 정신을 받아들이지 않고 아무런 신앙도 없는 상태가 되면서부터, 이제 그리스도교 민

족들의 상류계급 예술을 그 민족 전체의 예술이라는 의미로 말할 수 없게 되었다. 그리스도교 민족들의 상류층이 교회 그리스도교에 대한 믿음을 상실한 이래 상류계급의 예술은 민족 전체의 예술로부터 떨어져 나왔고, 결국 예술은 민족 공통의 예술과 지배자의 예술로 분리된 것이다. 바로 이런 이유로, 어떻게 하여 인류는 참된 예술 없이 오직 쾌락에 봉사하는 예술에 매달려 그 오랜 기간을 살아왔는가라는 질문에 대해 우리는, 진실한 예술 없이 살아온 것은 전 인류가 아니며, 심지어 인류의 다수도 아니고, 그리스도교 유럽 사회 상류계급 뿐이다. 그렇게 살아온 것도 비교적 아주 짧은 기간, 문예부흥과 종교개혁의 시작에서부터 최근까지일 뿐이다, 라고 답할 수 있다.(제8장에서)

예술 활동의 목적은 인류가 도달한 종교적 의식에서 나온 최고의 감정을 전달하는 것임에도 불구하고, 유럽 세계 상류계층의 무신앙은 그것을 사회의 특정 사람들에게만 극대화된 쾌락을 제공하는 목적의 활동으로 만들어버렸다. 그리하여 거대한 예술의 영역에서 오직 특정 집단의 사람들에게 쾌를 제공하는 것을 예술이라고 부르게 된 것이다.(제9장에서)

인류의 최고의 감정을 담아내고 전달하는 전 민중의 예술이 종교의 타락에 의해 특정 계급의 오락이나 욕정의 수단이

되어버렸고, 현대의 다양한 미학이론은 앞다투어 그런 예술을 형이상학으로 정당화하기에 바빴다. 톨스토이는 예술이 결코 '미'나 '쾌락'의 산물일 수 없다고 주장한다. 톨스토이의 이러한 비판은 당대 유럽의 내로라하는 문학과 예술에 대한 전면적 비판으로 나아간다. 특히 프랑스의 보들레르와 베를렌, 말라르메 등 당대 최고의 시인으로 추앙받고 있던 시인들의 감각적 쾌락을 추구하는 경향과 그릇된 니체 철학, 바그너와 브람스의 음악극이 집중적인 비판의 대상이다. 이들은 특정한 소수를 위해 난해하고 기묘한 형식과 내용에 집착하여 예술을 빈약하게 만들고 있다.

상류계급 사람들의 무신앙의 결과, 그들 예술은 내용이 빈약해졌다. 그러나 거기에 더해 그들 예술은 갈수록 그들만의 것으로 배타적이고, 가면 갈수록 더욱 복잡하고 조작적이고 모호한 것이 되어 갔다.

(……) 예술가가 배타적인 조건들 속에 있는 좁은 범주의 사람들, 혹은 단 한 사람이나 궁중 사람들, 즉 교황이나 추기경, 국왕, 제후, 왕비, 왕의 애첩을 위해 작품을 만든다면, 그는 자연히 특정한 조건에 있는 그런 지인들에게만 영향을 주려고 애쓸 것이다. 이는 감정을 드러내는 훨씬 쉬운 방법일 텐데, 그 경우 예술가는 어쩔 수 없이 다른 모든 사람은 뭐가 뭔지 도대체 알지 못하고 헌정받는 사람들만 이해하는 그런 암시들을 사용하는 경향에 빠지게 된다. 그런 표현 방법을

통해 그는 더 많은 것을 말할 수 있었고, 헌정받는 사람들에게 안개에 싸인 듯한 몽롱한 매혹 같은 어떤 특별한 느낌을 담아낼 수 있었다. 에둘러 말하는 완곡어법이나 신화와 역사에 대한 암시에서 드러나는 이런 표현 방법은 점점 더 빈번하게 사용되다가 최근에는 데카당이라 불리는 예술에서 극에 달한 것 같다. 급기야 요즈음에는 몽롱함, 수수께끼 같은 것, 무지, 대중에게 전혀 이해되지 않는 난해함뿐만 아니라 부정확함과 모호함, 거칠고 조잡한 언어가 오히려 예술작품의 시적 덕목으로 여겨지기까지 한다.(제10장에서)

톨스토이가 보기에 이러한 예술은 예술의 타락이자 사이비 예술에 불과하다. 그는 사이비 예술이 취하는 다양한 예술적 기교와 형식이 예술의 본질과 얼마나 무관한지 가차 없이 드러내고 비판한다.

당대 지배계층의 예술로 전락한 현상을 세밀하게 분석하고 톨스토이가 내세운 진정한 예술론은 무엇인가. 참된 예술은 저자의 진실한 감정을 전달하는 내용과 형식이어야 한다. 어느 시대 어느 민족에게나 공통적으로 존재해온 참된 종교의식, 그것은 인간의 선에 대한 지향이다. 인간으로서 예술가 역시 바로 그러한 참된 종교의식을 체험하고 그 진실한 감동을 자신의 작품으로 전달하는 것이 바로 예술의 형식과 내용인 것이다.

참된 예술과 모조 예술을 구별하는 의심의 여지 없는 하나의 특징이라면, 그것은 감염력이다. 만일 어떤 사람이 스스로 어떤 활동을 보태거나 자기 입장을 변경하지 않은 채 다른 사람의 작품을 읽거나 보고 들으면서, 그 작가와, 그리고 그 작품을 감상한 다른 사람들과 일체가 되는 영혼의 상태를 체험한다면, 그런 상태를 불러일으키는 그 작품은 진정한 예술작품이다. 하지만 아무리 시적이고 진짜와 유사하고 효과적이고 흥미롭다 할지라도 그 작품이 모든 다른 감정과 다른 아주 특별한 기쁨의 감정, 저자와 하나가 되는 감정, 또 그것을 받아들이는 다른 사람들(청중이나 관객)과 하나가 되는 감정을 불러일으키지 못한다면, 그것은 예술작품이 아니다.(제15장에서)

톨스토이는 이러한 예술론을 기초로 참된 예술, 특히 미래의 참된 예술의 출현을 고대한다. 미래의 예술은 만인의 형제애적 결합을 일깨우는 예술일 것이다. 특히 제도로서의 교회 예술, 배타적 사랑과 정서를 담은 애국주의 예술, 오만과 허영, 관능과 쾌락에 빠진 예술은 더 이상 예술로서 장려되지도 않고 존재할 수도 없게 된다.

톨스토이는 자신의 예술부정론을 화려하게 참된 예술론으로 승화시킨다.

예술은 쾌락이나 위로, 오락이 아니다. 예술은 위대한 일이다. 예술은 사람들의 합리적 의식을 감정으로 전이할 수 있는, 인류의 삶의 기관이다. 오늘날 사람들의 보편적인 종교의식은 만인의 상호결합 속에서 만인의 행복과 형제애를 이루는 것이다. 참된 학문은 이런 의식을 삶에 적용할 때 나타나는 서로 다른 다양한 모습을 보여주어야만 하고, 예술은 이런 의식을 감정으로 옮겨놓아야 한다.

예술의 과제는 거대하다. 과학의 조력 아래 종교의 지도를 받는 참된 예술이 해야 할 일은, 오늘날 법과 경찰, 자선기관, 노동 감독 등과 같은 외부적 수단에 의해 유지되고 있는 인류의 평화로운 공동생활이 사람들의 자유롭고 즐거운 활동에 의해 이루어지도록 만드는 것이다. 예술은 강제성을 멀리해야만 한다.

오로지 예술만이 이를 해낼 수 있다.(제20장에서)

톨스토이는 결론에서 이렇게 미래 예술에 대한 긍정적 전망과 기대를 그려낸다. 결벽스러울 정도로 당대 예술을 비판하고 다양한 철학적 논리를 집요하게 논박해온 목적이 분명하게 드러나는 부분이다.

현대의 독자에게 톨스토이의 예술론이 다소 괴팍하고 현대 예술의 나양한 예술 경향을 수용하지 못하는 것으로 보일 수도 있을 것이다. 나 역시 이 책을 번역하면서 부분부분에서 그런 반감을 느끼기도 했음을 감출 수 없다. 특히 새로운 예술 경향에 대한 부정적 태도, 오늘날 고전으로 여겨지는 베토벤이나 리스트, 바그너, 그리고 수많은 근대 문학가들에 대한 가차 없는 비판, 지나치게 예술을 종교의식으로 읽는 태도 등은 톨스토이의 보수적이며 완고한 철학을 보여주는 것만 같아 마음이 편치 않았던 것이다. 그러나 예술이 넘쳐나면서도 예술의 과도한 상품화와 저급한 대중주의에 대한 우려 또한 심각하게 대두되고 있는 21세기 우리의 예술 상황에서 예술의 본질과 사명에 대한 톨스토이의 명료한 육성은 한줄기 신선한 샘물과도 같고, 준엄한 죽비소리와도 같음을 부정하기 힘들다.

톨스토이의 예술론이 오늘날 우리에게 글자 그대로 적용되는 것은 아닐 수 있다. 그러나 톨스토이가 제기하는 근본적인 비판과 질문, 그리고 그에 대한 신념에 가득 찬 대답은 오늘날 문학과 예술이 나아갈 길에 대한 사고의 출발점이 될 수 있다고 생각한다. 우리가 처하고 누리고 있는 예술과 인간의 삶의 근본적인 문제들을 톨스토이를 준거점으로 하여 되비추어 보고 성찰할 필요가 있는 것이다. 이 책, 《예술이란 무엇인가》가 문학과 예술의 고전으로서 가치를 지니는 것은 바로 그런 까닭이다.

이 책을 번역하면서, 다양한 해설서에서는 맛볼 수 없는 톨스토이의 글 자체가 지닌 매력과 설득력, 톨스토이의 열정에 깊이 '감염'되곤 했다. 역시 고전은 그 자체로 읽으며 체득해야 하는 것임을 새삼 느꼈다. 기존에 여러 번역본이 있지만, 이 번역에서는 더 명료하게 톨스토이의 논리를 전달하고 가독성을 높이고자 노력했다. 독자들이 이 책을 통해 톨스토이의 예술에 대한 열정과 인류의 삶과 문화에 대한 통찰까지 함께 감상할 수 있기를 바란다.

1828년(출생)	8월 28일(신력 9월 9일), 야스나야 폴랴나에서 니콜라이 일리치 백작과 마리야 니콜라예브나 사이의 4남 1녀 중 넷째로 태어나다.
1830년(2세)	8월 4일 어머니 마리야 니콜라예브나가 여동생을 낳다 사망하다.
1837년(9세)	1월 모스크바로 이사. 7월 21일 아버지 니콜라이 일리치 백작 사망. 숙모가 다섯 남매의 후견인이 되다.
1844년(16세)	형제들과 함께 카잔으로 이사. 카잔대학교 동양어학과에 입학하다.
1845년(17세)	법학과로 전과하다.
1847년(19세)	카잔대학교를 중퇴하고 야스나야 폴랴나로 귀향하다. 농민들의 가난한 삶을 목격하고 그들을 돕기 위해 노력했으나 좌절하다.
1848~1849년 (20~21세)	모스크바와 상트페테르부르크를 오가며 법학 공부를 계속하지만 졸업 시험에서 탈락하다. 사교계 생활과 도박, 사냥 등에 빠져 방황하며 경제적 어려움에 직면. 바흐, 쇼팽 등의 음악에 심취하여 피아노 연주에 탐닉하다. 야스나야 폴랴나에 돌아와 농민학교를 열지만 만족할 만한 성공을 거두지 못하다.
1851년(23세)	큰형 니콜라이를 따라 캅카스로 떠남. 지원병으로 참전. 〈어린 시절〉 집필.
1852년(24세)	포병 부사관으로 포병대 입대. 문예지 《동시대인》에 〈어

린 시절〉이 게재되고 극찬을 받다.

1853년(25세)	퇴역한 큰형을 따라 톨스토이도 퇴역하려 했으나 터키와의 전쟁으로 군 복무가 연장되다.
1854년(26세)	1월 장교로 승진. 몇몇 장교들과 함께 〈군사 신문〉 발행 계획을 세웠으나 당국에 의해 금지됨. 11월 세바스토폴에서 크림전쟁에 참전하다. 〈소년 시절〉 발표.
1855년(27세)	6월 《동시대인》에 〈세바스토폴 이야기〉 발표. 크림전쟁 패배 후 군에서 제대하다. 12월 상트페테르부르크에서 투르게네프 등 작가들과 만나다.
1856년(28세)	〈세바스토폴 이야기〉 연재 계속. 12월 소설 〈지주의 아침〉 발표.
1857년(29세)	《동시대인》에 〈청년 시절〉 발표. 유럽여행을 다녀와 야스나야 폴랴나에 정착. 농사일을 하다.
1858년(31세)	〈세 죽음〉 발표.
1859년(32세)	〈가정의 행복〉 발표. 농민 자녀를 위한 학교 개설.
1860년(32세)	교육 문제에 관심을 두고 〈국민 보통 교육 초안〉을 기초함. 7월 두 번째 유럽 여행을 떠나다. 9월 큰형 니콜라이 사망.
1862년(34세)	교육 잡지 《야스나야 폴랴나》 간행. 소피야 안드레예브나와 결혼하다.
1863년(35세)	〈카자흐 사람들〉 발표. 맏아들 세르게이가 태어나다.
1864년(36세)	작품집 1, 2권 간행. 딸 타티야나가 태어나다.
1865년(37세)	《러시아 통보》에 《1805년》《전쟁과 평화》1, 2권) 발표.
1866년(38세)	둘째 아들 일리야가 태어나다.
1867년(39세)	《전쟁과 평화》3, 4권 집필.
1868년(40세)	《전쟁과 평화》5권 집필.
1869년(41세)	《전쟁과 평화》6권 집필. 셋째 아들 레프가 태어나다.
1871년(43세)	둘째 딸 마리야가 태어나다. 《철자법 교과서》 집필.
1873년(45세)	《안나 카레니나》 집필 시작. 러시아 과학 아카데미 언어·문화 분과 준회원으로 선출됨. 사마라 지방에 온 가족과

함께 가 기근 구제사업을 하다.

1875년(47세) 《러시아 통보》에 《안나 카레니나》 연재를 시작하다.

1877년(49세) 《안나 카레니나》 탈고. 넷째 아들 안드레이가 태어나다.

1878년(50세) 《안나 카레니나》 단행본 출간.

1879년(51세) 다섯째 아들 미하일이 태어나다.

1880년(52세) 《고백》을 탈고했으나 출판이 금지되다. 성서번역에 착수.

1881년(53세) 단편소설 〈사람은 무엇으로 사는가〉 집필. 알렉산드르 2
세 황제 암살에 가담한 혁명가들의 사형집행을 반대하는
청원을 황제에게 제출하다. 가족과 함께 모스크바로 이
주. 톨스토이 자신은 모스크바와 야스나야 폴랴나를 오가
며 생활하다.

1882년(54세) 모스크바 인구 조사에 참가하다. 이 조사를 통해 노동자
들의 비참한 현실을 깨닫게 된다. 〈모스크바에서의 민세
조사에 대하여〉, 〈교회와 국가〉 발표.

1883년(55세) 《나의 신앙은 어디에 있는가》 탈고.

1884년(56세) 야스나야 폴랴나에서 첫 번째 가출 시도. 셋째 딸 알렉산
드라가 태어나다.

1885년(57세) 〈바보 이반〉, 〈두 노인〉, 〈촛불〉, 〈사랑이 있는 곳에 하나님
이 계시다〉, 〈홀스토메르〉 등을 집필하다.

1886년(58세) 단편소설 〈세 수도승〉, 중편소설 〈이반 일리치의 죽음〉,
희곡 〈어둠의 힘〉 등을 집필.

1887년(59세) 《인생에 대하여》, 중편소설 〈크로이체르 소나타〉 집필.

1888년(60세) 모스크바에서 야스나야 폴랴나까지 도보로 여행하다. 여
섯째 아들 이반이 태어나다.

1889년(61세) 희곡 〈계몽의 열매〉, 중편소설 〈악마〉 집필.

1890년(62세) 중편소설 〈세르게이 신부〉 집필.

1891년(63세) 저작권을 거부하고 1881년 이전까지 발표한 모든 작품의
저작권 포기 각서에 서명하다. 중앙 러시아, 동남 러시아
등 기근이 발생한 지역의 농민 구제를 위해 활동. 〈기근
보고〉, 〈법원에 관해서〉 등을 집필하다.

1892년(64세)	〈신의 나라는 네 안에 있다〉 탈고.
1895년(67세)	단편 우화 〈주인과 일꾼〉 탈고. 여섯째 아들 이반 사망. 《부활》 집필 시작.
1896년(68세)	희곡 〈그리고 빛은 어둠 속에서 빛난다〉 탈고. 《부활》 집필 중단. 중편 〈하지 무라트〉 초판본 완성.
1897년(69세)	〈예술이란 무엇인가〉 집필.
1898년(70세)	두호보르 교도의 캐나다 이주 지원 자금 마련을 위해 《부활》 집필을 다시 시작하다. 지속적으로 기근 구제사업을 전개하다.
1899년(71세)	잡지 《니바》에 《부활》 연재 시작. 《부활》 탈고.
1900년(72세)	〈우리 시대의 노예제〉, 〈애국심과 정부〉 발표.
1901년(73세)	종무원이 톨스토이의 파문을 결정. 〈종무원 결정에 대한 답변〉 집필. 3월 상트페테르부르크 학생 시위에서 폭력 진압이 발생하자, 이에 항의하는 호소문을 작성. 크림반도로 요양을 떠나다.
1902년(74세)	〈신앙이란 무엇이며, 그 본질은 무엇인가〉, 〈노동하는 민중들에게〉 등을 발표. 폐렴과 장티푸스로 병의 상태가 악화되다. 6월 야스나야 폴랴나로 돌아옴.
1903년(75세)	회고록과 셰익스피어에 대한 논문 집필.
1904년(76세)	러일 전쟁에 대하여 전쟁 반대론을 펼친 〈재고하라〉 발표. 〈하지 무라트〉 개작 완료. 8월 형 세르게이 사망.
1905년(77세)	논설 〈세기말〉, 〈러시아의 사회 운동에 대하여〉, 단편소설 〈항아리 알료샤〉, 〈코르네이 바실리예프〉, 중편소설 〈표도르 쿠지미치 신부의 유서〉 집필.
1906년(78세)	둘째 딸 마리야 사망.
1907년(79세)	농민 자녀 교육을 재개하다. 어린이를 위한 《독서계》 창간. 톨스토이 비서 구세프가 체포되다.
1908년(80세)	탄생 80주년 축하회가 열리다. 사형 제도에 반대해 〈나는 침묵할 수 없다〉, 〈폭력의 법칙과 사랑의 법칙〉 발표.
1909년(81세)	중편소설 〈누가 살인자들인가〉 집필. 마하트마 간디로부

터 서한을 받고, 무력으로 악에 맞서서는 안 된다는 내용을 담은 답신을 보냄. 유언장을 작성하다.

1910년(82세)	톨스토이의 유언장으로 인해 가족들 사이에 불화가 일어나자 10월 28일 가출하다. 11월 3일 평생을 써 온 일기에 마지막 감상을 쓰고, 11월 7일 아스타포보 역에서 폐렴으로 사망하다. 11월 9일 태어나서 평생을 보낸 야스나야 폴랴나 숲의 세상에서 가장 작고 소박한 한 평 무덤에 안장되다.

옮긴이 이강은

경북대학교 노문학과 교수. 고려대학교 노문학과를 졸업하고 동 대학원에서 막심 고리끼 연구로 박사학위를 받았다. 저서로 《혁명의 문학 문학의 혁명 막심 고리 끼》《변혁기 러시아 문학의 윤리와 미학》《러시아 소설의 형식적 불안정과 화자》 《반성과 지향의 러시아 소설론》《미하일 바흐친과 폴리포니야》 등이 있고, 《레프 톨스토이》《이반 일리치의 죽음》《은둔자》《인생에 대하여》 등을 우리말로 옮겼다.

톨스토이 사상 선집

예술이란 무엇인가

초판 1쇄 발행 · 2023년 6월 23일
초판 2쇄 발행 · 2023년 9월 20일

지은이 · 레프 니콜라예비치 톨스토이
옮긴이 · 이강은
책임편집 · 이기홍
디자인 · 주수현

펴낸곳 · (주)바다출판사
주소 · 서울시 종로구 자하문로 287
전화 · 02-322-3885(편집) 02-322-3575(마케팅)
팩스 · 02-322-3858
이메일 · badabooks@daum.net
홈페이지 · www.badabooks.co.kr

ISBN 979-11-6689-169-4 04800
ISBN 979-11-89932-75-6 04800(세트)